Die blinde Passagierin

Adrian Klahn

neobooks

Prolog

1954

Hätte sie gewusst, dass sie für einen Tag nicht nur bedeutsam, sondern sogar der wichtigste Mensch der Welt sein würde, nie hätte sie an sich gezweifelt.
Erst als ihre Nasenspitze auf den Beckenboden tippte, konnte sie das kalte Wasser an den Wangen, sowie den Augenlidern spüren und einen Moment lang wollte sie für immer hierbleiben und nie mehr nicht wissen was zu tun wäre. Und als sie den Kopf aus dem Waschbecken hob und sich im Spiegel sah, wusste sie, was sie mit ihm anstellen würde…
Im selben Moment fuhr ein Polizeiwagen über die Wiese, der direkt vor der Tür des Mietshauses hielt. *Es ist so weit.*
Als Credo öffnete blickte sie in das Gesicht eines breitschultrigen Wachtmeisters.
Ohne ein Wort legte der schnauzbärtige Mann der jungen Frau Handfesseln an und führte sie zum Wagen.
„Fräulein hat uns schon erwartet".
Sein Kollege musterte die junge Frau.
„Fräulein? Haste nachjesehen? Mit dem Bubikopf könntet och ´n Bengel sein."
Worauf hin der andere ein müheloses Lachen ausstieß.
Credo unternahm keinen Fluchtversuch und wirkte gefasst, doch unter ihrer Maske waren die Nerven gestrafft.
Blitzschnell zog der Schnauzbärtige der Frau einen Sack über den Kopf bevor er sie auf die Rückbank stieß.
„Mach los, wir essen zeiteh."

Während ein wolkenfreier Himmel Sonnenstrahlen auf der Stadt ausbreitete, raste der schwarze *Mercedes 170D* über die Frankfurter Allee. Nur an den Schlammstreifen der Radkästen ließ sich erahnen, dass hier kürzlich ein Unwetter tobte.

Da man sich keine Mühe gemacht hatte die Gefangene am Sitz zu fixieren, wurde Credo bei jeder Kurve über die Bank geschleudert, sodass sich ihr Kopf am Fenster abfing. Der Wachtmeister auf dem Beifahrersitz ließ Credo nicht aus den Augen, da er wusste, dies war keine gewöhnliche Festnahme. Er beobachtete sie durch den Rückspiegel als könne sie jede Sekunde aufspringen und den Polizisten von hinten eine Schlinge um den Hals legen.

Doch daran konnte sie nicht mal denken. Credo kämpfte schon jetzt mit den ersten Stirntropfen, die die Hitzewallungen unter dem muffigen Sack verursachten, denn für Mitte April war es ungewöhnlich warm in Berlin. Außerdem trug sie eine Jacke.

Zum Glück dauerte die Fahrt nicht lang und so trafen die Drei schon sechzehn Minuten später am Parkplatz der vermeintlichen Polizeiwache ein. Es schien so, als sei sie nicht der einzige Gast mit dem man ruppig umsprang, denn kaum öffnete sich die schwere Tür des Mercedes, hörte sie wirre Rufe und sowas wie Tiergeräusche aus dem Inneren des Gebäudes dringen.

Als die junge Frau vom schnauzbärtigen Hauptmann übergeben wurde, packte sie ein nach Schweiß riechender Kerl am Arm, um sie über einen gebohnerten Gang im Gebäude zu führen. Durch den Sack drangen nur vereinzelte Lichtfetzen. Während sein beleibter Körper bei jedem Schritt mitschwang und ungewollt an ihrem Arm rieb, hörte Credo aus einem der hinteren Räume, den Song *Peggy Sue*.

Vermutlich führte der Dicke das Mädchen in einen Verhörraum. Schroff befahl er Platz zu nehmen als er Credo mit den Handschellen hinter dem Rücken am Stuhl fest machte.
„Der Kommissar kümmert sich gleich um Sie."
„Kann ich was trinken, bitte?"
fragte sie vorsichtig, woraufhin der Dicke sie ironisch ansah.
„Hört an, der Knabe hat Durst. Klar doch, bei uns ist der Kunde König. Sonst noch wat?"
„Pass auf was Du sagst", zischte sie in den Raum hinein, da sie ihr Gegenüber immer noch nicht sehen konnte und nur ein kleines Licht der Tischlampe durch den Jutesack schimmerte. Mit gespielt besorgter Miene, die sie nicht sehen konnte, drehte er eine Runde um den Tisch und griff nach einem Gegenstand. Als der beleibte Wachtmeister auf Credos Höhe angekommen war, holte er aus und schlug ihr eine Akte an den Kopf, sodass Credo mit dem Stuhl zu Boden platschte, wie ein Sack Kartoffeln. Der Mund schmeckte nach Rost. Dann richtete er sie wieder auf, zog Credo den Sack vom Kopf und verließ den Raum.

Gläsern sah sie rüber zum Spiegel, hinter dem sich wohl ein weiteres Zimmer befand. Von diesem Zimmer wiederum sah der kahlköpfige Kommissar zurück durch die Scheibe in den Verhörraum, in dem eine schlanke Frau mit kastanienbraunem, kurzem Haar in einer Flieger-Lederjacke saß.

Credo hatte viel gelitten und beinahe wäre sie ein düsterer Mensch geworden, doch ab jetzt wusste sie, dass alles so kam wie es musste.
„Ich habe weder Zeit für Ihr Schauspiel noch für Gefühlsausbrüche, Fräulein Credolan“, raunte Charlie Montag als er das Zimmer betrat. „Credolan, Fenia, das ist doch Ihr Name? Ungewöhnlich für eine Deutsche. Woher stammen Ihre Eltern?“
Fantasielos starrte sie auf ihre verschmierte Hose und fühlte das warme Blut, welches immer noch aus der Nase ran.
Nicht auf eine Antwort hoffend redete der Kommissar weiter:
„Sie haben zwei Möglichkeiten, Fenia. Entweder Sie erzählen mir, was Sie mit Herrn Alasker gemacht haben, wo sich die Leiche befindet und wer ihre Komplizen sind oder sie sitzen die nächsten Jahre ein, ohne den Hauch einer Chance auf Freigang. So wie ich das sehe, steh´n Sie mit dem Rücken zur Wand, …ein alleinstehendes Fräulein, das Bluejeans trägt, ohne Familie, mit eigenen Erwerbsquellen. Sie werden bei Gericht keine Glaubwürdigkeit beziehen. Dr. Alasker ist ein anerkannter Mediziner mit besten Kontakten, glauben Sie ja nicht, dass so ein Fall geradewegs zu den Akten kommt. Also sparen Sie sich die Ausflüchte und kommen mir bei den Ermittlungen entgegen.“
Der Kommissar nahm ihr die Handschellen ab, zog ein Stofftaschentuch aus seiner Weste und ließ es in ihren Schoß fallen.
Credo bemühte sich nicht ihre Nase abzutupfen, sondern ließ die Arme unter dem Tisch, blickte auf und sagte mit zitternden Händen: „…wo er ist kann ich Ihnen sagen.

Und auch was ich mit ihm gemacht habe. Allerdings ist die Wahrheit an eine Bedingung geknüpft."

Auf die Faust des Kommissars, die gerade auf dem Tisch gelandet war, reagierte sie mit einem Zucken. Tief Luft holend zückte er dann eine Schachtel *Zuban* aus der anderen Westentasche. Einen Moment lang sah er hinüber zum Spiegel als würde er darin noch etwas anderes sehen, als nur sich selbst. Dann entnahm er dem Softpack eine Filterzigarette und zündete sie an.
„Glauben Sie nicht, dass Sie in der Position sind Forderungen zu stellen. Der Richter ist nicht zimperlich mit Leuten, die nach den Luxusgütern rechtschaffener Menschen schielen."
„Das denken Sie? Dass es um materielle Dinge geht?" erwiderte Credo wütend.
„Wenn Sie so denken, sind Sie dümmer als ich dachte! Der einzige Mensch, der in dieser Geschichte ein rechtschaffener Mensch ist, bin ich, Herr Kommissar. Und jetzt lassen Sie mich laufen oder Sie werden nie erfahren, was mit ihrem *Dr. Saubermann* passiert ist."
„Wollen Sie Ihr Spielchen wirklich fortsetzen, Fräulein?"
„Für Sie FRAU Credolan."
„Sieh an, sind wir jetzt verheiratet?" gab Kommissar Montag zynisch von sich.
„Ich brauche keinen Mann um als Frau anerkannt zu werden."
Charlie Montag nahm seinen Bleistift zur Hand als er ihr gegenüber Platz genommen hatte und machte Notizen auf seinen Unterlagen. Credo beugte sich aufmerksam vor, um mitlesen zu können.

Alter des Tatverdächtigen: 27
Burschikoser Typ.
Mögliches Motiv: Ausgeprägter Hass auf das männliche Geschlecht.

„Machen Sie sich nicht lächerlich, Herr Kommissar. Oder soll ich Sie Charlie nennen? Charlie, ist das eigentlich ein gängiger deutscher Name?"
Charlie Montag lief um den Tisch des Verhörzimmers herum und krallte sich mit seiner rechten Hand in ihr kurz geschnittenes Haar, sodass er ihre Schweißperlen ganz deutlich auf der Nase sehen konnte. Dann flüsterte er:
„Meinen Sie etwa eine Pferde-Lederjacke und Ihr rotziger Ton genügen, um in der Männerwelt bestehen zu können?! Glauben Sie das?"
Lange blickte ihr Kommissar Montag in die Augen. Beinahe etwas zu lang oder wenigstens von solcher Dauer, dass Credo irritiert war. Dennoch wich sie nicht zurück.

„Was ich glaube, wollen Sie gar nicht wissen, was ich weiß ist was Sie interessiert. Und das werde ich Ihnen sagen. Am kommenden Sonntag, zwölf Uhr. Dreifaltigkeitsfriedhof. Ich weiß, dass der Senat Dr. Alasker etwas schuldig ist nachdem was er für diese Stadt getan hat. Aber glauben Sie mir, Sie wissen nicht mit was für einem Menschen Sie es zu tun gehabt haben. Ich führ´ Sie zu den Forschungsunterlagen, auf die Sie in Wirklichkeit ein Auge geworfen haben. Und auch zu den prekären Dokumenten mit all den wichtigen Namen. Am Sonntag dann werden Sie auch ihn kriegen, oder was von ihm übrig ist, sollte er Ihnen dann überhaupt noch nützlich sein."

„Verstehe, Sie machen also ein Geheimnis draus. Vielleicht wollen wir mit einem leichteren Thema einsteigen und Sie sagen mir was Sie mit dem alten Schlitzauge zu tun haben, das wir halbtot geprügelt gestern auf der Müllkippe gefunden haben und der nichts außer ihrem ungewöhnlichen Namen von sich gab, bevor er abtransportiert wurde?"
Credo spürte einen dumpfen Schlag in ihrer Magengrube, wobei sie niemand berührt hatte und sie musste sich anstrengen sich nicht auf dem Verhörtisch zu übergeben.
„Wenn ich rauskriege, dass Sie was damit zu tun haben…" zischte sie, „...mach ich Sie fertig! Ich wusste, dass man Euch nicht trauen kann. Sobald ich wieder aus dieser Wache raus bin…" unterbrach sie sich selbst als sie das Lächeln des Kommissars bemerkte.
„Aber gnädiges Fräulein, wie kommen Sie denn darauf, dass Sie sich auf einem Polizeirevier befinden? Sie sind in der geschlossenen Abteilung der Nervenheilanstalt Lichtenberg, die Sie, in den nächsten zwanzig Jahren, mit Sicherheit nicht verlassen werden."

Nur ihr Glaube verlieh Credo nun die Kraft durchzuhalten, weil sie etwas wusste, an dass die Meisten nicht einmal zu glauben wagten. Antworten, die eine Wahrheit enthielten, die sie vielleicht mit ins Grab nehmen würde.

Seinerzeit

1952

Albert und Credo setzten sich an einen Rundtisch im Lokal am Schauspielhaus, welches sich in einer dunklen Gas-

se am Hinterausgang des Theaters befand. Am Eingang der Bar war ein großes Schild an die Tür genagelt.
„Eintritt in Lederwesten, Bluejeans und unordentlicher Kleidung NICHT GESTATTET!“
Zu den Freunden des gepflegten, blondgelockten Albert zählten renommierte Schauspieler, aber auch etablierte Künstler der Berliner Szene. Ihnen war es wohl geschuldet, dass Albert Alasker sich in diese dunkle Bar verirrte. Auch Politiker gaben sich gern mit ihm ab, mieden das Ambiente doch, da man oft eine zu lockere Zunge pflegte und hier auch Bühnenarbeiter verkehrten. Noch unangenehmer als die jedoch war die Presse, die immer auf der Suche nach einer vernichtenden Story war.
Credos Verlobter nickte rüber, zu dem bekannten Psychiater John Pfeffer, der mit einem Martini-Glas neben einer Wachsfigur von Buddy Holly stand, die wiederum ein Elvis-Mikrofon in der Hand hielt.
Zu Pfeffer schien Albert eine lockere und unklare Beziehung zu haben, die nach außen als Freundschaft deklariert wurde, allerdings oft so wirkte als stünde etwas zwischen ihnen.
Albert Alasker begrüßte seine Bekannten zurückhaltend, wie es sich seiner Meinung nach gehörte. Dennoch strahlte Alasker wie immer Präsenz und Energie aus, die die meisten Menschen als anziehend empfanden, und nur böse Zungen als Aura des Getrieben-Seins beschrieben.
Der renommierte Mediziner gab Credo einen vorsichtigen Kuss auf die Wange, gefolgt von einem charmanten Lächeln. Woraufhin sie ihm einen vielsagenden Blick zuwarf, sich seinem Ärmel zuneigte und lang an ihm roch. Albert aber entgegnete entsetzt:

“Hier?“
Sie bestätigte durch eine leichte Kopfbewegung. Worauf Albert ihre Lust mit einem „dafür könnten wir verhaftet werden“, ausbremste. Als sich die Blicke von ihnen abwendeten flüsterte er ihr ins Ohr.
„Kannst froh sein, dass wir uns in ´ner Kaschemme befinden, Süße und Deine knabenhafte Kleidung nicht auffällt.“
Während sie damit beschäftigt war sich den Schmerz, den seine Worte verursachten, nicht anmerken zu lassen, wendete er sich ab, um mit den Herren am Tisch über seine Arbeit zu sprechen.

Zu ihnen hatten sich zwei modische Mädchen gesellt, die in Albert nur zu gern einen Junggesellen sahen. Die noch jüngere blickte Credo abschätzig an und raunte ihrer Freundin zu.
„Ich frag´ mich, was sie überhaupt zu bieten hat. Ihr graues Gesicht kann´s nicht sein. Was findet ´n Mann mit Namen wie er nur an einer wie der?“
„Er soll ja einer sein, der dabei das Licht ausmacht.“ Antwortete die Ältere flüsternd.
„Vielleicht schämt er sich für seine Lustmuskete.“
„Er schämt sich eher für sie.“
Kicherte die andere.
„Er hat ja eine schon großartige Karriere hinter sich.“
„Und sicher eine noch größere vor sich. Vielleicht macht er eines Tages Politik.“
„Ich bin sicher er ist schon dabei.“

Die Nase rümpfend stierte Credo in ihr Glas bis sie laut sagte. „Tja, oft sieht das Hamsterrad von innen aus wie ´ne Karriereleiter."
Was die Übrigen in der Runde zum sofortigen Schweigen brachte.
„Vielleicht habe ich nie einen Beruf gelernt. Die einzigen Menschen, die mir was beigebracht haben waren die, die mich geliebt haben. Ich bin nicht klug, aber eins kann ich mit Sicherheit sagen. Ich habe wahrhaftig geliebt. Ich habe mich nie verstellt und vorgetäuscht jemand zu sein der ich nicht bin. Das ist wahrscheinlich mehr als Ihr Schnepfen jemals von Euch behaupten könnt."
Dass Albert Alaskers Hand, die für einen Mediziner ungewöhnlich kräftig war, in diesem Augenblick ihren Oberschenkel zusammenpresste, ignorierte Credo gekonnt.
Da lenkte das ältere Mädchen kampfbereit ein.
„Dass sie wahrhaftig geliebt hat glaub ich ihr auf´s Wort. Ein Blick auf dieses Kostüm oder wie man die Bluejeans mit dem Obenrum nennt, zeigt eindeutig, an welches Geschlecht sich ihre Liebe richtet."
„Und wenn schon? Wo ist das Problem?" schoss Credo zurück, die entsetzten Blicke am Tisch ignorierend und fuhr fort.
„Von Anbeginn der Menschheit existiert Liebe unter Frauen und Männern. Wollt Ihr jetzt darüber richten? Außerdem, was bleibt manchen denn übrig beim *Frauenüberschuss* in der BRD?"
Als ein Raunen durch die Menge ging. Doch bevor Albert Gelegenheit bekam wütend zu werden, lenkte John Pfeffer ein. „Also bitte, Kinder. Alle hier wissen, dass Fenia mit Albert liiert ist und kein Interesse hat an solchen Dingen."

“An solchen Dingen?“ Wiederholte Credo. „Der springende Punkt ist doch, dass Leute wie Ihr, Angst vor Frauen und Männern haben, die das gleiche Geschlecht lieben, obwohl es Euch eigentlich kalt lassen dürfte. Außer natürlich Ihr liebäugelt damit das Ufer zu wechseln. Wenn´s nach Euch ginge würden sie vermutlich auch den Demokratischen Frauenbund verbieten.“ „Oh hört, der Demokratische Frauenbund, Gleichberechtigung…, ist das nicht der Verein von denen die keinen abkriegen?!“, lachte die eine.
„Ist lesbische Betätigung nicht gesetzlich verboten?“
wollte die ältere wissen.
Wieder ging ein Raunen durch die Menge. Die jüngere fügte verächtlich hinzu:
„Das musst Du unsere vermännlichte Neunmalkluge hier fragen.“ Wieder ein, „Kinder, bitte!“ von John Pfeffer.
„In Eurer Überheblichkeit und Geringschätzung merkt Ihr dummen Gänse nicht, wie Ihr Euch an der Unterdrückung der Frau beteiligt. Und in all der Aufgesetztheit und dem Stumpfsinn fällt Euch gar nicht auf, dass Ihr ohne männliche Begleitung nicht mal ein Bier in dieser Bar trinken dürftet.“
„Schluss mit dem Blödsinn!“
rief dann Albert Alasker, der nur selten laut wurde und eigentlich immer den Eindruck hinterließ, er wäre die Selbstbeherrschung in Person.

Seitdem es Fenia Credolans Vater nicht mehr gab, gab es nicht viele denen sie vertraute. Die meisten Frauen mochten sie, hatten jedoch zu großen Respekt vor ihren Ehemännern, um in deren Anwesenheit mit Credo zu sprechen. So sprachen sie Credo, die hinter vorgehaltener Hand als Suffragette beschimpft wurde, nur an, wenn sie Einkäufe erledigten oder allein waren, während sich die Gatten in *Kitty's Varieté-Show* vergnügten. Albert zollte man Respekt, auch wenn seine Lebensgefährtin sonderbar zu sein schien und niemals Kleider tragen wollte. Von wem aber hätte Credo lernen sollen wie sich eine Frau in diesen Jahren kleidet, hatte der Krieg ihre Mutter doch schon vor Jahren fortgespült und sie nie wieder an die Oberfläche getragen. Ansonsten gab es niemanden der ihr ein adäquates, weibliches Rollenvorbild hätte sein können. Also wäre die einzige Informationsquelle zur Petticoat-Mode der 1950er Jahre ihr Vater gewesen, der auf diesem Gebiet weder über Geschmack verfügte noch ein Mann vieler Worte war. Vielleicht so schweigsam deshalb, weil ihn jedermann nach der Herkunft seiner Frau fragte und er es eines Tages satt hatte Dinge zu erklären, die keinen etwas angingen.

„Pssst, seid doch mal ruhig!“, zischte eine Stimme im Raum und deutete auf einen klobigen Flimmerkasten am Ende des Tresens. Das Schwarz-Weißbild zeigte einen Mann mit Schürze, der aufgeregt gestikulierte.
„Wilmenrod stellt seine neue Kreation vor.“ Begeisterte sich der Barmann unter dem Schriftzug *Bohème*, dessen Neonröhren sein Gesicht grün ausleuchteten.
Sogleich stimmte er an, woraufhin die Gesellschaft im Raum unisono einstieg.
„*Don Clemente bittet zu Tisch*!“

„Wussten Sie schon das Neueste?", fragte Pfeffer, der nun einen Arm um die lebensgroße Buddy Holly-Figur gelegt hatte.
„Letzte Woche hat der Wilmenrod sich ein Messer an die Brust gehalten und damit gedroht, es sich hinein zu rammen, wenn nur einer auf *der Kruste dieses Planeten existiere*, der schwören könne, das Rezept für seine gefüllten Erdbeeren stamme nicht von ihm."
„Mh, im Grunde ein Mann mit Überzeugungen", antwortete Albert reserviert. Danach präsentierte der Kerl im Flimmerkasten eine seltsame Kreation. TOAST HAWAII.
„Wo nimmt der verrückte Italiener nur seine Ideen her?", flüsterte Albert, um seine Begeisterung besser für sich zu behalten.
„Wilmenrod ist kein Italiener", entgegnete Credo schmunzelnd. „Tatsächlich, Süße? Woher kommt dann bitte das Gericht, das er Pizza nennt? Ist doch wohl italienisch, oder nicht? Ach was weißt ´n du schon. Vom Kochen hast Du doch nie was verstanden."
Hinter Alberts Rücken warf John Pfeffer einen gütigen Blick zu Credo und flüsterte.
„Wir erfolgsverwöhnten Männer sind zuweilen etwas eigen. Bei mir ist´s meine Frau, die mich mit dem Sammeltick konfrontiert und bei Albert sind es Mädchen, die ihn belehren wollen oder die Nase in seine Arbeit stecken."

Kaum waren sie zu Hause, da zog Albert seine Verlobte zum Lieblingssessel am Kamin. Wie immer nahm er sich was er brauchte und machte keinen großen Hehl daraus. Eine *Cohiba* Cigarillo klemmte zwischen seinen Zähnen

und während er sie geduldig paffte, entledigte er sie ihrer Kleidung.
„Fick mich schnell!“ sagte sie, da sie wusste, dass er es hören wollte.
Er öffnete lediglich seinen Hosenschlitz, quetschte sein Teil hindurch als er kurzerhand von hinten in sie eindrang.
Jetzt wo Albert auf ihr lag, sie in den Ohrensessel presste, raunte er bei jedem Stoß,
„Du hast mich heute in Verlegenheit gebracht“.
Von hinten umschlang er die Hüfte mit dem linken Arm, nahm die *Cohiba* zwischen Mittel-, Zeigefinger und Daumen und hielt sie nah neben ihren Lendenwirbel. Da Credo sich kurz wehrte, legte er die Cigarillo in einen Glasaschenbecher auf dem Beistelltisch. Dann packte Albert sie am Hals und stieß weiter zu.

Es war eine Zeit der Enttrümmerung, ein Anflug des Aufschwungs. Einige Familien leisteten sich wieder mehr als nur den Freitagsfisch, während andere, wie Albert und Credo, sogar in der Lage waren, ihre Wohnung neu einzurichten.
An einem Dienstag sah man an der Kreuzung Friedrich-/Ecke Taubenstraße eine Dame mit untertassenförmigem Hut einen Laden betreten, über dem ein Schild hing, mit der Aufschrift:

Seinerzeit

„Bin gleich für sie da“, begrüßte Credo die Kundin, die ihren Hut aus schwarzem Loden und Baumwollsamt

selbstverständlich auf eine Kommode aus dem siebzehnten Jahrhundert legte.
„Ein paar schöne Schätzchen haben Sie hier." bemerkte sie überspitzt gut gelaunt, zudem mit einem spanischen Akzent. Dann zog sie ihren Lederhandschuh mit den Zähnen aus und fuhr mit der Hand über die Oberfläche eines Sekretärs. Credo war dabei Bücher in ein Regal zu stellen und wendete sich wieder ab. „Sehen Sie sich nur um…"
In das Regal sollten nur auserwählte Werke kommen, deshalb hatte Credo ein paar besonders nostalgische Bücher aus dem Keller des Antiquariats gesammelt. Sie war so sehr beschäftigt damit, auf die Anordnung von Form und Farben zu achten, dass sie ihre Kundschaft von Minute zu Minute vergaß.
„Ein signierter Bogenschützenring. Rícura.", bemerkte die schlanke Dame laut und abrupt, sodass Credo erschrocken ein Buch fallen ließ.
„Was sagten Sie?"
„In der Vitrine, ein Bogenschützenring? Ein Schätzchen."
„Ja das ist er. Aus weißer Jade, …so scheint es zumindest."
„Wie darf ich das verstehen, Chinita?" hörte die Frau neugierig auf.
„Ich hatte kürzlich einen Experten hier, der Ring ist eine Fälschung und nicht mal ein Drittel von dem wert, was mein Vater dafür bezahlte."
„So…", sie tat Credos Aussage mit einem Lächeln ab.
„Solche zinnoberroten Hocker sind wirklich schau, Qing Dynastie?"
„19.Jahrhundert."

„Sie scheinen einen Faible für chinesische Antiquitäten zu haben, Chinita", sagte die Frau die vielleicht in den Fünfzigern oder Anfang Sechzigern war, wie Credo schätzte.
„Mein Vater hat mir das Geschäft übergeben. Interessiert sie einer der Hocker? Dieser hier ist handgefertigt aus traditioneller Schnitzarbeit. Wie Sie sehen beugt sich eine schürzenförmige Schulter unter der Sitzfläche hervor, die einer Lotusbordüre gleicht. Das hier am oberen Teil sind Himmelsgeister."
Während sich die Dame mit der leicht gebräunten Haut und dem seltsamen Dialekt weiter umsah, bemerkte sie beiläufig, „Ihr Vater lässt Sie in diesen Umständen arbeiten, Chinita?"
Alarmiert raunte Credo zurück: „Von welchen Umständen sprechen Sie bitte?"
„Na von den besonderen." Flüsterte die Fremde, während sie das R auf eine angenehme Art zu rollen pflegte. Irritiert und ihre Unsicherheit überspielend gab Credo zurück.
„Sie müssen sich täuschen, ich bin keineswegs in besonderen Umständen."
Und so als würde sie es fast zu sich selbst sagen, fügte sie gekränkt an, „Ihr Mädchen bin ich schon gar nicht..." Schließlich war Credo alles andere als ein typisches Mädchen der 50er Jahre.
„Ich nehme an, den Preis wollen Sie gar nicht erst wissen?"
„Sprechen Sie spanisch?", drängte die Fremde auf eine Antwort."
„Ein wenig."

Als wäre dem Moment noch kein Gespräch vorangegangen bemerkte die Fremde, die eine Touristin zu sein schien, unter besonderer Betonung des S:
„Interessant, unter all Ihren Kostbarkeiten scheint es nur eine Sache zu geben, die nicht aus China oder Deutschland stammt?"
„Was wollen Sie damit sagen?"
„Der Beistelltisch dort in der Ecke, haben Sie ihm schon mal Beachtung geschenkt?"
„Nein, er stand schon hier als ich den Laden übernommen habe."
Die Dame zog den mit Ruß beschmierten Tisch etwas hervor und fragte: „Darf ich?"
Zwar gefiel Credo ihre Art nicht, die Dinge einfach in die Hand zu nehmen, dennoch hatte sie das Gefühl, die Frau interessiere sich nicht allein für Antiquitäten und nun trieb sie die Neugier zu erfahren, ob sie etwas anderes im Schilde führte.
"Sie sind ja schon dabei."
Eine Weile strich sie an den schmutzigen Seitenverstrebungen auf dem Holz entlang und fuhr wiederholt mit dem Daumen über die Kanten, bis Credo mit einem Tuch herbeieilte und einige Aschestellen abwischte.
„Das ist wirklich ein einzigartiges Holz. Kennen Sie den Ursprungsort?"
„Ich glaube es stammt aus Mittelamerika," entgegnete sie als sich ihr trübes Gesicht zu einer noch ernsteren Miene verzog. „Mein Vater hat da gelebt."
Die alte Dame blickte in die verlassenen Augen der Antiquitätenhändlerin und wollte wissen, was ihr Papa so weit entfernt von Deutschland zu tun gehabt habe.

„Ich weiß zwar nicht warum ich Ihnen das erzähle... er war Unterwasser-Holzfäller."
„Bitte?", räusperte sich die Dame.
„Es ist gut möglich, dass der Beistelltisch aus dem seltenen Eisenholz der Bäume ist, die dort unten wachsen. Um ehrlich zu sein habe ich noch nie wirklich darüber nachgedacht."
„Wenn ich darf würde ich gern die Unterseite ansehen, ob er eine Gravur hat oder ein Siegel, verstehen Sie?!"
„Tun Sie sich keinen Zwang an", gab Credo von der Neugierde der Frau angesteckt zurück und half ihr den Tisch umzudrehen. „Ich kann nichts erkennen", sagte die Dame mit zusammengekniffenen Augenbrauen, „das heißt aber nicht, dass er nicht wertvoll ist."
Zu ihrer Profession zurückkehrend bemerkte Credo, „den Wert des Tisches kann ich nur grob schätzen aber der Rohstoff unterscheidet sich deutlich von anderen Hölzern."
„Oh, ganz sicher. Holz ist das neue Gold, Chinita", entfuhr es der Dame in einem Singsang ihrem Mund. Credo entgegnete mit einem fragenden Blick, während die Ausländerin wiederholte.
„Ja, ja. Holz ist das neue Gold!"
„Sie scheinen sich gut auszukennen mit Antiquitäten. Bereits als sie reinkamen haben Sie die wertvollsten Gegenstände im Raum bemerkt. Was genau suchen Sie eigentlich?" Sprachlosigkeit heuchelnd stammelte sie, „...also um ehrlich zu sein wollte ich mich nur mal umsehen und schauen, was uns trotz des erschütternden Krieges für Kostbarkeiten geblieben sind.

Ich hecke nichts aus, kleiner Backfisch. Da zerbrech´ Dir mal nicht Dein hübsches Köpfchen. Versuchen Sie immer das Gute in einer Sache zu sehen."

„Hübsch, ich? Wissen Sie was ich wirklich nicht leiden kann, …wenn man sich über mich lustig macht! Außerdem waren Sie während des Krieges doch gar nicht hier. Wie lange sind Sie denn schon in Deutschland?"

Als Credo ihr diese Worte entgegenwarf, trat sie einen Schritt aus der Ecke heraus, es knarrte und plötzlich hob sich unter einem Staubwirbel, eine der Holzdielen.

„Verstehen Sie mich nicht falsch, ich will..." Entgegnete die Frau während Credo sich bückte und die gelöste Diele fokussierte. Sie zog die Holzleiste ein Stück hinauf und wollte sie wieder angleichen. Da bemerkte sie, dass sich zwischen den darunterliegenden Balken und dem Kies noch etwas Ungewöhnliches befand.

„Was ist das denn? Sieht aus als wäre da eine Spieluhr vergraben." Kommentierte die Fremde, als würden Credos Augen nicht das Gleiche sehen.

Geschwind steckte Credo die Hand in das Loch, griff nach dem Gegenstand und zog ihn heraus. Als sie den Staub von der Dose pustete, huschte eine pelzige untertassengroße Spinne über ihren Handrücken, die sie unbeeindruckt wegschlug. Beherzt wischte sie einige Male mit ihrem Ärmel über die Schachtel. Zum Vorschein kam eine Elfenbeindose.

„Schauen Sie, die Ornamente, so was hab´ ich noch nie gesehen", stellte Credo aufgeregt fest und drehte sich um. Doch die Fremde mit dem großen Hut war verschwunden.

„Wer sich dieser Zeilen annimmt, sollte sich im Klaren sein, dass große Verantwortung auf ihm lastet und er sich sehr wahrscheinlich in Gefahr begibt, sollte er die Zeilen bis zum Schluss lesen. Sollte er also nicht der Empfänger dieser Nachricht sein, verbrenne er umgehend dies Papier. Glauben Sie mir, es ist besser für Sie, Ihr Leib und Ihr Leben.

Solltest Du mein liebes Kind allerdings, diesen für Dich bestimmten Brief gefunden haben, so bin ich einerseits froh, dass er der Richtigen in die Hände fällt, andererseits versetzt es mich in tiefe Trauer, da dies bedeutet, dass ich nicht mehr unter Euch weile und ich meinen kleinen Milchrahm allein auf weiter Flur zurücklassen musste. Ich bin untröstlich, dennoch wohlwissend diese Strafe verdient zu haben, wenn ich Dich nun mit diesem Schriftstück einer ebenso großen Gefahr aussetze, wie jener der ich zum Opfer gefallen bin. Allerdings ertrage ich die Vorstellung nicht, dass meine Kleine bis an ihr Ende im Ungewissen über den Verbleib ihres Papas bleiben wird, so wie Du stets im Ungewissen über den Verbleib Deiner Mutter warst. Ich will, dass Du weißt, dass ich Dich nie freiwillig verlasse, denn ich liebe Dich über alles Vorstellbare! Umso mehr schmerzt es mich, Dich in Gefahr zu bringen und Dir solch eine Verantwortung zu überschreiben. Nur bist Du vermutlich der einzige Mensch auf der Erde, dem ich noch trauen kann und die einzige Person, die in der Lage ist dafür zu sorgen, dass La flor de Verdad im Verbogenen bleibt und nicht in die falschen Hände fällt. Seitdem Du in den Kreisen dieses Arztes verkehrst habe ich ein ungutes Gefühl.

Sobald du fündig bist, wirst du verstehen. Sobald Dein letzter Atemzug getan, wirst bei mir sein…

Gott möge mir vergeben, denn ich muss Dich um einen letzten Gefallen bitten. Wenn es Dir möglich ist, finde La flor de Verdad und trage Sorge dafür, dass sie in den nächsten Jahrhunderten nicht gefunden werden kann. Es muss sein. Damit am Ende der Verstand

nicht kopfsteht. Da ich Dir zu diesem Zeitpunkt nicht mehr zu sagen vermag, weil ich nicht weiß, ob Du letztendlich Empfänger meiner Nachricht wirst, sei nur so viel gesagt. Sollte es Dir schlecht ergehen, halte ein und erinnere Dich an Platons Höhlengleichnis.
In ewiger Liebe, Papa

Mit glasigen Augen hielt sie den in Sütterlin-Schrift gehaltenen Brief aus der Elfenbeindose vor ihre Nase und atmete tief ein. Sie drehte ihn um und wollte ihn wieder zurücklegen als sie plötzlich eine Unebenheit auf dessen Rückseite bemerkte. Aufgebracht sprang Credo hoch, lief zu ihrem Schreibtisch und sah im Licht der grünen Bänker-Lampe, in schwaches violett getaucht, eine Blume, wie sie sie noch nie zuvor gesehen hatte.
Auf einem dünnen Strang stand ein zylinderförmiger Kelch mit auslaufenden Spitzen zur Seite und inmitten der Blüte erhob sich ein feinstaubiger Stil. Am ehemaligen Schreibtisch ihres Vaters hatte sie ein solch dickes Papier mit derartiger Struktur bisher nicht gesehen. Auch einen Stempel mit dieser Blume hatte es nie gegeben. Es schien als wären unter der Blume eingestanzte Buchstaben vorhanden, oder eher Zahlen. Vielleicht waren es auch Koordinaten. Aber sie waren zu undeutlich und ohne Farbe als dass man hätte irgendwas Brauchbares erkennen können.

Zornig wich sie mit ihrem Blick auf die grüne Bänker-Lampe aus, starrte einige Sekunden in das Licht während ihr eine Träne über die Nase glitt. Einen Moment überlegend fiel ihr ein, wie oft sie ihren lieben Papa Alfons enttäuscht hatte, weil sie stets ihren Dickkopf durchzusetzen versuchte. Schon vor langer Zeit als Vierjährige schnappte

sie sich ihren Puppenkoffer mit Rädern und marschierte, fuchsig über die frühen Bettgehzeiten, zur Tür hinaus, um ihrem Elternhaus für immer den Rücken zuzukehren. Um ihr Überleben zu sichern hatte Credo die Taschen gefüllt mit Kaugummis von der Straße, die sie platt walzte, um sie an Kinder zu verkaufen, die draußen Gummihopse spielten, und kam mit ihrem Plan fast einen ganzen Häuserblock weit.
Doch in letzter Sekunde bemerkten ihre Eltern den spontanen Auszug und holten die kleine Credo von der Straße. Diese war zwar selten befahren aber ab und an zischte schon ein wuchtiges Automobil an ihrer Haustür vorbei.
Dann bekam sie lauten Ärger von ihrer Mutter, die als Ausdruck ihres Entsetzens stets mit „Schockschwerenot!" reagierte. Doch ihr Vater hielt sich zurück, schüttelte nur seinen Kopf mit den Worten, „mein kleiner Milchrahm". Geschlagen hatte er sie nie.

Zum Ende seines Lebens benahm sich ihr Papa allerdings immer merkwürdiger. Sie liebte ihn über alles, aber er machte seiner Tochter Angst, als er tagelang in schmutzigen Cordhosen vor seiner *Hermes Baby* saß, obwohl er die Schreibmaschine nicht berührte. Dann sprach er ständig von einem Drachenwurz, manchmal futuristischer Technik wie ultraviolettem Licht, mit dem versteckte Schriften sichtbar werden, von sich wiederholenden Ereignissen, spirituellen Weisheiten und von Dingen wie, dass es nicht mehr allzu lang dauern würde bis die Welt Fernsehgeräte mit Farbe zu Gesicht bekäme und bald jeder davon eines im Haushalt führe.

Sollte der alte Mann auf seine letzten Tage vielleicht verrückt geworden sein?
Es machte sie wütend, dass auch er Credo viel zu früh allein gelassen hatte. Traurig faltete sie den Brief zusammen und legte ihn zurück in die Elfenbeindose. Und während der Wind draußen Zeitungsreste aufwirbelte, versteckte sie die Dose wieder unter der kaputten Diele.

Die Nachbarschaft steckte noch in den Schlafanzügen als sich Credo in den Schwingsattel ihres schwarzen *NSU 251 OSL*- Motorrads setzte, um zur Markthalle zu fahren. Am Alexanderplatz blitzte ihr Tank mit den verchromten Seitenfeldern auf. Der laute Motor röhrte am Roten Rathaus entlang, wo die Menschen voller Zuversicht und Träume aufblickten, während Konrad Hermann Joseph Adenauer eine Rede hielt.
Das geteerte Aderwerk der Metropole war noch immer erhärtet durch die kühle Novemberluft, weshalb Credo etwas Gas wegnahm als sie mit ihrem aufsteigenden Atem auf die Menge blickte. Sie stoppte ihr Motorrad einen Augenblick und sah nach einem Zeitungsjungen der mit einem *Stern* in der Hand lauthals umher brüllte.
„Noch immer echauffiert sich Deutschland, über die Hildegard Knef in ihrer skandalösen Rolle als die *Sünderin*!"
Mit einem Fingerzeig bedeutete sie ihm rüberzukommen, nahm ihre Motorradbrille nicht ab und drückte dem Jungen mit der zerlöcherten Jacke 10 Pfennig in die Hand und hielt mit ihrem Blick bewundernd auf das Titelbild der Zeitung. Sie las noch im Stehen etwa die Hälfte des Artikels über eine *...mutige Frau.*

Plötzlich trat ein flaues Gefühl in ihren Unterleib und ließ ihre Begeisterung schwinden. Einen kurzen Moment hielt sie inne, überlegte was sie zum Frühstück gegessen hatte und beschloss, dass der Anflug von Übelkeit an den Frühstückseiern lag. Sie stellte ihre Maschine ab, steckte das Nachrichtenblatt in ihre lederne Umhängetasche und lief über die Straße zur Markthalle.

Für gewöhnlich saß Credo, nachdem sie eine Auswahl des überschaubaren Nahrungsangebots getroffen hatte, eine Weile unter dem Fabrikfenster und nahm die vielen Gerüche auf. Doch heute blieb sie nicht lang. Hier, wo Holzkisten mit Gemüseresten und leeren Weinflaschen gelagert wurden, hockte sie in der Ecke, schnallte sich endlich die Brille von der Lederhaube, kreiste kurz ihre Schultern und aß trotz eines schummrigen Magengefühls ihren Kirschenmichel.

Von gegenüber trug sich der warme Duft von gestapeltem Mischbrot und selbstgemachter Marmelade in ihre Nüstern als Credo das dahinterliegende, gusseiserne Eingangstor zur Kenntnis nahm. Für einen Moment beschlich sie das Gefühl beobachtet zu werden. Da fielen ihr zwei Männer auf in schwarzen Ledermänteln, die bei den Gurkenfässern standen. Weder redeten sie mit einander, noch aßen sie etwas oder kauften ein. Ihre kurz geschorenen Köpfe hielten lediglich in Credos Richtung.

Mit einem Mal dachte sie daran, wie es wäre fliegen zu können und ein knappes Déjà-vu, aus ihrem Traum von letzter Nacht, flammte auf.

Warum verfolgten sie Träume, in denen es darum ging jemanden zu schützen. Was suchte ihr Innerstes ihr mitzuteilen und was sollte sie schützen, …vielleicht Albert? Da gab es doch niemanden. Das waren nichts als phantastische Träumereien, in denen sie stark war und Fliegen konnte, Wunschgedanken also.

Nach einem tiefen Seufzer las die Antiquitätenhändlerin den Rest des Artikels in dem wiederholt das Wort Emanzipation der Druckerschwärze entglitt. Einstweilen machte lautstark der Lieferant seinen Gemüsehändler, auf den zentral organisierten Aufbautag aufmerksam und fragte ob er denn heut mitmache bei der Enttrümmerung.
Trotz der Kälte in der Markthalle lief Credo eine Schweißperle über die Stirn und immer wieder hörte sie in sich eine Stimme sagen, *Albert*. Gereizt vernahm sie ein Kribbeln unter der Haut, ihr Blick wirkte leicht verschwommen, der Unterleib verkrampfte. Ein Husten drängte sich durch ihre Lunge. Wieder schwappte so etwas wie ein inneres Zusprechen in ihre Gedanken…
Dann sprang sie auf, lehnte sich über einen Stapel Weinkisten und entleerte ihren Mageninhalt. Als sie ihren Mund mit dem Handrücken abwischte, den Oberkörper wieder aufrichtend und zum Eingang blickend, waren die Ledermäntel verschwunden. Auch sonst schien sich niemand für sie zu interessieren. Bis ein Mann mit verschmierter Latzhose zu ihr rüber raunte:
„Na wenn ick mit so em zusammen leben müsste, würdig och täglich spucken!“ Fragend blickte sie zu ihm hoch. „Nu tun ´se bloß nee so, als wüssten se nich wat der so anstellt. Sie sind doch die Fruwe vom Alasker, nich´wahr?“
Credo raffte ihr Zeug zusammen, verließ die Markthalle so schnell es ging und lief, die Ärmel hoch krempelnd, zur Menge vor dem Rathaus hinüber.

Trotz der tiefhängenden Wolkendecke und den Eiskristallen an dem Wohnzimmerfenster im ersten Stock der alten Villa, erkannte man eine große, männliche und eine weibliche Silhouette dahinter. Im Hintergrund flackerte Licht und die Zwei unterhielten sich gelassen, so als würden sie nicht erwarten in nächster Zeit von jemandem gestört zu werden. Der Mann streifte der Frau durch das Haar, und für einen kurzen Augenblick wirkte es so als flüsterte er ihr etwas ins Ohr.
Mit einem Schwindelgefühl schloss Credo die Tür des Schuppens in dem sie ihre Maschine untergestellt hatte. Inzwischen zweifelte sie an ihrer eigenen Wahrnehmung. Mit ihren Zähnen befreite sie sich von den Handschuhen und zog sich am hölzernen Schneckengeländer hinauf in die erste Etage.
Als sie ihre Sachen abgelegt hatte und in die Wärme des Wohnzimmers glitt, rückte Albert seinen chestnut-braunen Rollkragen zurecht und kam ihr schnellen Schrittes entgegen. „Ich bin davon ausgegangen, dass Du arbeiten bist?!“ wollte Credo überrascht wissen.
„Ich nehme mir den Samstag mal frei, sollen andere für mich arbeiten.“ antwortete er mit einem überschwänglichen Lächeln. Dann küsste er Credo auf die Wange und sagte in seiner gewohnt charmanten Art: „Hallo Süße“.
Begleitet von einem rohen Beigeschmack ambivalenter Gefühle warf sie einen unsicheren Blick über Alberts Schulter, zu einer eleganten Dame im karmesinroten Petticoat.
„Hillie kam spontan zu Besuch, wir haben gerade davon gesprochen, wie viel Einfluss ihre Arbeit auf die Politik haben könnte.“

Die Dame im Cocktailsessel machte keine Anstalten sich zu erheben, während sie die Flammen des Kamins genoss. Freundlich lächelte sie Credo zu. „Hallo Schätzchen! Schickes Outfit."
„In letzter Zeit trägt Fenia häufig diese Motorradkleidung. Im Grunde auch nur ein verzweifelter Versuch sich zu emanzipieren. Mein Fall ist es ja nicht aber, wenn sie sich darin wohlfühlt." seufzte er gespielt tolerant, während er ihre Mütze vom Kopf zog.
„Albert war schon immer ein Chauvinist", schob Hillie keck ein, in dem Wissen, dass er ihr sowas durchgehen ließ. „Ne im Ernst, mir gefällt was Du trägst, hat´s ´ne Bedeutung?" fügte sie an ohne auf eine Antwort zu warten.

Credo war ihr bisher nur wenige Male begegnet. Ihre gemeißelte Haltung und die Selbstbeherrschung faszinierte Credo, machte sie aber auch gleichermaßen nervös. Eine Strähne rutschte Hillie aus ihrer Hochsteckfrisur und ein wenig Wimperntusche war verwischt. Aber auch diese Tatsachen ließen ihren Glanz nicht bröckeln oder sie gewöhnlicher wirken. Sie schob die Strähne mit einer groben Handbewegung wieder hinters Ohr, stand auf und ging am betagten Klavierflügel vorbei auf Credo zu. Im Anschluss daran küsste, die nach süßem Patschuli duftende Schauspielerin, Credo auf die Lippen. Dabei machte sie eine Bemerkung über Credos Armband, das Hillie dennoch keines Blickes würdigte. Hillie stand mit dem Rücken gewandt zu Albert, so konnte er nicht sehen wie ihre liebreizende Miene einer düsteren Härte wich und ihr Blick starr auf der Bürotür, auf der anderen Seite des Raumes lag. Credo wirkte irritiert. Die Situation wurde immer unangenehmer, also ließ sie den Blick nach unten auf Hillies Bein fallen, an dessen Knöchel eine winzige Tätowierung hervorstach. Vielleicht so etwas wie ein Spiralmuster. Normalerweise kannte sie Tätowierungen nur von Seeleuten oder Gefangenen. Bei Hillie allerdings überraschte sie auch das nicht, da sie sich scheinbar selbst für das anmutigste aller Lebewesen hielt. Trotzdem erschien ihr die Frau zunehmend skurriler. Alsdann entschuldigte sich Hillie im Gehen, dass sie spät dran sei, sie aber das nächste Mal mehr Zeit zum Plaudern mitbringen würde.

Nachdem Albert die Wohnungstür geschlossen hatte und Hillie fort war, folgte er Credo in die Küche. Teewasser begann zu köcheln während sie auf die weißmatten Kacheln an der Wand sah.
„Was hat sie hier gewollt?“ erkundigte sie sich vorsichtig.
„Was soll die Frage? Das habe ich Dir doch gesagt.“
„Normalerweise arbeitest Du samstags.“
„Und heute tu ich es nicht, wo ist das Problem?“
„Warum so gereizt, ich meine ja nur.“
„Du meinst eine ganze Menge, doch im Grunde sagst Du nichts!“
Nervös wich Credo Alberts durchdringenden Blicken aus und zog einen Zettel aus ihrer Tasche, um die Anspannung zu lockern. „Das wollte ich Dir zeigen. Von meinem Papa.“ Widerwillig, schwer atmend nahm Albert den Brief an sich und überflog ihn.
„…Hillie ist eine wunderschöne Frau.“
„Was soll das Fenia, willst Du mir irgendwas unterstellen?“
„Fühlst Du dich etwa ertappt?“

Affektiert lachend ließ er den Brief ihres Vaters auf den Küchentisch fallen und fügte an.
„Du und Deine lächerliche Eifersucht. Deine unverhohlene Gepflogenheit ständig Deine Haut zur Schau zu stellen. Und dann diese blöde Büchse im Schuppen, sieh Dich doch an!"
Taktvoll entgegnete Credo.
„Man muss sich seines Körpers nicht schämen, Albert."
„So ein erbärmlicher Kappes kann nur aus Deinem Mund kommen!"
„Das ist im Übrigen ein Zitat von Deiner Hillie."
Daraufhin winkte er affektiert ab und hielt nicht dagegen.

Sachte setzte Credo an: „Manchmal frag´ ich mich ob Du mich eigentlich…". Aber Alberts Schweigen durchbrach ihren Satz.
Während sie heißes Wasser in eine Porzellan-Kanne füllte wurde er lauter.
„Das wird mir langsam zu dumm. Du… wirst mir langsam zu dumm!" Woraufhin sie sich umdrehte und erschrak, weil Albert so nah vor ihr stand, dass sie seinen Atem spüren konnte. Passiv versuchte sie die Teekanne auf die Arbeitsplatte zu stellen, konnte seinem durchdringenden Blick aber nicht ausweichen. So entglitt ihr das heiße Porzellangefäß und zerschellte am Boden, sodass etwas vom kochenden Wasser über seine Hand sprühte. Albert erschrak wie ein kleiner Junge. Er holte aus und schlug ihr mit der flachen Rechten ins Gesicht. Dann hielt er sie mit der linken Hand am Hals fest und drohte.
"Wir sind nicht verheiratet und ich habe, Gott sei Dank, immer noch die Schlüsselgewalt."

Schon oft hatte er sie verunsichert, aber ihr noch nie so eine Angst gemacht wie heute. Etwas war anders und regelrechte Panik keimte in ihr auf.
Reflexartig zog sie ihr Knie hoch, traf ihn damit direkt zwischen die Beine. Ihr Verlobter ging zu Boden und krümmte sich, zwischen dem zersprungenen Porzellan, vor Schmerz.
„Tut mir leid, das wollte ich nicht!“ rief sie und beugte sich über ihn. Ein paar Mal räusperte er sich, kurz darauf sprang er auf und schleuderte Credo an den Schultern über den Küchentisch, sodass sie ein elektrisches Rührgerät mitriss und mit dem Rücken auf den Kacheln landete. Eine Vase und drei kitschige Flötengläser gingen dabei zu Bruch. Nun sah sie direkt auf seine handgefertigten Lederschuhe und er sie herablassend an, wischte sich sein schönes, lockiges Haar aus dem Gesicht, um sich mit einem Satz abzuwenden:
„Und ich wollte das nicht“.

Noch auf den kalten Fliesen kniend schob sie den Ärmel ihres aschegrauen Winterpullovers nach oben und strich sich mit dem rechten Zeigefinger über eine kleine, runde Brandnarbe auf der Innenseite des linken Unterarms. Dann glitt sie mit der Hand nach unten und umfasste ihr Handgelenk mit dem Lederarmband, welches ihr ihr Vater geschenkt hatte, kurz bevor ihn der Speiseröhrenkrebs dahinraffte. Sie wendete das gebogene Holzplättchen daran und überstreifte die gestanzten Buchstaben, mit ihren Fingerkuppen. *Pro Mundi Beneficio.*

In den vergangenen fünf Jahren hatte dieser großzügige und erfolgreiche Mann so viel für sie getan. Alberts Vermögen hatte sie zu verdanken, dass sie das Antiquitätengeschäft ihres Vaters behalten durfte. Durch Alberts Unterstützung und seinem Einfluss war es ihr möglich autonomer zu leben als fast jede andere Frau dieser Stadt, zu arbeiten, ohne dass sie verhaftet würde und sie wusste, er allein könnte ihr all das wieder entreißen. Dank seines Einflusses war es möglich, dass die beiden zusammenlebten, ohne nach dem Kuppelei-Paragraphen verhaftet zu werden, weil sie nicht verheiratet waren.
Klar war sie ihm dankbar für die Zeit in der der gutaussehende Junggeselle sie umworben hatte, ihr immer wieder beteuerte wie ernst er es meine, sie raus aus dieser Bar holen wollte in der er sie zum ersten Mal traf, weg vom Tresen und primitiven Kerlen, die trotz Credos kurz geschnittener Haare nur eines mit ihr im Sinn hatten. Während ihre Frauen nebenan im Damensalon verharrten. Dank ihm hatte man die Pfändung des Inventars rückgängig gemacht, dank ihm hatte sie einen Platz, einen Ort an den sie gehörte. Dank ihm war sie nie allein.

Also, was hätte sie ohne ihn?

Plötzlich stach ihr Unterleib erneut, doch sie drängte den Schmerz zurück und war Albert in die Bibliothek gefolgt.
„Es ist mir egal wie Du mich behandelst, ich will nur, dass Du mich liebst." murmelte sie, sich den Bauch haltend hinter seinem Ohrensessel, in dem er aus einem schweren Schwenker einen Gin trank. Mit einer Handgeste forderte

er Credo auf ihre Hand in seine Linke zu legen. Dann küsste er ihren Handrücken und gab zurück:
“Du weißt, dass ich Dich liebe. Und Du weißt, dass Du mich niemals verlassen darfst“.
Krampfartig spannte ihr Unterleib und Credo spürte wie sich Wärme in ihrem Slip ausbreitete. Als ihr Blick nach unten fiel bemerkte sie, wie sich ihre Blue-Jeans im Schritt rot färbte. Dann rannte sie zur näher gelegenen Gästetoilette und schloss sich im Bad ein. Als sie dort auf dem Toilettenbecken saß begann sich der Boden zu bewegen, bis ein innerer Schmerz ihren Kopf nach unten riss, sodass sich ihr Ober- und Unterkörper zusammenfaltete wie ein Klappmesser. Es war als bekäme sie ihre monatliche Blutung aber es schmerzte wie bei einer starken Diarrhö. Alsdann zwang sie eine brennende Qual zu pressen und es war ihr nicht mehr möglich einen stöhnenden Schrei zu unterdrücken.
Ein Blick in die Toilettenschüssel zeigte überall Blut, Gewebeklumpen, etwas Lebloses platschte hinein, immer noch spürte Credo einen kräftigen Harndrang. Nach einigen Sekunden wurde ihr erneut schwindelig. Tränen schossen über die aufgequollenen Augen, als sie von der Klobrille auf den ungeweichten, grünen Badezimmervorleger fiel und für einige Sekunden das Bewusstsein verlor…

Reglos am Boden liegend schoss Credo, wie ein Blitz, die erste Begegnung mit Hillie durch den Kopf.
Bei einer Cocktailparty von Alberts Mentor, Professor Möh, war Credo ihre aufmüpfige Art aufgefallen.

„Wie, Sie mögen die Amerikaner nich´? Kindchen, wärst´e mal 45 hier gewesen, nich uf m Dorf, da hätt´ste die Ami´s jemocht!“
Nur wenige Menschen wagten es derart mit Credos Verlobten zu reden. Umso erstaunlicher war, dass sich Albert diese Plumpheit gefallen ließ. Dass er nicht widersprach. Sie war eine der Frauen die eine gewisse Wirkung auf Menschen hatte, eine der man nur schwer etwas abschlagen konnte. Auch als sie der versammelten Bourgeoisie erklärte, dass Rauchen der Gesundheit schade lachte keiner, wie sonst, wenn einer mit derart zweifelhaften Theorien um die Ecke kam.
Sie wandte sich zu Credo mit einem verschwörerischen Blick und raunte:
“selber schuld, wenn Ihr die andern mit dem Rochen reich macht! Die fahr´n Mercedes und ihr müsst lofen… Na kann ja jeder selber entscheiden.
Aber ick versteh dit. Ist wie mit der Männerwahl; Meistens wissen wir, dass se unjesund is, aber es schmeckt sooo gut…“

Das Lachen der Lobbyisten spukte noch lang durch Credos Erinnerung.
Nachdem ihre Tränen längst getrocknet waren und sie nicht mehr wusste wie viel Zeit sie auf dem Boden der Gästetoilette verbracht hatte, reinigte sie die WC-Schüssel. Anschließend entriegelte Credo die Tür. Noch immer roch man Hillies Parfüm. In der Wohnung war es still. Albert hatte sie wohl in Eile verlassen und im Eifer vergessen, sein gegenüberliegendes Büro zu versperren. Credo kannte sich selbst gut genug, um zu wissen, dass gegen das Her-

einbrechen der schonungslosen Realität der vergangenen Stunden nur Ablenkung half, um nicht durchzudrehen.
Wässrig starrte sie also auf die Akten in den Regalen und die Einmach- und Apothekergläser mit Tieren, in einer bernsteinfarbenen Flüssigkeit. Ihr Blick schwamm auf Alberts Schreibtisch auf dem sich Papierstapel anhäuften, hinter denen auch eine Ultraviolette-Lampe stand. Unter einem Stapel ragte ein gelbliches Stück Tageszeitung hervor auf das vermutlich Kaffee geschüttet worden war. Dort las sie einen Absatz über die ausländische *Monsante-Gruppe* und die Stellungnahme zum Vorwurf, dass sie Mediziner unterstützte, die in der Vergangenheit Humanexperimente an Kindern durchführten. Ein gewisser Rasa Jahel, vielleicht eine Art Pressesprecher, rechtfertigte sich damit, dass junge Rinder damals wegen zu hoher Anschaffungskosten außer Frage standen und eine freundliche Genehmigung der Oberärzte ausreichte, um einige wenige Versuche, zum Zwecke des Allgemeinwohls natürlich, ausschließlich an Waisen, auszuführen. Die Experimente geschahen im Sinne des Fortschritts und seien somit ethisch akzeptabel. Hauptsächlich allerdings würden nur Versuche an Sterbenden gemacht. In welcher Funktion der sich äußernde in dem Krankenhaus war ließ er aber unbeantwortet.
Einige Herrschaften posierten über dem Artikel, in weißen Kitteln auf einem Schwarzweiß-Foto, neben ihnen der Ost-Berliner Magistrat und im schlechten Hintergrund und dunklem Leder-Trenchcoat ein weiterer Mann in Zivilkleidung, tief hängender Hut, sodass von seinem Gesicht nur das Kinn auszumachen war. Vermutlich war er der Geldgeber.

Credos Blick wanderte weiter auf einen frischen Din A2 Grundriss auf dem Sekretär, mit dem Titel *Exklave Steinstücken* und der Anmerkung: *Abriegelung an Markierungen durch MAD. Obererste Schweigepflicht.*

Nachdem Credo sachte eine Mappe mit der Aufschrift *Bauprojekte* in die Hand genommen hatte, durchblätterte sie diese und stieß auf eine Art Investorenliste. Wieder tauchte der ungewöhnliche Name auf, *Rasa Jahel.* Ein Name, den sie am Stammtisch immer wieder in Verbindung mit den reichsten Privatiers der Stadt und den Nazis gehört hatte. Menschen die Albert eigentlich verabscheute.

Warum also hatte er Kontakte zu Menschen die er ablehnte? Und was hatte Albert mit Vorhaben des Militärischen Abschirmdienstes zu tun? Mischte er jetzt auch bei militärischen Angelegenheiten mit?

Wieder kam Credo der unglaublich reale Traum der letzten Nacht in den Sinn. Sie zog den Brief ihres Vaters aus der Tasche, den ihr Gewissen unter den Dielen des Antiquariats unmöglich hätte verstauben lassen können. Nachdem sie das Briefchen entfaltete, blickte sie wie ins Nichts, hielt kurz inne und schaute auf. Dann griff sie zur Fluoreszenzlampe hinter dem Stapel. Sie beleuchtete ihn mit dem ultravioletten Licht. Als das Licht in ihrer Hand über den letzten Absatz geglitten war sprang ihr ein Name und beißend gelbe Zahlen entgegen.

Henrika Bartelz

9.41°N, 82.32°W

„…?“

Der Wind erwischte sie kalt im Nacken. Also drehte sie erschrocken um und sah einen wütenden Albert vor sich. Als das Licht zu Boden fiel schlangen sich seine kräftigen Hände um ihren Hals.
„Süße, entschuldige bitte, ich muss mich missverständlich ausgedrückt haben." flüsterte er lächelnd. „Es war Dir wohl nicht klar, dass mein Arbeitszimmer für Dich tabu ist. Solch komplexe Themen bereiten jemanden Deines Bildungsstandes nur Kopfschmerzen." Und er drückte fester zu, bis Credo die Luft wegblieb.
Es war eigentlich klar was zu tun war. Ihren rechten Arm von oben herab zwischen seine Arme jagen, unter seinem rechten Arm durch, das Handgelenk greifen, mit links seinen Ellenbogen stabilisieren, die Schulter eindrehen, mit Hebelwirkung und einer Drehbewegung des eigenen Rumpfes, den rechten Arm des Gegners aushebeln, seine Schulter eindrehen um seinen Rippen freizulegen und mit dem Knie in die Nieren stoßen. Anschließende Faustkombination oder Flucht.
Wässrig starrte sie in seine durchdringenden, hübschen, blauen Augen und nicht nur ihr Hals schnürte, auch ihr Innerstes war eingefroren und sie fühlte sich wieder wie ein unmündiges Kind.
„Denkst Du tatsächlich Du würdest auch nur ansatzweise was von dem hier verstehen? Glaubst Du, Du bist dem gewachsen, Süße? Hä? Gib acht, sonst steck ich Dich wieder in das verlauste Loch aus dem ich Dich gezogen habe."
Unbemerkt ließ sie den zerknüllten Brief ihres Papas in die Hosentasche gleiten.
„Bitte Albert." röchelte sie. Einen Moment lang beobachtete er sie trocken, bis sie sagte, „ich habe es verloren!"

und er schließlich seinen Griff löste, um sie fragend anzusehen. Dann lief sie in ihr Zimmer.
Was genau Albert nun tat ließ sich nur vermuten. …Vielleicht kannte sie diesen Mann überhaupt nicht. Vielleicht war es falsch sich immer wieder selbst in die Verantwortung für seine Wutausbrüche zu nehmen, Sie damit zu entschuldigen, dass er einen schweren Tag hatte und sie ihn ständig provozierte, allein damit, dass sie die Wichtigkeit seiner Arbeit nicht einmal ansatzweise erfassen konnte.
Wie würde Hillie mit so einem Mann umgehen? Würde eine berühmte Emanzipierte sich so behandeln lassen? Vielleicht fand sie ja Gefallen an seiner Brutalität oder sie war von ihrer amourösen Welt so geblendet, dass ihr einfach nie der Gedanke kam, Albert hätte eine solche Seite an sich?

Ein wachsames Gehör hatte ihr längst verraten, dass Credos Verlobter nicht zu Hause war. Höchstwahrscheinlich suchte er gerade nach Wärme unter Hillies Bettdecke. Obwohl es unerklärlich schien, dass der Liebesdurst einer vor Selbstbewusstsein strotzenden Größe wie Hillie, allein durch einen verklemmten Albert Alasker, gestillt werden konnte. Noch dazu durch einen der sich ungern nackt zeigte.
Dennoch war es möglich, auch dass er jede Sekunde zurückkehrte.
Noch immer roch man den erkalteten Kamin am Ende des dunklen Wohnzimmers, in dem Credo versteinert stand, ohne dem Impuls einer Handlung nachgehen zu wollen. Ihr Körper wurde beinahe von der Nacht verschluckt. So als würde sie nicht existieren. Und tatsächlich ließ sich

täglich nur mit Mühe verdrängen, dass ihre Person deplatziert war. Ganz gleich wo sich Credo in der Vergangenheit aufhielt war sie fortwährend von dem Gefühl umgeben, ein blinder Passagier zu sein, der im Strom des Alltags zwar mit allen anderen durch die verschiedenen Jahreszeiten sickerte, ständig aber befürchtete, dass sein Einschleichen entdeckt werden würde.
Nur als der schwache Mond durch das Fenster fiel, beleuchtete er knapp Credos Silhouette.
Dann dauerte es nur einen Augenaufschlag in dem sie sich vor einer Tür wiederfand und etwas tat, was sie von einem ehemaligen Freund und Nachbarn gelernt hatte. Den Rücken zur Tür gewandt holte sie ihr Bein aus und trat, wie ein Pferd, nach hinten gegen die Scharnierseite der Holztür, so wie es die Polizei in der Realität macht. Nach einem Krachen brach sie aus den Angeln. Credo zog die Strippe der Schreibtischleuchte und entfernte hastig drei Einmachgläser, mit nicht identifizierbarem Inhalt, aus dem Regal. Lange musste sie nicht suchen, denn ihr war nicht entgangen, wie häufig Albert auf das Regal mit den bernsteinfarbenen Gläsern gesehen hatte, als er Credo in seinem Büro beim Herumstöbern ertappte. Erst dachte sie, dass er nervös geworden war, weil er sich schämte für das was sie soeben über ihn rausgefunden hatte. Bis Credo klar wurde, dass ihr Verlobter sich nie für etwas schämte, außer für seinen eigenen Körper oder die Nacktheit anderer. Also griff sie nach dem Regenschirm in der Ecke, kletterte auf den Schreibtisch und setzte diesen unter einer kleinen Metallplatte an, welche im Regal hinter den Gläsern mit einem Vorhängeschloss an der Wand befestigt war. Dann hebelte sie das Metall nach vorne, bis etwas Putz auf die Papiere

fiel, das Schloss brach und sich ein Din A4 Blatt großes Loch in der Wand zeigte. Darin lag ein Personalausweis, einige Dokumente denen Credo keine Beachtung schenkte. Und ein Bündel Hundert Mark Scheine. Die man in ihrer Gegend *Blaue Fliesen* nannte.

Um 03.32 Uhr verließ Credo das Haus. Sie zog den Schal weit über die Nase und raffte den Pelzkragen ihrer Fliegerjacke zusammen, schob den Reißverschluss bis ganz nach oben und ging durch den Garten rüber zum Holzschuppen. Im nebligen Dunst konnte sie das Schloss nicht gleich finden. Und als sie die Tür öffnete ärgerte sie sich über das quietschende Scharnier, dass sie zu einer anderen Zeit sicher nicht so erschrocken hätte. Immer wieder trat Credo den Kickstarter des Motorrads voll durch und flüsterte, „komm´ schon, lass mich jetzt nicht hängen!“ aber der Motor regte sich nicht.
Aber dann machte sie einen Satz von der Maschine nach hinten und stieß einen kurzen Schrei aus, als sie unsanft eine Silhouette im Rahmen entdeckte.
„Hey ganz ruhig, Schätzchen! Hast mich schon vergessen?“
Credo musste sich zusammenreißen, „Hildegard!? Ich bin fast auf Dich los!“
„Mal ganz locker…, kannst mich weiter Hillie nennen.“
„Was zur Hölle machst Du hier draußen? Um die Zeit!“
„Albert und ich haben telefoniert.“
„Hillie, es ist verdammt spät!“
„Er hat mir von Eurem Streit erzählt.“
„Aha, mit seinen Worten?“.
„Er sagt Du hast ihn provoziert“.

„Sag ich doch, mit seinen Worten“, gab Credo kaltschnäuzig wieder.
„Aber es so war es nicht, stimmt´s?“
„Weißt Du was, Hillie, Du kannst ihn haben, er gehört Dir! Werdet glücklich. Hauptsache Ihr lasst mich in Ruhe.“
Doch Hillie bekundete: “Ich will ihn gar nicht haben.“
„Was willst Du dann, scheiße! Und was verdammt nochmal machst Du hier um diese Zeit?“
„Dir helfen. Wo willst´n hin?“
„Dass ich nicht lache, Du und mir helfen? Ich hab´ gehört, dass Du mit den Nazis befreundet bist.“
Grinsend gab Hille zurück. „Über mich wird viel geredet… Hey Kindchen, glaub mir oder lass es bleiben. Weißt Du wo´s hingeht?“
Sie wich Hillies Blicken aus, bis Credos Stimme schwächer wurde. „Ich hab´ keine Ahnung“.
„Ich schon. Ich bring Dich hier weg. Aber Du weißt, Fenia, wenn Du jetzt gehst…, wird er Dir alles nehmen.“
Credo setzte dem nichts entgegen und stieg in Hillies tiefdunklen Borgward Hansa, der im Tage vermutlich bordeaux glänzte. Verkrampft ließ sie sich auf dem ledernen Beifahrersitz nieder und stierte geradeaus.
„Ruh Dich ruhig etwas aus, wenn Dir blümerant zu Mute ist, Schätzchen. Ich bin eine sehr gute Fahrerin.“
„`Ne bescheidene Aussage hätte mich auch überrascht!“

Einstein

Schatten flackerten an ihrem tiefschlafenden Körper vorbei und ihre Wahrnehmung fiel auf den eigenen leichten

Corpus, der zwischen sonnendurchfluteten Bäumen flog. Ein warmes Lodern breitete sich in ihr aus als tropische Seerosen ihr winkten, Sumpfpflanzen lachten, in der Ferne eine dunkle Calla Pflanze nach Aufmerksamkeit verlangte. Sie war ganz bei sich und alles klang so richtig, so deutlich. Wahr. Sogleich streckte sich ihr eine baumlange, fordernde Hand aus der Tiefe entgegen, die Credo nicht schaden wollte aber nach ihrer Hilfe verlangte. Sie schwebte und sah fragend nach unten…

Eine Unebenheit auf der Straße jedoch ließ Credo aus ihrer eingesackten Pose erwachen. Als sie am Wannsee vorbeikamen, ein Schild mit der Aufschrift Richtung Steinstücken nach rechts, Richtung Potsdam geradeaus, passierten, lächelte ihr Hillie freundlich zu, mit den Worten: "Wir sind gleich da". Aus dem Augenwinkel nahm sie die Ortschaft auf, erinnerte sich an Alberts unterlagen und schnellte hoch.

„Halt sofort an!"

„Wie bitte?"

„Halt sofort den Wagen an!"

„Süße was is` denn los? Warum so aufgebracht?"

„Lass mich raus, schnell, oder ich springe…"

Die Räder kamen quietschend neben der Spur zum Stehen und Hillie drehte sich Credo entschlossen zu.

„Jetzt sag mir doch was Dir solche Angst macht, Du kannst mir vertrauen."

„Oh ich wusste, dass Du mit ihm unter einer Decke steckst!" „Wovon zum Teufel redest Du eigentlich?", gab Hillie glaubhaft wider.

„Oh nein, Du täuscht mich nicht! Alles klar, Du bist Schauspielerin und weißt wie man lügt."

„Fenia, in 10 Minuten sind wir da, dann kannst Du Dich selbst davon überzeugen auf welcher Seite ich stehe."
„Du hilfst mir doch nur, um freie Bahn bei Albert zu haben. Ich fahre nicht mit nach Steinstücken, kannst Du vergessen!" Hillie zog ihre vom Heizlüfter gewärmte Hand aus dem Handschuh und legte sie auf Credos Oberschenkel.
„Da will ich doch gar nicht hin. Wie kommst Du…" als sie die Wegweiser bemerkte, „ach, die Schilder. Wir fahren nach Potsdam, Süße. Ich bringe Dich zu Freunden, die Dir weiterhelfen. Versprochen."
Doch Hillies glühende Wohlgestalt drängte sich dieser kalten Nacht so angenehm auf, dass selbst eine Frau rasch weich wurde. „Und was bitte ist denn in Steinstücken, was Dich so verunsichert?" zögernd antwortete Credo.
„Albert hat dort irgendwas mit den Alliierten zu tun."
„Ich verspreche Dir, Du musst Albert nieee wiedersehen und ich will ganz bestimmt nicht nach Steinstücken. Du kommst an einen sicheren Ort."
„Was meinst Du damit?"
Sie wich Credos Frage aus und fuhr fort.
„Vertrau mir, nur noch dies eine Mal…"

Sie waren kaum zwei Kilometer gefahren als Hillie ein Licht in der Ferne entdeckte.
„Fenia, klapp bitte die Rücksitzbank um und steig in den Kofferraum." Verlangte sie plötzlich.
„Was?!" „Tu es bitte!" „Warum?" „Es ist besser wenn wir nicht zusammen gesehen werden."
„Wie nett", setze Credo knapp entgegen und kletterte widerwillig über die Sitze.

Aus einem Lichtkegel rief eine Stimme:“Haaalt!“
Sich die Mütze vom Kopf ziehend stoppte Hillie den Borgward Hansa.
„So spät noch unterwegs?“, fragte eine Gestalt in Grenzposten-Uniform.
„Gewiss doch.“
„Woher kommen Sie?“
„Von einer Premieren-Feier“.
Der Mann mit einem tiefhängenden linken Auge umging musternd das Fahrzeug, klopfte hart aufs Heck und ließ sich Zeit wieder bei Hillie anzukommen als er fragte: „Dürfen wir in den Kofferraum sehen?“
„Gewiss nicht, Schätzchen.“
Seine Mimik kühlte etwas ab als er zu ihr geneigt raunte, „das war keine Bitte!“
„Naja, ´n Befehl stimmt mich och nicht gerade um!“ Gab sie kess wider und er hob seine Stimme.
„Papiere, und zwar ´n bisschen plötzlich!“
Während er Hillies Außenspiegel grob zu sich nach oben drehte und seine Uniform musterte flüsterte er:
„Ihr Wohlsituierten haltet Euch immer für was Besseres, wie…?“ Der inzwischen dazu gestoßene Kollege griff die Papiere und wollte dabei freundlichst wissen.
„Warum noch so spät unterwegs so allein? Haben Sie keine Angst?“
„Die moderne Frau ist gerne mal für sich. Alleine laufen lernen und so… Allet klar, Schätzchen?!“
Erst jetzt besah der zweite Wachposten die Papiere detailliert und er deutete seinem Kollegen den Namen erneut zu lesen. Auffällig streifte sie sich durch das Haar und nach einem kurzen Schweigen erhellte seine Mimik im nu, „ick

werd verrückt, die Kneeeef!?! Sind Sie dit echt…? Na warum sag´n se dit nich´gleich?“ Gelächter brach aus.
„Entschuldijen Se, dass wir se nich gleich erkannt haben! Kann ja kener ahnen sowat.“
Er drückte ihr die Papiere wieder in die Hand.
„Wir kriegen hier nich so oft prominenten Besuch, wissen se.“ „Warum ham se sich denn nich´ unverzüglich zu erkennen jejeben?“ erkundigte sich der andere vorsichtig.
„Na, Ihr habt mich ja nich´ ausreden lassen.“
„Und wo wollen so spät hin, im Osten?“
Sie streckte ihren Hals etwas weiter aus dem Fahrerfenster, „aber dit bleibt unter uns ja? Wir haben n´diskretes Ferienhaus um die Ecke, tut janz jut mal allet vom Teppich zu haben.“
Der Nette mit dem Hängeauge rückte auch etwas näher. „Na, da sollten se sich nicht zu lange aufhalten, hier is ja viel los zurzeit“.
Hillie tat als hätte sie übersehen, dass der andere seinen Kollegen, bei der Bemerkung, an den Fuß trat und lächelte beiden entgegen.
„Dann werd ich mal los machen, Männer. Wünsch´n ruhigen Dienst.“
Ohne auf eine Antwort zu warten drückte sie aufs Gas.
„Dit globt mir ja kener,“ sagte der Freundliche.
Der andere immer noch skeptisch, „mmmh…, um die Stunde, ohne Begleitung hier draußen, mit so nem schmucken Wagen?“
„Mensch, dit is die *Sünderin*, verstehste! Der am heftigsten umstrittene Streifen aller Zeiten. Dit is ne Künstlerin, so ne Emanze, …die sind alle verrückt…“

Als das Morgenlicht die ersten Wolken durchbrach erreichten die beiden einen bewaldeten Hügel. Hillie stellte den Motor ab. Vor ihnen bäumte sich ein stromlinienförmiger Klotz aus Mischbeton, Stahl und Kurven auf. Ein Gebilde wie es Credo noch nie zuvor in ihrem Leben gesehen hatte. Die ockerfarbene Front bildeten zwei geschwungene Betonarme, wie die Fänge eines Meerestiers. Auf dem Rücken wölbte sich ein grader Buckel weit in die Höhe, der oben mit einem gewaltigen, metallenen Helm abschloss und an dem turmhaften Auswuchs dominierten acht eingefurchte Sehschlitze, die wirkten wie Augen. Manche von ihnen leuchteten sogar noch in den werdenden Tag hinein und am Heck wölbte sich ein kurzer, klobiger Corpus wie der Rücken einer Riesenspinne. Die verlängerten Wasserspeier-Ausläufe wirkten wie Troll-Ohren. In mitten der vorderen Betonarme bildeten sich nun, wie waagerecht über einander liegende Zähne, Stufen in den Schlund des Ungeheuers auf die Credo verwirrt guckte.
„Diese Reaktion löst der Einsteinturm fast bei jedem aus der ihn zum ersten Mal sieht. Expressionistische Architektur. Eigentlich ein gewöhnliches Observatorium“, erklärte Hillie. „Eigentlich?“ wollte Credo wissen.
„Es ist, nun ja, ein revolutionäres Bauwerk, ähnlich aber noch revolutionärer, als die Architektur ist sein Inhalt.“
„Wurde es für einen bestimmten Zweck so aufwendig gebaut?“ nickend fuhr Hillie fort.
„Mehr oder weniger Einstein zu Ehren, das aufwendige Design. Es ist ein Sonnenteleskop. Aber deswegen sind wir nicht hier.“
„Warum hilfst du mir, Hillie?“

Hillie zeigte keine Reaktion. „Was soll das, Hillie? Ich bin nicht käuflich!"
„Das habe ich nie gedacht", antwortete sie weniger reizend, „glaub mir, Schätzchen, ich will Deinen Kerl nicht. Und wenn doch könnte ich ihn mir einfach nehmen. Du traust mir immer noch nicht, wie? Fenia, das was ich dir heute gebe, gibst Du eines Tages jemandem zurück. Wende Dich an Gustav Achtziger, er weiß was zu tun ist. Ich hoffe wirklich, Du findest was Du suchst." Entgegnete Hillie verschwörerisch sich rüber zum Beifahrersitz lehnend, und küsste Credo auf den Mund.
„Kommst Du nicht mit rein?"
„Ich habe mich schon viel zu weit aus dem Fenster gelehnt, Süße. Leb´ wohl…"

Achtsam, so als könne sie etwas kaputt machen, trat Credo in den Bauch des Ungeheuers. Drinnen war es still. So sehr, dass sie beinahe das Gefühl hatte allein in dem Gebäude zu sein.
Eine ganze Weile sah sie sich im Jahr 1921 gebauten Gebäude um. Die Lampen im Treppenhaus waren in die Wände eingelassen, vermutlich damit niemand daran hängen blieb, dachte Credo. Die Architektur hatte etwas von Gaudi, vielleicht diente der Schiffsbau als Vorlage. Vor einem wuchtigen Holzgestell, das bis ganz nach oben durch alle Stockwerke reichte, blieb sie stehen. Es endete unter der Kuppel, wo sich vermutlich noch weitere Technik verbarg, um den Sternen näherzukommen.
Doch dann hörte sie ein Schlürfen und Stöhnen.
„Fassen Sie mal mit an! Ist ja nicht so, dass ich keine Kraft habe aber ein Turmteleskop-Gewinde ist nicht gerade

leicht." hallte eine Herrenstimme durch den Saal, die kurz darauf um die Ecke bog.
„Wo soll es denn hin?", entgegnete Credo argwöhnisch und schob mit an. Ohne sie einmal anzusehen gab er zurück.
„Das Ding können wir unmöglich die Treppen runter schleppen! Nur ein paar Meter rollen, da vorne ist es."

Mit der Unterseite der Faust schlug der alte Mann auf den roten Knopf an der Wand und etwas hinter der Mauer setzte sich in Bewegung. Während ein Summen aus dem Beton drang sagte sie:
"Herr Achtziger."
„Bitte?"
„Ich bin Credo".
„Ist das Ihr richtiger Name?".
„Freunde nenne mich so."
Es öffnete sich eine metallene Tür, die dasselbe Quarzgrau wie die Wand hatte, also erst auf den zweiten Blick zu erkennen war. Die Zwei hievten das seltsame Gerät über die Schwelle in den Lastenaufzug und dieser setzte sich kurz darauf in Bewegung, während sie gleichsam auf die sich bewegenden Wände blickten.
„Seltsames Gebäude. Warum hat es nach Süden keine Fenster?" wollte Credo wissen.
„Wegen der Lichtverschmutzung, damit keine Sonne eindringt, die von hinten kommt und unsere Messungen beeinflusst. Das ist ein Sonnenobservatorium. Deshalb ist hier im Winter auch nicht viel los. Die Witterung lässt hier kaum ein vernünftiges Arbeiten zu," sagte er nach unten blickend.

„Was hat denn Herr Einstein mit dem Gebäude zu tun?"
„Außer, dass er hier im Vorstand ist, tatsächlich nicht viel."
Als sie weit unten angelangt waren setzte der Alte sich in Bewegung und bat Credo das Gerät in die Ecke neben den Fahrstuhl zu schieben, deren Tür sich schon wieder geschlossen hatte. Dumpfes Licht beschirmte nun eine lange Treppe, die noch weiter nach unten führte. So sah sie den Alten fragend an.
„Umso tiefer die Räume im Erdreich, desto weniger Erschütterungen haben wir zu erwarten."
Gerade wollte Credo darauf eingehen, als ihr ein beißender Geruch wie ein Mix aus Zitronensäure, Chlor und Chillipulver in die Nase stieg. Umso tiefer sie in das Erdreich eindrangen, desto stärker wurden auch die Zweifel in das Vertrauen, das sie in Hillie gesetzt hatte und als die Beiden weiter hinten eine neue Ebene erreicht hatten, streckte sich ihnen ein gefliester Raum entgegen, aus dem sie Lichter, wie aus einem Kliniksaal anstrahlten. Mehrere Edelstahltische auf denen Thermometer, Sammelgefäße und diverse Mess-Kolben platziert waren, standen dort. Herr Achtziger zog sie behutsam am Arm vorbei, an Reagenzglas-Ständern aus Holz, verschiedenen Zylindern, Kühlwasservorrichtungen und Bunsenbrennern. Außer ihnen befand sich in dem großen Labor nur eine einzige hagere Person, die einen weißen Kittel und eine Maske mit Schutzbrille trug. Sie hockte beinahe reglos hinter einem doppelwandigem Dewargefäß, das aussah wie ein kupferner Tisch-Feuerlöscher mit gedeckelter Öffnung, durch die sich vielleicht gezüchtete Embryonen entnehmen ließen. Die Person tat so als bemerke sie Credo nicht.

„Was bitte hat ein solches Labor denn mit Astrologie zu tun?“ Der alte Mann ließ ihre Frage unbeantwortet. Herr Achtziger stoppte vor einem 2x3 Meter großen Periodensystem an der gekachelten Wand, welches scheinbar von jemandem darauf gemalt worden war. Dann legte er seine flache Hand auf das Quadrat mit den Buchstaben CU für Kupfer und anschließend versuchte er seine Hand auf den Buchstaben HE für Helium abzulegen, was ihm aufgrund seiner Körpergröße nicht ganz gelang, da sich Helium im Periodensystem ganz oben rechts befindet. Er fluchte leise in seinen Bart hinein.
„Hat es denn früher schon mal geklappt?“ fragte Credo ironisch.
„Da stand mal ein Hocker. Würden Sie?“ bat er gereizt.
Sie hob die Hacken und drückte mit der Hand auf das Helium-Symbol. Dann setze sich das Periodensystem in Bewegung, bzw. die Wand tat es und die rechte Seite rückte etwas nach hinten, sodass sich hinter der Wand ein weiterer Raum freilegte. Wieder verlangte ihr Blick nach Antworten.
„Helium ist ein Gas, wie es in den Sternen vorkommt.“ Obwohl sie eher an dem geheimen Raum hinter der Wand interessiert war, als an seiner Erklärung für die Auswahl der Elemente, fragte sie aus Höflichkeit.
„Und warum Kupfer?“
„In den Gebäuden auf dem gesamten Gelände sind fast alle Leitungen und Regenrinnen aus Kupfer, da unter anderem das Erdmagnetfeld erforscht wird und Kupfer nicht magnetisch ist.“
Gerade als Credo bemerken wollte, dass es zu dunkel war, als sie einen weiteren Raum des unterirdischen Gewölbes

erreichten, knipste jemand in der Tiefe des Zimmers ein Licht an. Zweifelnd suchte sie das Gesicht des Alten um sich zu vergewissern, dass alles in Ordnung war. Aber er war verschwunden.

Im Kegel der Tüten-Lampe waren zwei Knie auf einem Stuhl auszumachen, und Credos Puls stieg an als sie erkannte, dass quer über den Schoß der Person ein *Karabiner 98 k*-Gewehr abgelegt war.

„Was soll das?“ stieg sie der Silhouette wütend entgegen. Ein anderer mit Pelzohrenmütze und Wintermantel trat in das Licht. „Ganz ruhig. Wir müssen nur sicher gehen, dass Du allein hier bist,“

sagte er beschwichtigend. Credo hielt inne als sie bemerkte, dass im Dunkel des Raumes noch weitere Lungen atmeten. Dem setzte die Stimme mit dem Gewehr auf dem Stuhl entgegen.

„Noch viel mehr als das. Wir müssen sicher sein, dass sie keine Verräterin ist.“

Credo erkannte, dass der sitzenden Person mit der Flinte eine Frauenstimme gehörte.

„Was hat ´n die Xanthippe für ´n Problem? Mach mal halblang, Schwester oder seh´ ich so gefährlich aus, dass ich fünf Leute überwältigen könnte?“

„Du siehst aus als könntest du gar nichts anpacken. Wen nennst Du hier Xanthippe, hä?“

Wie immer wenn Credo wütend wurde zogen sich ihre Augenbrauen zusammen:

„Dann steck endlich Deine Flinte weg bevor ich sie Dir zwischen die Kiemen ramme! Außerdem wollte ich gar nicht hier sein. Man hat mich hergebracht“.

„Ganz ruhig, Kinder!“, rief der sich nähernde alte Mann.

„Wir sind doch alle Freunde. Packst Du bitte das Ding weg, Lenny! Sie ist etwas skeptisch Neuen gegenüber." Gustav Achtziger schaltete das Deckenlicht ein und noch zwei weitere Frauen mit Armeehosen und dicken Mänteln musterten die Fremde in der Fliegerlederjacke. Der Alte beugte sich zu Credo:
„Die sportliche da ist Isolde, direkt neben Betty und der glattrasierte Hüne mit Zottelhaar ist Wolf. Leute, ich möchte Euch Credo vorstellen".
„Was heißt neu, ich bin keine von Euch!" widersprach Credo und Lenny stichelte weiter,
„na sag ich doch".
Die Frauen nickten Credo verhalten zu, gaben Lenny mit dem Gewehr ein Zeichen und wendeten sich dann wieder einem Tisch zu auf dem allerhand Zünddrähte und Kisten mit Sprengstoff lagen. Dabei fielen Credo die Aufnäher ihrer Ärmel ins Auge, auf denen *Hèros de la Rèsistance* zu lesen war.
„Der Krieg ist ´ne ganze Weile vorbei. Also was soll´n das hier sein? N´ konspiratives Zentrum für…, gegen?"
Mit den Worten:
„Das glaubst Du. Wir müssen halt vorsichtig sein, was Fremde angeht," trat Wolf zu ihr rüber.
„Wir kämpfen gegen den *Eisernen Vorhang*, gegen die innerdeutsche Teilung, gegen die Abschottung des Ostblocks gegen den Westen. Wir brauchen einen sicheren Ort von dem aus wir planen können. Lennys Vater war so freundlich uns zu unterstützen."
Wolf bedeutete Credo ihm zum Tresen zu folgen, welcher am anderen Ende des Zimmers stand.
„Aha, und Lennys Vater ist wer, bitteschön?"

„Er arbeitet hier, Du hast ihn eben kennengelernt. Gustav Achtziger."
„Da sagt man immer der Apfel fällt nicht weit vom Stamm…"
gab Credo zynisch zurück. Schmunzelnd schenkte Wolf einen Absinth ein.
„Danke, ich trinke nicht."
„Nimm Platz." Geringschätzig merkte sie an:
„Jetzt leuchtet mir auch ein, was das mit dem Chemielabor auf sich hat. Ihr bastelt hier fleißig Bomben, …für einen Kampf gegen Windmühlen. Na dann viel Spaß dabei!"
Diese Boshaftigkeit ignorierend nahm Wolf ihr Glas und goss den Inhalt in seines.
„Also, warum bist Du hier?"
„Ich weiß es nicht."
„Du solltest es aber wissen."
„Wirklich, hab` keine Ahnung."
Er wischte sich den Mund mit der hohlen Hand ab.
„Du bist nur hier, weil Dich jemand hergebracht hat dem wir vertrauen. Und diese Person vertraut Dir und hält es offenbar für nötig, dass wir Dir helfen. Das heißt Du musst ziemlich in der Scheiße sitzen. Und es bedeutet, dass sie ein großes Risiko eingeht, um Dir zu helfen. Wir im Übrigen auch. Also verschwende nicht unsere Zeit und sag was Du von uns willst…" Eine ganze Weile zögerte Credo und ging in sich.
Dann zog sie einen Zettel aus der Tasche und legte ihn auf den Tresen.
„Ich muss wissen was das für Koordinaten sind."
Wolf betrachtete den Brief und fragte:
„Welche Koordinaten? Ich sehe keine."

„Habt Ihr Ultra-Violettes Licht?"

Nachdem Wolf Credo nun schon über eine halbe Stunde warten ließ, wurde sie langsam ungeduldig. Sie war müde, es hatte maximal 18 Grad in den geheimen Kellerräumen und ihr Unterleib schmerzte. Sie betrachtete eine Karte der Exklave Steinstücken an der Mauer und strich immer wieder mit ihren Handflächen über das faltige Papier auf dem Tresen.
„Was genau passiert in Steinstücken?" fragte Credo als sie spürte, dass Lenny sich nährte.
„Irgendwas geht da ab. Wahrscheinlich geheime Labors des Militärs."
„Ich dachte da sind nur Wohnsiedlungen. Warum sollten genau da geheime Operationen geplant werden?"
„Steinstücken is ´ne Exklave, Gebiet, welches ausschließlich über fremdes, politisches Territorium zu erreichen ist. Also grundsätzlich schwierig in so´n eingekesseltes Gebiet zu kommen, ohne gesehen zu werden. Eignet sich hervorragend, um Operationen zu planen. Wir haben ´nen Tipp gekriegt. Außerdem versucht der militärische Abschirmdienst mit allen Mitteln zu verhindern, dass Leute wie wir da Zugang bekommen."
„Da fährt doch sogar n Zug durch, obwohl das Gebiet recht klein ist."
„Richtig. In der Länge nur ´n Kilometer."
„Lass mich raten. Reinkommen wollt Ihr über den Zug."
„Jap, über die Kanonenbahn. Bist gar nicht so dumm wie de aussiehst," raunte sie vulgär und forderte, „zeig mal her den Schrieb."

Argwöhnisch knickte Credo das Papier ein, sodass der Text ihres Vaters nicht mehr zu sehen war, sodass sich nur der unbedruckte Rand zeigte.
„Sehr witzig," entgegnete Lenny und fragte, „woher hast´n gewusst, dass wir zu fünft sind?"
„Wie bitte?"
„Du weißt genau was ich meine, vorhin im Dunkeln."
„Mein Gespür," sagte Credo knapp, „täuscht mich selten. Und meine Nase erst recht nicht."
„Witzig, die Kleine! Dann weißt Du ja, dass wir Dir nichts Böses wollen."
„Fangt Ihr schon wieder an?" fragte der glattrasierte Wolf als er mit der Schwarzlichtlampe wieder an den Tresen trat.
„Wir haben uns nur kenngelernt", warf Lenny zurück. Er zog Credo das Papier aus den Händen, leuchtete sogleich mit der Lampe das Blatt ab, bis ein Name zum Vorschein kam.
„*Henrika Bartelz*", las Wolf laut vor und meinte scherzhaft, „vielleicht ne Verflossene.". Dann kamen auch noch gelbliche Zahlen zum Vorschein. *9.41°N, 82.32°W*
"Tatsächlich, Koordinaten!"
Lenny schob Gläser beiseite und rollte eine Landkarte auf dem Tresen aus. Nun starrten sechs Augen erwartungsvoll auf die Kartographie. Wenige Augenblicke später glitt Lenny mit dem Zeigefinger nach Schweden, über die Grönland-See zu dessen Festland, vom Grönland nach Canada, streifte Alaska, im Bogen nach unten, glitt wieder ein Stück nach rechts, kreuzte Amerika und Mexiko, bis sie schließlich auf Mittelamerika zum Stehen kam. Dann sagte sie entschlossen: „PANAMA!"

Der Zeiger ging gegen 18Uhr als Credo auf der klapprigen Pritsche im fensterlosen Keller erwachte. Sie wusste weder Uhrzeit noch ob es Tag oder Nacht war. Keiner von den Anderen war zu sehen, sie fror immer noch sehr. Also schleifte sie sich ins karge Badezimmer der Kellerräume und begann sich mit heißem Wasser und Kernseife zu waschen. Als sie fertig war trocknete sie sich mit einem, leider zu oft benutzten, Handtuch ab und griff nach einem Mantel der hinter dem Bad auf einer Überseekiste lag.
Als sie dem unterirdischen Labor neugierig näherkam, sprang ihr sofort ein nervöser Gustav Achtziger entgegen.
„Kommen Sie hier entlang!"
Er zog sie, seinen unter ihren Arm gehakt, in das Runde Treppenhaus mit dem in die Wand eingelassenen Lichtern. Flüsternd bat er sie, ihm nach draußen zu folgen an dem Turm mit der stromlinienförmigen Außenhaut vorbei und flüsterte: "Soll nicht jeder hier gleich von Ihrer Anwesenheit Wind bekommen."
„Ich dachte es wäre keiner hier?"
Die Abendluft war voll von heimlichen Geräuschen. Aber Herr Achtziger ignorierte ihren Kommentar und zog sie an der Hand nach draußen über das eisige Gelände und steuerte auf den großen Refraktor zu, der auf einer Anhöhe etwa 40 Meter entfernt lag.
Von außen wirkte der massive Backstein-Kollos wie ein Wasserturm in dem Fledermäuse hausten. Nur, dass sich nach oben hin eine gigantische metallische Kuppel mit 21m Durchmesser erstreckte.
Nach einer wortchaotischen Einführung zur Entstehung der Observatorien auf dem Potsdamer Wissenschaftsgelände erreichten sie die obersten Stufen des Refraktors.

Die zwei betraten den Saal mit der gigantischen Kuppel von 200 Tonnen Eigengewicht. In Mitten der Holzplattform streckten sich ihnen zwei mindestens 9 Meter lange, grüne Fernrohre entgegen, die diagonal weit in die Decke hinauf ragten und auch Kanonen hätten sein können. Auf der anderen Seite klemmte ein tonnenschweres Gegengewicht. Es roch angenehm nach kaltem Metall, Schmieröl und Holz, nach Wissen und Bildung, vielleicht ein bisschen Magie. An den gebogenen Wänden bäumten sich in Halbkreisen Treppen hinauf, die irgendwann einfach im Nichts endeten, und darüber lag dann eine weitere Treppe und darüber noch eine. „Bitte," sagte er als er mühevoll einen Sessel unter das Okular schob.

Behutsam setzte sie sich, als würde Credo auf dem Sessel etwas Bedrohliches erwarten.
„Unfassbar, dass es so etwas praktisch in unserer Nachbarschaft gibt. Aber, wie soll man denn da durchschauen, es ist viel zu hoch? Wissen die Menschen da draußen denn eigentlich hiervon?"
„Manche schon. Es ist eigentlich kein Geheimnis, allerdings sind Observatorien immer an exotischen Orten. Deshalb hat man auch selten Besuch. Dies hier ist eins der wenigen großen Doppelteleskope auf der Welt. Setzen Sie sich nur, ja."
Als er sich einige Schritte entfernte, knackte es plötzlich von allen Seiten. Er hatte einen kleinen Schalter an der Armatur am Rande des Holzbodens gedrückte und plötzlich setzte sich so etwas, wie ein gewaltiges Zahnrad in Bewegung. Erschrocken blickte Credo zu Gustav Achtziger hinüber als der Boden begann sich zu heben und die

Räder oben unter der Kuppel sich in Bewegung setzten. Im ganzen Saal hallten das Knarren und Knacken nach, als säßen sie in einem sinkenden Schiff. Beschäftigt mit dem gesamten Boden der sich mit Hilfe einer Fahrstuhlmechanik nach ob bewegte, bemerkte sie gar nicht, wie die Treppen an den Innenwänden verschwanden, sich die Kuppel über ihr zu öffnen begann und einen kalten, klaren Nachthimmel freilegte. Der alte Mann justierte etwas an einem Rädchen und brachte die mächtigen Linsen in Position.

„Schauen Sie durch das Okular, das kleine Ding hier am Ende des Rohrs. Eine solche Schönheit existiert nur in den Sternen. Mit diesem Teleskop können Sie Anomalien im All entdecken. Sehen Sie die blaurosé-farbene Spirale, mit dem hellen Licht in der Mitte? Diese Spiralmuster finden sie überall im Universum. Und auch auf der Erde. Sogar in fast allen Pflanzen.“

Gustav Achtziger hatte eine wirre aber väterliche Art, die Dinge zu erklären.

Ihre Brust ging schwer und die Haare auf ihren Unterarmen stellten sich auf, als sie sich dem stillen Zauber der Galaxie hingab.

„Es gibt ein Rohr mit 80 Zentimeter Linsendurchmesser und eines mit 50. Das Fünfziger ist etwas klarer. Diese einzigartige Technik macht es möglich, die Wunder unseres Universums in einer ganz anderen Farbe zu sehen, nicht wahr?“

„Sterne bestehen also aus Gas?“ wollte sie glühend wissen.

Achtziger nickte.

„Es sind Sonnen sozusagen. Gebilde die einfach gesagt, zusammengedrückt werden, sie geben Wärme ab und Licht.“

Eine sanfte Traurigkeit legte sich, wie ein Schleier, auf ihr ab als sie durch das Okular des Doppelteleskops blickte, die atemberaubenden Weiten unseres Universums ersah. Langsam zog sie den Brief ihres Vaters und das Ultraviolette-Licht aus der Manteltasche, das sie dem Alten reichte.
„Die Koordinaten stehen für einen Platz in Panama.“ Seine Brille etwas an die Nase rückend fragte er:
„Wollen Sie dort hin, Credo?“
„Nein, sicher nicht. Sie sind doch ein gebildeter Mann. Was es mit dem Symbol auf sich hat, möchte ich wissen.“
Alsdann lachte er laut auf.
„Der *Drachenwurz*!“.
Sie wunderte sich, „wie meinen? Sie wissen was das ist?“
„Na klar,“ hustete er, „der Drachenwurz, die Blume der Unsterblichkeit. Von den Meisten wird sie einfach nur Calla-Pflanze genannt. Meine Frau hatte eine Schwäche für sie. Sie ist an sich eine gewöhnliche Sumpfpflanze aber…“ unterbrach er sich selbst.
„Aber??“ drängte sie auf eine Antwort.
„Aaaber mancher kennt sie auch unter dem Begriff *La flor de Verdad*, die Blume der Wahrheit… Keine Ahnung was das bedeuten soll.“
Dann legte der alte Mann das Papier und die Lampe auf seinem Schoß ab. Sich zu ihr rüber beugend verriet er:
„Manche fürchten sogar die Pflanze, weil sie im Panamakanal für so viel Dunkelheit sorgt und glauben es ist ein schlechtes Omen. Andere behaupten, dass durch sie die Sterne über Panama heller leuchten, weil die dunklen Schatten des Wassers die *Lichtverschmutzung* eindämmen und sie dadurch die Sterne stärker funkeln lassen. Alles Seemannsgarn, wenn Sie mich fragen.

Darf ich Sie nun mal was fragen, Credo. Warum sind Sie hier?" „Das habe ich Ihnen gerade erzählt."
„Sicher, sicher," gab Herr Achtziger behutsam zurück, „aber vor wem laufen Sie davon?"
„Mein Verlobter," setzte Sie nach einem tiefen Atemzug an, „Albert Alasker.., er ist ein Scheißkerl!"
Die Miene des Alten verzog sich zu einer ernsten.
„Ich war im dritten Monat... Vielleicht sollte es nicht sein, vielleicht weil er selbst noch ein Kind ist."
„Dr. Alasker", sagte der Alte mit viel Luft nach hinten, als würde er von einer tödlichen Krankheit sprechen und dann mit Überzeugung, „Sie müssen sich unbedingt von ihm fernhalten." Seine Entschlossenheit überraschte sie, also wollte sie wissen:
„Sie haben von ihm gehört?"
„Wer nicht? Zwielichtige Geschäfte soll er machen, mit der Sowjetunion. Man spricht von Experimenten an Lebenden, auch an Kindern. Nur wo das passiert weiß niemand so genau. Wir vermuten allerdings, *Steinstücken* könnte eine heiße Spur sein. Es wird sogar gemunkelt, dass Alasker für einen gewissen Rasa Jahel arbeitet."
Da war er wieder, der seltsame Name. Darum wurde sie neugierig.
„Wer ist das?"
„Nun ja, keiner weiß das so genau. Es heißt er ist einer der Schlimmsten, dass er mit den Russen Geschäfte macht, mit den Deutschen auch und scheut keine Mittel um seinen Willen zu kriegen. Er mischt nicht nur in der Forschung sondern auch in der korrupten Politik mit, deshalb spricht man ihm eine gewisse Macht und Autonomie zu, allerdings gibt er sich, im Gegensatz zu anderen Machthungrigen,

viel Mühe im Hintergrund zu bleiben. Zumindest kenne ich niemanden der ihn mal ohne seine Verkleidung gesehen hat. Meistens trägt er einen langen Mantel und einen Hut mit tiefhängender Schärpe, sodass man ihn nicht erkennt. Der Mann ist ein Pulverfass, sich für keine Grausamkeit zu schade.

Mancher behauptet, als Kind habe er eines Nachts einen Anwalt niedergestochen, der gegen Rasas wohlhabende Eltern klagte. Die Frau vor dessen Haustüre es passierte eilte zur Hilfe, aber der Anwalt starb. Die Dame war in besonderen Umständen, hatte aber einen solchen Schock, dass sie das ungeborene Kind verlor. So hatte Rasa gleich drei Leben zerstört und als man ihn fasste lachte er nur, denn er wusste er war noch ein Bursche, zu dem aus gutem Hause, also konnte ihm niemand etwas anhaben."

„Rasa Jahel," flüsterte Credo, „weiß denn keiner wo er herkommt?".

Herr Achtziger schüttelte den Kopf.

„Und niemand stellt Fragen zu seinem seltenen Namen?"

„Wenn so viel Geld im Spiel ist, sind Herkunft und Namen unwichtig. Geld stinkt nicht. Ich habe gehört Rasa Jahel gehören Aktienanteile der *Monsante-Gruppe*. Ein weltweit umstrittener Medikamentenhersteller, der mehr als einmal in die Kritik geraten ist verantwortlich zu sein, für diverse Fehlbildungen bei Kindern und für den Tod von Hunderten. Ich weiß, dass die Klinik von Dr. Alasker für *Monsante* gearbeitet hat und das ist kein gutes Zeichen. Viele Menschen, die sich Rasa Jahel in den Weg gestellt haben, sind urplötzlich verschwunden. Es heißt sogar er kontrolliere eine seit Jahrhunderten bestehende Privat-Miliz. Man nennt sie die *Peregrinatio*."

„Wie?"
„Peregrinatio," wiederholte er vorsichtig als könnte ihn jemand dabei ertappen, wie er etwas Unanständiges sagt. „Übersetzt bedeutet es so viel wie *Kreuzzug*. Ich rede von fiesen Kerlen mit kurz geschorenen Haaren, in schwarzen Ledermänteln, eine Vereinigung aus ehemaligen Söldnern, die ihn beschützen und gleichzeitig die Drecksarbeit für Rasa Jahel erledigen sollen. Es heißt sie wären auf einer höheren Mission. Dieser Rasa sei besessen von etwas oder jemandem an das oder den er nicht rankommt. Aber er gibt niemals auf…"
„Woher wissen sie so viel über den Mann und meinen ehemaligen Verlobten?"
„Irgendwas ist da, unweit von hier, in der Exklave Steinstücken zugange. Rasa Jahel hat da seine Finger drin. Wahrscheinlich erhält er viel Geld dafür, dass er die Alleierten unterstützt, einen Keil zwischen bestimmte Städte in Deutschland zu treiben. Welchen wahnwitzigen Hintergrund das nun wieder haben soll, ist mir ein Rätsel. Vielleicht ist es ein Experiment. Fragen sie mal Lenny, die kennt sich da besser aus."
„Ja, vielleicht ist es einfach nur Politik. Oder den großen Jungs ist langweilig und sie vertreiben sich die Zeit damit sich darin zu messen, wer mehr Macht besitzt."
Unterbrach sie ihn.
„Mag sein, Credo. Sie müssen sich unbedingt von Dr. Alasker fernhalten! Hier können sie nicht bleiben, wenn sie nicht gefunden werden wollen."
„Und wo zum Teufel soll ich sonst hin?"
„Dem Brief ihres Vaters folgen?"
„Niemals!"

„Wieso nicht?“
„Der alte Mann war verrückt,“ flüsterte sie unterkühlt.
„Das, meine Liebe, behaupten manche auch von Leuten, die sich mit Dr. Alasker einlassen…“
Schweigend sah sie wieder durch das Teleskop.
„…Mein Vater wurde spürbar älter. Er hat viele Dinge vergessen. Wurde naiv. In den letzten Jahren hat er ständig davon gesprochen, wie begrenzt unser Leben hier ist und dass es viel mehr über das Universum zu wissen gibt. Über das was sich außerhalb unserer Welt, irgendwo da im Kosmos befindet. Das hat mich verärgert, weil er meiner Meinung nach den Blick für das Wesentliche verloren hat. Er redete von Mächten und Energien, die da am Werk sind. Dass unsere Ahnen zu ihrem höheren Selbst zurückgekehrt sind, sie uns aber täglich begleiten. Er las immer öfter philosophische Literatur, Bücher über Existenzen auf anderen Sternen und er schimpfte über Leute die behaupten wir wären allein im Universum. Wissen Sie, es fiel mir wirklich schwer ihn ernst zu nehmen, Herr Achtziger… Und gleichzeitig tat es mir weh zu sehen wie mein Vater, der Fels in meinem Leben, von Tag zu Tag schwächer wurde. Aber noch trauriger war, dass ich deshalb immer wütender auf ihn wurde. Ich schäme mich dafür…
Aber was hätten Sie getan, wenn Ihnen einer versucht so´n Flo ins Ohr zu setzen?“
Daraufhin griff Gustav Achtziger Credos Hand.
„Ich verstehe Sie gut. Nur finde ich es töricht zu glauben, wir wären die einzige lebende Spezies im gesamten Universum. Da wir doch noch nicht einmal wissen wie groß das Universum eigentlich ist. Die Wahrscheinlichkeit, dass wir auf dem blauen Planeten die einzigen Lebewesen sind, ist

sagen wir mal, sehr gering. Ich denke, Menschen die so etwas glauben sind naiv… Ich denke Gott hat uns bewusst nicht alles verraten und ich glaube so fleißig wie er war, wird er nicht nur eine wunderschöne Erde, wie diese hier geschaffen haben.
Das Universum ist unendlich und es ist voller Schönheit und Geheimnisse. Sehen Sie durch das Teleskop und sagen mir, dass ich mich irre…"
Einige Sekunden hielt Credo inne, dann fügte Herr Achtziger an.
„Haben Sie nie darüber nachgedacht was wäre, wenn ihr Vater richtig lag mit seinen Theorien?"

Unterdessen draußen auf dem hügeligen Gelände leise Windwirbel ein Schneegestöber in Wallung brachten, brauchte es mindestens zwei zähe Stunden auf der unbequemen Liege, bis Credo eingeschlafen war. Die Nacht war fast vorbei als sie wieder Bilder sah in denen Albert seine Hand nach ihr auszustreckenden schien. Ihr Kopf fühlte sich fiebrig an. Wieder flog sie in einem schweren Wind, aber diesmal war sie nicht allein. Neben der Anwesenheit verschiedenster Lebewesen und fremden Pflanzen spürte sie noch jemanden, oder etwas, etwas Wuchtiges. Eine schier unbändige Kraft.

In den kommenden drei Tagen hatte Credo immer wieder den gleichen Traum. Gustav Achtziger gab sich auch hier als geduldiger Zuhörer, versuchte Credo damit zu beruhigen, dass ihre verrückten Träume lediglich vernebelten Wünschen oder Ängsten entsprangen.

In dieser Zeit planten Lenny und die anderen *Hèros de la Rèsistance* einen Anschlag mit einer Taschenbombe, auf die Büros von Ingenieuren, welche maßgeblich am Bauvorhaben des *Eisernen Vorhangs* in Berlin, beteiligt sein sollten. Die selbsternannten Widerstandskämpfer vermuteten geheime Planungsbüros zur *Innerdeutschen Teilung*, ebenfalls in der Exklave Steinstücken. Allerdings machte Credo ihnen unmissverständlich klar, dass sie bei einem Akt solcher Brutalität auf ihre Mitwirkung verzichten mussten. Es war beeindruckend wie sich die Frauen und Männer für diese große Sache einsetzten. Aber jemandem auf diese Art Gewalt anzutun, der einen nicht unmittelbar verletzt hatte, konnte ihr Gewissen nicht so mir nichts dir nichts verkraften. Außerdem musste Credo schnellstens einen Plan entwickeln, was sie als nächstes tun würde. Aber irgendwie fühlte sie sich leer, ausgemergelt und ohne Energie.
In der Tiefe des kargen Raumes tropfte ein Hahn leise vor sich hin. Erst jetzt spürte sie ihre eisigen Füße, wo sie sie an einander rieb. Hin und wieder vernahm man hinter den Mauern im Labor Klänge und geschäftige Geräusche, während Credo nutzlos auf einer Pritsche, im geheimen Keller des Wissenschaftsparks lag.
Immer wieder flammten die Szenen ihres Traumes vor den Augen auf. Und irgendetwas in Credos tiefstem Innern ließ sie daran glauben, dass die Bilder ihres Schlafes mehr zu bedeuten hatten und sie auf einen gewaltigen Sturm zuraste.

Am späten Vormittag riss Credo die Augen auf und schnellte nach oben, da jemand an ihren Schultern rüttelte.
„Wie spät ist es?“

„Sieben.“ antwortete Lenny, deren Atem in der kalten Kellerluft emporstieg.
„In diesem verdammten Bunker hat man kein Zeitgefühl,“ nörgelte Credo.
„Auf dem Tisch liegt Essen. Bedien´ Dich.“
Ihr Blick fiel auf den Tisch auf dem ein Berg Lebensmittel lag und sie sagte, „kann mich gar nicht erinnern wann ich das letzte Mal was gegessen habe,“ und lief zum Tisch, steckte sich gierig ein Stück Gouda in den Rachen.
„Bedien´ Dich. Du musst Dich stärken!“
Credo wendete sich knapp vom Tisch ab,
„Danke, ist echt nett von Dir!“
„Keine Ursache,“ gab Lenny trocken zurück, „Du hast es bezahlt…“
Zur Tasche hastend sah Credo in den Umschlag in dem sie das gestohlene Geld aufbewahrte. Ein kurzes „Hey..“ entwich ihren Lippen.
„Was denn? Dachtest Du wir beherbergen Dich gratis? Du bist hier übrigens nicht sicher, Deine Sachen sind schon gepackt. Wenn Du angezogen bist komm nach oben. Ich will Dir was zeigen.“

Durch die Sehschlitze des massigen Gebäudes konnte man Gustav Achtziger, seine Tochter Lenny, der sie noch immer nicht traute, und einige Widerstandskämpfer auf dem Rasen des Hügels sehen. Zögerlich hielt sie auf die Gruppe zu. Dann fragte sie Herrn Achtziger:
“Ist es heute erlaubt draußen rumzugehen?“
„Guten Morgen. Es ist keiner hier, wir haben geschlossen. Die Mitarbeiter haben frei und das wird in nächster Zeit

auch so bleiben. Es muss wiedermal renoviert werden, im Einsteinturm." „Und was haben wir vor?"
Wortlos bedeuteten Sie ihr, ihnen den Berg hinunter, zu folgen. Doch wieder überkam sie ein seltsames Gefühl.
„Wieso beschäftigst Du Dich überhaupt mit den Zeilen Deines Alten, wenn Du nicht den Mumm hast ihnen zu folgen?", wollte Lenny wissen und Credo blickte sich grantig um, zu Gustav Achtziger. Dann gab sie zurück.
„Vielleicht habe ich mich einfach an einen Strohhalm geklammert, weil mir nichts geblieben ist. Schon klar, Du willst mich hier weghaben. Keine Sorge, Lenny. Sobald es dunkel wird, fahr ich zu dem Hof einer Tante, im Süden."
Als sie sich einen schmalen Pfad entlang durch das Geäst gedrängt hatten, beleuchtete die Novembersonne ein stilles, noch nicht gefrorenes Gewässer. Ein Stück weiter rechts am Uferweg stoppten sie vor mindestens neun weiteren, bewaffneten Personen, die alle wirkten als wären sie zu oft von jemandem enttäuscht worden. Alle gafften Credo an. Auch Herr Achtziger, Lenny und ihr Gefolge kamen hinter Credo zum Stehen, sodass sie weder vor- noch zurückkonnte.
Scharf drehte sie sich um, als ihr Puls zu rasen begann.
„Ich wwwusste, Euch kann man nicht trauen!" rief sie entsetzt. „Euch, und dieser reichen Intrigantin nicht. Hat Alasker Euch geschmiert, ja?! Hier wollt Ihr´s also machen, wie viel zahlt er Euch…? Ihr Verräter!", holte sie aus, ohrfeigte Lenny mit der linken Hand. Doch diese widersetzte sich nicht.
Während die anderen Leute schwiegen bat Lenny Credo, sich ans Ufer, zwischen das von der Kälte gehärtete Gras, zu setzen in dem ein kleiner Hocker stand. Auf dem Ho-

cker waren getrocknete, handflächengroße Steine, in unterschiedlichen Grautönen aufgebahrt, die das Wasser in vielen Jahren rund geschliffen hatte. Daneben stand eine Schatulle mit flüssigen Farben. Lenny zog kniend ihren *Heckler & Koch* - Revolver aus der Jacke, legte ihn beiseite, nahm einen Pinsel aus ihrer Tasche und tauchte ihn in ein blasses rot. Dann strich sie mehrfach über einen grauen Kieselstein und fragte Credo, deren Wange ein ähnliches Rot annahm:
„Hattest Du schon einen Namen?"
„Wie bitte?"
„Wir alle hier haben viel durchgemacht, Menschen verloren." sagte Lenny ohne sie anzuschauen.
„Verstehe, und jetzt nehmt Ihr Geld dafür, dass Ihr anderen Menschen, dasselbe Leid zu fügt. Dann tu es doch endlich, Lenny!"
Leise antwortete Lenny. „Das hier ist ein Trauerteich, Fenia. Zum Gedenken an die Menschen die uns genommen wurden. Wir schreiben ihre Namen auf die Steine, die für immer hier ihren Platz haben und niemals vergessen werden. Sie liegen im wichtigsten Element der Natur, am Grund dieses Sees, zusammen mit all den anderen Namen der geliebten Seelen, die uns viel zu früh verlassen haben, in vielen bunten Farben als Symbol dafür, dass sie für uns immer lebendig sein werden und dass wir uns jeder Zeit an sie erinnern und von ihnen reden dürfen. …Hattest Du schon einen Namen?"
In einem geduldigen Lungenzug, der bis in die tiefsten Winkel ihres Bauches vorzudringen schien, nahm Credo die letzten gefallenen Herbstblätter und das Moos in sich

auf, schmeckte das feuchte Gras in ihren Nüstern und genoss die heißen Tränen, die über ihre Wangen liefen.
Sich Zeit nehmend tupfte sie den Pinsel in Violett und bestrich damit einen mittelgroßen, hellen Flusskiesel. Als er getrocknet war, griff sie einen feineren Pinsel, mit dem sie einen Namen in weißen Buchstaben, auf den Gedenkstein schrieb.
Inzwischen hatten die anderen den leisen Ort verlassen und nur noch Herr Achtziger und seine Tochter waren geblieben. Die Schatten der Bäume auf die die Sonne fiel, waren bereits ein Stück gewandert während Credo wirkte als würde sie meditieren. Alsbald erhob sie sich, holte aus und schleuderte den Stein, mit ganzer Kraft, zur Mitte des Sees.

Sie waren gerade auf dem Rückweg als ein langes Pfeifen aus den Bäumen ertönte. Lenny, die vorn in der Reihe lief, hob die Hand zum Stopp.
„Peregrinatio, auf dem Weg!“ rief eine Stimme halb flüsternd vom Hügel herab. „es heißt sie suchen wen!“
„Was machen wir jetzt?“
Fragte Lenny zu ihrem Vater nach hinten. Vom Hügel aus hörte man Motorengeräusche eines LKW und mindestens die zweier Armeefahrzeuge. Credo, die mittig stand, sah hinter sich, und bemerkte wie Gustav Achtziger einen Knüppel aus seinem Ärmel gleiten ließ und sagte scherzhaft, „damit wollen Sie sie vertreiben?“
Ohne ein Blinzeln blickte auch Lenny sie an, die keine Anstalten machte Credos Lächeln zu spiegeln. Da begriff Credo was los war. Doch leider zu spät. Sie spürte nur einen dumpfen Schlag auf den Hinterkopf, sodass sich ein

dunkler Schleier auf ihren Augen ablegte, als Credo in die Knie sank.

Schwarzer Kolibri

Trotz ihrer polarisierenden blauen Augen, waren Credos Haare den Nachbarn schon immer zu dunkel gewesen. Sie verstand nicht warum die Nachbarkinder nicht mit ihr spielen durften als sie jung war.
Der einzige der nie eine Bemerkung über ihr südländisches Aussehen gemacht hatte war ihr Nachbar, der Gemüsehändler, den man in ihrer Straße nur als den bösen Chinesen kannte. Credo wusste nicht woher er auf einmal gekommen war, nur dass auch er, wie sie, von den meisten Leuten als merkwürdig empfunden wurde und dass ihn keiner ernst nahm, weil er anders aussah als die anderen. Wenn es allerdings darum ging frische Ware bei ihm einzukaufen kamen die Leute gern, denn Herr Oroshi machte seine Arbeit gut, gute Preise und er legte großen Wert auf Qualität, als auch eine saubere Anordnung seiner Lebensmittel. Das gefiel den Deutschen.
Als Credo zehn Jahre alt war, kaufte sie zum ersten Mal mit ihrem Vater bei ihm ein, und lernte einen redseligen mittelgroßen Mann, mit schütterem schwarzen Haar und unglaublich schmalen Augen kennen, der für diese raue Zeit sehr offen schien und von Gefühlen und Empfindungen redete. Viele Menschen lachten über ihn und fanden seine Art, die Dinge beim Namen zu nennen weiblich und komisch, und erklärten sich seinen seltenen Charakter mit der fernöstlichen Herkunft. Sie sahen den hageren Ausländer nie als Gefahr und eines Tages taufte jemand den stets gut gelaunten Herrn Oroshi, den bösen Chinesen. Credos Papa allerdings, der viel in der Welt herumgekommen war, glaubte zu wissen, dass er kein echter Chinese

war, da Chinesen eigentlich sehr zurückhaltenden Menschen sind und Herr Oroshi die Nachbarschaft wohl über seine Wurzeln, im Unklaren lassen wollte. Das respektierte ihr Vater genauso wie sie.

Durch die verschrobene Bretterwand setzte sich von vorn ein Lichtstrahl auf ihrer schmutzigen, dampfenden Gesichtshälfte ab. Zweckentfremdet hüpfte ihr Kopf durch die Erschütterung des Blechs auf und ab, während Credo langsam die Augen öffnete. Es dauerte einen Moment bis sie das Motorengeräusch realisierte, und ihr klar wurde, dass sie allein gefesselt auf der Pritsche eines Wagens lag. In der trockenen Luft sah sie rückwärts über ihre Stirn nur den dunklen Umriss eines Hinterkopfes der stur, auf die Landschaft vor sich hielt, die mit einem grauen Schleier bedeckt war. Den eisigen Dunst des Raumes aus ihren Lungen hustend rief sie:
„Hey!!! Hallo! Was habt Ihr mit mir vor…?!“, unterdessen sie auf dem Rücken liegend gegen die Außenwand trat und ihre flinken Beine kleine Beulen in die Blechhaut des Fahrzeugs formten. An den Fesseln zerrend und reißend schrie sie: „Antworte mir Du verdammter Idiot!!!“
Sie wusste es war vorbei… Was immer Rasa Jahel mit ihr vor hatte, sie wusste, dass er Dr. Alasker den Wunsch sie zu finden nicht abgeschlagen hatte und wem der beiden sie letztlich in die Hände fiel war egal. Denn Albert Alasker war in seiner Ehre zu tiefst gekränkt worden und jetzt wo sie ihr gemeinsames Kind verloren hatte, gab es auch keinen Grund mehr für ihn, sie mit Würde zu behandeln oder sie zu lieben.
Fröstelnd zog sie den Ärmel hoch, sodass ihr Armband zum Vorschein kam. Verzweifelt drückte sie ihre Handge-

lenke fest unter ihre Nase und roch an dem Leder des Bandes. Dann rannen Credo Tränen übers Gesicht und sie rief wieder:
„Lasst mich raus, Ihr miesen Wichser! Bitte…“
Aber keiner auf der Vorderbank reagierte, also sah sie sich um bis ihre Nase einen Geruch, wie von feuchtem Papier und Hundekot, wahrnahm. Credo setzte sich auf. Dann fühlte sie mit der Hand über mehrere Gegenstände die um sie herumstanden. Sie hatten verschiedene Größen und Formen, teilweise gestapelt, teils länglich, aber fast alle waren kantig aber sie alle waren weich. Jedenfalls weicher als Holz. „Wozu transportiert jemand in einem Armeefahrzeug so viele Pakete?“ fragte sie sich selbst als ihr Oberkörper unverhofft zu zittern begann.
Sie hatte keine Vorstellung davon wie lange sie bewusstlos auf der Pritsche gelegen hatte, aber ihre Haut war eisig und sie wusste, würde sie nichts unternehmen wäre es aus. Erneut schrie sie den Fahrer an, drehte ihren Körper auf den Rücken, mit den Füßen nach vorn und trat wieder unzählige Male an die Zwischenwand. Doch es folgte keine Reaktion. Also ließ sie von der Wand ab, ihr Zittern verstärkte sich, ihr Blick wurde apathisch…
Wenig später spannte sie die Bauchmuskeln und den Unterleib an und begann ihre Blase zu pressen. Der warme Urin verteilte sich in ihrem Schlüpfer, breitete sich auf ihrem Unterbauch aus, sodass er vom grauen Pullover rasch aufgesogen wurde, durchnässte ihre Hose und lief über ihre Kniekehlen bis in die Socken hinein in ihre Stiefel. Credo presste bis ihre Blase ganz leer war und sie stöhnte. *Denn welche Möglichkeiten blieben ihr, um auf der kalten Pritsche nicht zu erfrieren.* „Bitte, bitte…!“

Mit dem Mund konnte sie den doppelten Webeleinstek-Knoten unmöglich lösen, dazu war er zu professionell geschnürt worden. Das erkannte sie gleich, dank ihres ehemaligen Nachbarn Herrn Oroshi, der in seiner alten Heimat Fischer gewesen war und Credo allerlei Knoten zeigte, die sie laut ihm unbedingt erlernen musste, da das alte Berlin einst schließlich auch ein Fischerdorf gewesen war. So hatte dieser Mann interessante Kenntnisse von Sachen, die andere nicht zu wissen schienen. Meistens waren es lustige Dinge die er ihr zeigte, bis die kleine Fenia Credolan eines Tages gebeten wurde, wieder ein Paket aus dem Laden von Herrn Oroshi, für ihren Vater zu holen und eine andere Farbe vom Charakter des bösen Chinesen ans Licht trat.

Nun zum ersten Mal betrat sie, durch einen schmalen Korridor, einen Teil des Hauses, hinter dem Laden, der einer kleinen Turnhalle glich. Seine Frau war nicht zuhause. Fischgräten-Parkette war am Boden ausgelegt, mannshohe Spiegel klebten an einer Wand, dicke Wäschesäcke baumelten an Ketten, schwarze Metallstangen ragten aus den Wänden, eine unheimliche Mahagonibraune Holzpuppe, mit vielen hölzernen Armen war im Boden verankert. Außerdem erstreckte sich ein majestätisches, schwarzes Schrift-Symbol über die Fischgräten und neben weiteren fremdartigen Zeichen am Putz, hingen Bilder von Menschen, die alle einen weißen Morgenmantel trugen.

„Machst Du hier Ballett?", wollte die kleine Fenia Credolan wissen. Worauf hin Herr Oroshi nur griente bis er sagte.

„Eine andere Kunst. Zieh Deine Schuhe aus! Mir ist aufgefallen, dass Du sehr flink bist. Schaffst du es diesen Ballon, mit deinem Fuß in der Luft zu treffen?"

Er blies einen kürbisgroßen, ultramarinblauen Luftballon auf, knotete ihn zu und forderte Credo auf, ihn fliegend zu treten. Als sie das,

mit spielerischer Freude, getan hatte fragte er, "schaffst Du das auch zwei Mal hinter einander ohne, dass er zu Boden fällt?"
Sie schüttelte verwirrt den Kopf als er den Luftballon mit einem Stups nach Oben beförderte, mit einem Geräusch seines Anzugs, dass klang als spannte sich ein Segel im Wind, hoch sprang und ihn in einer rumpfdrehenden Bewegung, nach einander mit jedem seiner Beine, die sich bewegten wie die Rotorblätter eines Helikopters, traf, sodass der Ballon durch den Raum segelte und am anderen Ende landete. Auch Herr Oroshi landete wieder federnd auf seinen Ballen, sodass das kleine Mädchen freudig in die Hände klatschte, während sie rief:
"Sie können fliegen, Sie können fliegen!"
„Wir Japaner nennen diese Kunst „die leere Hand", sie dient nicht nur der inneren Ausgeglichenheit oder dazu Stärke zu demonstrieren. In manchen Zeiten dient sie viel mehr der Verteidigung. Dein Vater sagt Du interessierst Dich mehr für Sachen, die Jungs mögen. Er sagt auch Du machst gerne Sachen kaputt, weil die Anderen manchmal gemein zu Dir sind."
Die kleine Credo ließ seine Aussage unbeantwortet, lief stattdessen auf ihren Socken über das Parkett. Als sie hinter einem Pfeiler Halt machte, stand sie vor zwei Türmen aus Backstein, auf denen quergelegt fünf Fichtenholz-Bretter aufgestapelt waren. Der freundliche Nachbar spreizte im Stand ein wenig die Beine, bohrte seine nackten Füße in das Parkette, holte mit dem Ellenbogen vertikal aus, sodass dessen Spitze in die Luft ragte. Dann ballte er die rechte Faust, sodass Zeigefinger- und Mittelfingerhandknöchel zu Boden zeigten, spannte sein Handgelenk und rammte seine gestraffte Faust, mit einem lauten Ausatmen und Knallen durch die Bretter, als wären es Scheiben aus Lebkuchen. Bis seine Faust kurz vor dem Boden stoppte. Dann hielt er kurz inne, sammelte sich wieder, sah die kleine Fenia Credolan zögerlich an und sagte in seiner geduldigen Art:

"Dein Vater ist der Meinung Du müsstest Dich schützen. Aber, ich frage mich ernsthaft ob das was für Dich ist?"
Die Zehnjährige sah mit geweiteten Augen einige Sekunden auf die gespaltenen Fichtenholz-Reste, die verteilt auf dem Boden lagen. Dann flüsterte sie:
"Die leere Hand…".

Wieder zu sich kommend spürte sie noch immer, die wärmende Harnsäure an den Gliedern und weiterhin Erschütterungen unter ihrem Hintern. Sowohl der pappige Geruch, und scheinbar auch die Sonne waren ihrem Uringestank gewichen, als sie sich aufzusetzen versuchte und rückwärts gegen eines der Regale lehnte. Wieder riss sie an den Fesseln herum, doch die bewegten sich kein Stück. Mit einem Fuß schob sie einen Pappkarton zur Seite und tastete sich mit dem anderen weiter, um die Umgebung erfassen zu können. Plötzlich trat sie an etwas Weiches. Es fühlte sich an wie ein riesiges Kissen, welches unter einem anderen Regal festhing. Das weiche Ding zwischen ihre Beine scherend, versuchte sie das Kissen an sich heranzuziehen indem sie die Beine mit aller Kraft anwinkelte. Ein Stück des Stoffes riss hörbar ein, doch sie ließ nicht davon ab. Es gelang ihr nicht auf Anhieb, also brauchte sie sechs Versuche, bis es in ihrem Schritt ankam. Im matten Lichtspalt erkannte sie, dass es ein Sack war, also suchte sie behutsam mit den Fingerspitzen seine Öffnung. Überrascht zog sie die Hände aus dem Sack, drehte ihn um und kippte den gesamten Inhalt auf ihren Schoß. „Meine Sachen!“ rief sie. Ein Teil ihrer Kleidung und ihre Fliegerjacke kamen zum Vorschein. *Was?* Sogar der Umschlag mit dem Geld war da.

Nachdem sie kurz innehielt, zog sie mit ihren Hacken ein Paket nach dem anderen ins karge Licht und kontrollierte die Adressaten. Gleich welches Paket sie auch zu sich heranzog, auf keinem hatte weder der Adressat noch der Absender eine staatliche- oder Militär-Adresse. Es waren auch keine klassischen Sitzbänke in dem Fahrzeug vorhanden, um Soldaten oder Söldner zu transportieren. Auch gab es keine Halterungen für Fesseln oder Handschellen. Nur Regale mit Paketen darin und ihr wurde klar, auch das Innere des Wagens hatte die klassische Form eines Post Minibusses. Also was ging hier vor? Den doppelten Webeleinstek-Knoten betrachtend dachte sie an Sensei Oroshi, dass dieser gütige, weise Mann, genau wie Credos Vater, niemals aufgeben würde. Also robbte sie zur stumpfkantigen Holzecke des Paketregals und versuchte in gleichmäßiger, gleitender Auf- und Ab-Bewegung der Unterarme, ihre Fesseln zu durchtrennen.

„Du machst tausend Blöcke am hölzernen Mann, anschließend 10 Runden, wir beide, leichtes Kumite!" rief Sensei Oroshi streng.
Der Regen prasselte gegen die dünnen Fensterscheiben des Dojos. Von innen beschlugen sie allmählich als Credo an die Wand in der Halle blickte. Neben den schwarz gerahmten Bildern an der bröckeligen Mauer, neben den Menschen in Trainingsanzügen, hing nur ein Bild eines europäischen Mannes, mit einem Pokal in den Händen, der dankbar in die Kamera lachte. Ein Gesicht, welches die kleine Credo schon einmal gesehen hatte. Pausierend betrachtete sie seine Fotografie und sagte:
„Ich kenne ihn aus der Zeitung, mein Vater mag ihn gern."
„Du lässt Dich sehr leicht ablenken, Kleine."

„Sensei, heute fühle ich mich einfach nicht. Es tut mir leid!"
„...Halbschwergewichtboxer Conny Rux, er ist ein Ausnahmetalent." Antwortete der Sensei.
„Hast Du ihn auch trainiert?"
„Davon wissen nur wenige Leute".
„Wieso?"
„Die Deutschen halten nicht viel von fernöstlichen Kampfkünsten, für die gibt es nur das Boxen, zumindest offiziell."
„Aber trotzdem sollte er auch bei Dir trainieren?" „Inoffiziell ja, aber das bleibt unter uns."
Zwinkerte er ihr zu.
„Was hast Du davon, wenn Du ihn trainierst aber keiner es weiß."
„Manche wichtigen Leute wissen davon. Dank meiner Bereitschaft ihn zu unterstützen lässt mich die Polizei in Ruhe. Du weißt doch, dass man mit einem fremden Aussehen schnell in Ärger geraten kann."
„Also wolltest du ihn nicht trainieren wegen dem Ruhm, sondern damit man Dich in Ruhe lässt?"
„Unter anderem."
„Und was ist Dein Ziel bei mir?" wollte sie neugierig wissen. „Dich Techniken zu lehren die Dich niemals aufgeben lassen." „Wie lerne ich denn die, Sensei?"
„Indem Du Dich jeden Tag steigerst mit dem Ziel einer Belastungsintensität, die es dem Leistungssportler gerade noch ermöglicht das Gleichgewicht zu halten. Ein solches Training ist nicht ungefährlich, macht Dich aber zu einer der Besten, wenn Du mal groß bist."
Er ging auf seine Schülerin zu und deutete verschiedene Stoß- und Schlagtechniken an, sodass sie dazu animiert war seine Schläge abzublocken. Während dessen redete er weiter.
„Wenn Du Deinen Gegner nicht als getrennt von Dir siehst, sondern ihn als Teil eines Ganzen in Deine Welt aufnimmst, zu dem auch

du gehörst, wirst Du niemals verlieren. Wenn jemand Dich angreift, hat er immer einen Grund dafür. Und in diesem Moment ist der Angriff auf Dich, für ihn gerechtfertigt, es ist seine Wahrheit, verstehst Du das? Versuch nicht ihn davon abzuhalten seinen Schmerz kund zu tun und seine Wut zu blockieren. Es kostet zu viel Energie. Versuche ihn nicht eines Besseren zu belehren, versuche seine Energie lediglich umzulenken, ihr auszuweichen und schnell zu kontern, wenn es nötig ist. Deshalb kämpfe nicht gegen ihn, sondern mit ihm. Ein fairer Kämpfer benutzt keine Waffe, nur das was sein Körper ihm bietet."
Mit einem Fuß-Feger brachte er die kleine Credo zum Fallen und als sie vom Boden zu ihm aufschaute sagte er, ihren Ärmel greifend:
„Und ein fairer Gewinner reicht seinem Gegner die Hand, wenn er den Kampf verloren hat, nur ein Feigling tritt nach."
Der weiße Trainingsanzug hatte sich an manchen Stellen über Monate, bereits leicht gelb verfärbt und war an der Rückenseite entlang nassgeschwitzt. Credos zarte Füße mit den vielen Blasen, durchnässten erneut das Parkett des Dojos, als Herr Oroshi an sie herantrat.
„Wir trainieren Beweglichkeit und Schnellkraft. Deshalb möchte ich, dass Du tausend Fußstöße an dem roten Boxsack dort machst!"
„Warum denn nie an dem anderen, Sensei Oroshi?"
„Der weiße daneben ist gefüllt mit echtem Sand, Du würdest Dir Hand und Fuß brechen. Wenn Deine Gliedmaßen abgehärtet sind und Du den Tameshiwari, den Bruchtest, bestehst darfst Du anfangen vorsichtig an ihm zu üben.
Irgendwann, nachdem die zierliche Fenia Credolan die vielen Fußstöße beinahe geschafft hatte sagte sie erschöpft,
„ich kann nicht mehr, Sensei Oroshi…"

Er gab ihr ein Zeichen Platz zu nehmen.

„Bei Deinem ersten Training hast Du mich gefragt was das große japanische Zeichen auf dem Boden heißt. Es hat nicht nur die Bedeutung der vollendeten Wahrheit, es bedeutet auch die letzte Schule. Das Dojo ist ein Platz des Lernens, ein Ort des Schmerzes und der spirituellen Erkenntnis. Ein Ort der Wahrheit. Am meisten aber lernst Du über Dich selbst. Doch der Wille stärker zu werden und zu lernen muss von Dir ganz allein kommen, aus Deinem Innersten. Alles in diesem Raum hier sind Trainingsgeräte, die Dich Dir ein Stück näher bringen sollen…"
„Alles?" fragte die Schülerin frech.
Herr Oroshi bestätigte mit einem gütigen Nicken.
„Und was ist mit dem Spiegel?"
„…Der Spiegel," antwortete er bedacht, „ist eines der wichtigsten Trainingselemente. Er zeigt Dir Deinen schlimmsten Widersacher, Deine Ängste, Deinen größten Feind. Wenn Du die Person im Spiegel besiegt hast bist Du frei."
Credo trat aufrecht vor den hohen Spiegel und sah sich lange an, während der Sensei weiter sprach:
„Wenn Du jeden Tag an Deine Grenzen gehst, wenn Du jeden Tag trainierst, können Dir nur noch Menschen weh tun denen Du es gestattest…"

Nach einer Weile wurde es eisig, der Urin an ihren Beinen gefror. Von Mal zu Mal wurde das Zittern stärker. Allmählich glaubte sie, dass alles vorbei war. Ihr keine Chance gegeben wurde ein gutes Leben zu führen. Das Licht entzog sich scheinbar dem Land. Auch der letzte Spalt an Sicht war erloschen, in der Kabine war es schwarz. Lediglich das Rauschen der Räder auf dem Asphalt und ihren eigenen Atem nahm Credo wahr.

Aber wer zur Hölle ließ ihr die Kleidung, ihre Papiere und ihr Geld, wenn er sie tot sehen wollte? Sie mussten schon seit Stunden unterwegs sein, aber egal welchen Umweg ihr Entführer auch genommen hätte, er wäre längst bei Dr. Alasker angekommen. Wo brachte man sie hin? Wer in dieser Stadt konnte, außer Alasker um sie leiden zu lassen, noch etwas mit ihr anfangen. Warum lud der Fahrer sie nicht gleich hier an Ort und Stelle ab? Hatte es überhaupt noch einen Sinn zu kämpfen, wo doch schon alles verloren war…?

Drei Stunden zuvor im Observatorium, in Potsdam zeigten 12 Sturmgewehre vom Typ 57, auf Gustav Achtziger und Lennys kniende Kameraden. Rasa Jahel hatte den Kopf gesenkt, schaute, mit einem beißenden Lächeln über seine Stirn zu ihnen. Die Hutkrempe hing ihm ins Gesicht so dass seine Augen nur schlitzartig zu erkennen waren. Neben dem Tisch mit Reagenzgläsern stehend wiederholte er sanftmütig seine Frage zum Alten gewandt.
„Ich weiß, junge Leute haben wenig Verständnis für Menschen ihres Alters, deren Gehör mit den Jahren deutlich schwächer wird. Deshalb richte ich meine Frage geduldig, noch einmal Mal, an Sie, Herr Achtziger. Dennoch versichere ich Ihnen, öfter als zwei Mal erkundige ich mich niemals nach einer Sache, ohne eine befriedigende Antwort zu hören."
„Du miese Ratte, lass meinen Vater in Ruhe oder ich schneid Dir Deinen verdammten Kopf runter!", rief Lenny Rasa Jahel zu. „Die Frau die ich suche hat mehrere Verbrechen begangen und mir etwas gestohlen, was ich gern

wieder haben möchte. Sie hier als rechtschaffender Bürger können mir doch sicher behilflich sein eine solche Verbrecherin zu fassen."

Gustav Achtziger, den seine Knie auf dem kahlen Fliesenboden des Labors schmerzten, antwortete aufschauend.

„Ich habe wirklich keine Ahnung von wem sie reden. Außer uns ist hier seit Tagen keiner vorbeigekommen, wirklich!"

Und Lenny fügte frech hinzu, „was hat sie denn Schlimmes verbrochen, hä?"

„Halt Deinen Mund, verdammt nochmal!", rief der Alte seiner Tochter zu. Rasas Augen lächelten freundlich. Bedacht ging er um den Alten herum, dann mit Schwung trat er ihm in seinen Rücken, sodass Herr Achtziger mit dem Gesicht zu Boden, auf seine Brille, fiel. Sogleich griff er mit der linken Hand ein Auffangglas, auf dem irgendwas mit *Säure* stand, drückte fest mit seinem Knie Gustav Achtzigers Kopf zum Boden und kippte ihm die Säure ins linke Ohr. Dieser schrie vor Schmerz während Lenny gequält aufsprang und gleicher Zeit von hinten, von drei Gewehrsalven durchsiebt wurde. Gustav Achtziger krümmte sich am Boden, Blut trat aus seinem Ohr, und er tastete nach seiner Brille, welche irgendwo an einem Beistelltisch gelandet sein musste. Der Alte schrie,

„bitte tun sie uns nichts!", denn er hatte noch gar nicht bemerkt, dass der Geist seiner Tochter, das unterirdische Labor längst verlassen hatte.

„Keine Bewegung!", rief einer der Männer im Ledermantel Wolf und den anderen zu. Und ein anderer stieß mit dem Gewehrkolben mehrere Gefäße, Gläser mit Flüssigkeiten sowie Laborlampen um, die alsdann vom Tisch fielen.

Dann trat Rasa Jahel auf des alten Mannes Brillengestell, zog eine Luga aus seiner Innentasche und hielt sie Wolf an die Schläfe mit den Worten. „Habe ich denn keine Freunde hier, die ein wenig mit mir plaudern wollen…?“

Wenig später befahl er den Peregrinatio den Fahrstuhl lahm zu legen, woraufhin sie in das Treppenhaus liefen. Doch bevor Rasa Jahel die Tür, zum einzigen Aufgang des Erdgeschosses, verkeilte, zog er eine metallene, khakifarbene Kugel aus seinem Mantel, löste daraus einen Stift indem er an einem Ring zog, und warf sie unbeeindruckt in das Labor, in dem Credos Helfer noch immer wortlos knieten.
Alsdann zerbarst etwas in dem Raum mit lautem krachen, der anschließend in Flammen aufging.

Aus dem Rundfunkgerät des Post-Minibusses ertönte unerwartet feierliche Musik, mit trompeten, Pauken, Trommeln, Orchester. Es klang nach einer Live-Übertragung. Anscheinend drehte der Fahrer den Knopf immer weiter auf, denn die Kapelle und das Summen der Menschenmenge schienen sich ihnen deutlich zu nähern. Als der Wagen sein Tempo merklich verlangsamte, drängten sich die Geräusche von allen Seiten durch das Blech und Credo spürte, dass sie nicht aus dem Radio zu kommen schienen.
„Lieferung für Strom- und Hafenbau?“, erkundigte sich der Fahrer laut, nach der Richtung, als der Wagen stoppte. Was der Antwortende zurück gab konnte sie nicht verstehen, nur den Fahrer erneut,
„Mmmh, direkt zum Anlande-Platz? Hafenfest oder wat?“

Wuchtig trafen ihre Handflächen auf die Zwischenwände aber der Entführer hatte das Fahrerfenster bereits hochgekurbelt und draußen war die Menge zu laut, als das man hören konnte was im Innen passierte. Die Hamburger Hymne ertönte über Lautsprecher, sodass die Einheimischen freudig mit trällerten. Einigen Kurven später stoppte der Wagen erneut und Credo hörte wie eine Tür aufging als der Postbus wackelte. Dann schlug der Fahrer die Tür kräftig zu. Einen Moment lauschte sie, den Atem anhaltend, die Umgebung ab. Im Fahrzeug kein Geräusch. Das Herz begann rascher zu schlagen. Sich auf die Knie wuchtend, versuchte sie durch den Spalt zur Fahrerkabine zu sehen. Jetzt war sie allein im Auto. Der Puls stieg weiter an, also hielt sie still, begann langsam von zehn abwärts zu zählen und rieb weiter mit voller Kraft, an der kühlen Holzkante, mit Fesseln auf und ab. Und als sie dies drei Mal wiederholt hatte, riss sie die Arme auseinander und das Seil löste sich. Ihre Beine befreiend sprang sie in den dunklen Dunst der Rückseite der Pritsche, ertastete den Griff der Tür, drückte ihn runter als die Tür sich ohne wiederstand öffnete und sie Schnurstraks auf den harten Asphalt fiel.
Erschrocken sprang Credo auf. Während ein ekelerregender Geruch, aus dem Wagen der frischen Außenluft entgegen stieg, riss sie ihren Körper herum, blickte panisch um sich. Fragend sah sie auf die unverschlossene Heck-Tür. In der Dämmerung entdeckte man tausende Menschen an der Kaianlage, mehrere hundert Meter entfernt, grelle Lichter, Laternen, Scheinwerfer, Segelschiffe, ein feierliches *Schlepperballett* auf der Elbe. Dann schwenkte sie ihren Corpus weiter Richtung Hafenbecken und vor ihren Augen tat sich

ein gigantisches Frachtschiff auf. Von ihrem Entführer gab es keine Spur. Auch sonst war in der Umgebung wohl niemand, der Notiz von ihr nahm. Nur an der Kaimauer des Anlandeplatzes waren ein paar Matrosen geschäftig.
„Warum zur Hölle bringt Ihr mich nach Hamburg?“, sagte sie zu sich verzweifelt, als sie ihre Kleider griff. An dem riesigen Hafenplatz zwischen den Maschinen und den vielen Frachtkisten gab Credo ein leichtes Ziel ab.
Andererseits schien ihr Entführer es auch nicht eilig damit zu haben wieder zu kommen, also schaute sie sich genauer um und staunte über die Auslaufparade der Schiffe auf der Elbe. So viele Boote auf einmal hatte sie noch nie gesehen. Wieder fiel ihr Blick auf das majestätische Frachtschiff, als ihre Augen am Buck des Kolosses anhielten. *Henrika Bartelz*. Sofort erinnerte sie sich an den Namen unter dem Schwarzlicht. Mit ihrem Handrücken und den Worten, „Du bist das also!“, wischte sie sich ihre triefende Nase und starrte auf das Schiff. Etwa auf mittlerer Höhe des Schiffes auf dem Vorplatz standen hunderte Fässer, mit nicht identifizierbarem Inhalt. Daneben Autos, Baumaschinen, Holzkisten mit Erbsen, Reis, Konservendosen mit Sirup von denen sie nicht wusste ob sie gerade ein oder ausgeladen wurden.
Einige Sekunden stoppte Credo hinter einer Überseekiste, als sie erschrak. Denn eigentlich hatte sie gedacht die Geräusche die soeben in ihr Ohr drangen, wären ausschließlich von Hafen-Maschinen ausgegangen. Doch da sah sie drei wunderschöne braune *Criollo Definitivo*-Pferdedamen aus Uruguay vor einem Berg Heu stehen. Sie fraßen, vermutlich ein letztes Mal in aller Ruhe, bevor sie in Belgien oder Frankreich ausgeladen werden sollten. Dahinter ent-

deckte sie mindestens zehn weitere Haflinger-Pferde, zwei Strauße, sowie ein Dutzend kleinerer Vierbeiner, die zu weit weg waren um gebührend bestaunt zu werden. Vermutlich wurden all diese Tiere zuletzt eingeladen, wenn man die Verladeluken endgültig geschlossen hatte. Die Tiere wurden bestimmt auf dem Deck transportiert, da es im Inneren des Schiffes nicht genügend Platz gab, um sie alle unterzubringen und die Ställe entsprechend über Tage zu reinigen, dachte sie. *Aber wie zur Hölle sollte der ganze Kram plus Tiere in dieses Schiff passen? Hatte irgendwer vor hier eine zweite Arche zu erschaffen?*
Doch es blieb nicht viel Zeit. In einem unbeobachteten Moment erreichte sie hinter dem Rücken der Matrosen die Gangway, sodass sie lautlos und gebückt die Rampe hinaufschleichen konnte.

Unterdessen etwa auf Höhe des Hecks des Schiffes, setzten hart besohlte Stiefel am Asphalt auf. Und als hätte jemand alle Zeit der Welt bewegte sich nun ein Arm aus dem hinteren Fenster eines Millitär-Fahrzeugs, der sogleich seinen behandschuhten Finger streckte und auf die Gangway deutete. Bevor die Reifen des Geländefahrzeugs zum Stehen kamen, waren ein weiteres Paar Stahlkappenschuhe auf dem Boden angekommen. Sie schnellten hinüber zur Rampe.
Offenbar hatte noch niemand die junge Frau entdeckt. Fast war sie am Deck des Frachters angekommen, und glücklicherweise hatte keiner der Matrosen sie bisher gesehen. Da bemerkte sie die zwei Umrisse, die weit unten im Dunkel auf die Gangway zu steuerten. Zwei Männer in unbehaglichen Ledermänteln stapften hinauf, sodass diese

zügig von dem sogenannten Wahrschauer, der das Auge des Schiffes ist, entdeckt wurden. Der rief aus seiner erhöhten Position an Deck: „Vorsicht!“ und wollte den Zutritt verweigern. Doch von dem Geschrei unbeeindruckt rückten die Fremden weiter vor. Nachdem Credo am Achtermast vorbeizog, die Hinterseite der Mittelschiffaufbauten erreicht hatte, fasste sie eine Metalltür ins Auge, neben einem Rettungsring, entriegelte diese und schloss sie ebenso schnell wieder hinter sich. Sich in einem Gang mit der Beschriftung *Gästekabinen* wiederfindend sprintete sie über den Flur, an den schmalen Holztüren vorbei, zur nächstgelegenen Treppe und folgte den stählernen Absätzen hinunter in den Schiffsbauch. Die Treppe machte beim Auftreten viel zu viel Lärm, während Credo mit einer Hand das Geländer umklammerte, dann bog sie, etwa im Tempo ihres Herzschlags, links um eine Ecke als sie plötzlich einen Mann auf sich zukommen sah. Doch es war zu spät um kehrt zu machen, also blieb sie starr vor Angst einfach stehen. Der Matrose hatte es wohl eilig nach oben zu kommen. Ihre Atemluft blieb im Hals liegen aber bevor sie überlegen konnte, wie sie ihm erklärte was sie hier suchte, hatte der sie schon mit den Worten, „Pass doch auf, Du Idiot!“ an die weiße Metallwand des Ganges geschubst, sich an ihr vorbeigedrängt und sie unter Deck zurückgelassen. Scheinbar hatte er sie keines Blickes gewürdigt.
Wenn es ihren Verfolgern gelang an Bord zu kommen, würden sie Credo in diesem gewaltigen Labyrinth, wahrscheinlich erst nach Tagen finden. Doch da man die *Peregrinatio* bemerkt hatte, würde man das ganze Schiff nach den gefährlich aussehenden Männern absuchen lassen und letztlich auch Credo finden.

Die Sonne war nun vollständig am Horizont verschwunden. Plötzlich knallte etwas sehr laut, röhrte und knallte wieder. Dann noch einmal. Wahrscheinlich hallten großkalibrige Schüsse durch die Luft, dachte sie, so laut, dass man es noch ein paar Meter bis ins Schiff hinein hörte. Die Männer mit den Ledermänteln kamen kurz vor dem Deck zum Stehen, drehten sich nach hinten, sodass sie die Gangway hinunter starrten. Doch unten war niemand mit einer Waffe zu sehen, nur ein Mann mit Hut der ihnen schweigend bedeutete weiterzulaufen.
Heimlich im Schatten der Reling-Beleuchtung glitt die Parier-Stange eines Dolches, an den Beinen der Verfolger vorbei, dessen 21cm scharfe, geschwungene Edelstahl-Klinge über den Tauen mündete. Die funkelnde Klinge in Form einer züngelnden Flamme, streifte unbemerkt von den Kerlen über die Seile, mit denen der Laufsteg festgezurrt war, sodass sich Sekunde für Sekunde, das nackte Metall der Brückenhalterung entblößte und die durchschnittenen Seile ins Wasser platschten. Dann knallte es wieder, zischte und heulte am Horizont.

Credo aber war bereits tief im Schiffsbauch verschwunden, sodass sie nicht mehr mitbekam was draußen geschah. Die erschrockenen Gesichter ihrer Verfolger jedoch leuchteten bunt auf als sie nach oben sahen und das festliche Feuerwerk erblickten.
Einen knappen Blick austauschend, der etwas geniert rüberkam, setzten sich die Männer wieder in Bewegung, um die Schwelle zum Deck zu überqueren. Doch sie stoppten nochmal, weil sich ihnen gegenüber im Dunkel eine maskierte Silhouette auftat. Die Gestalt brachte keinen

Ton heraus. Und ihrem Mantel oder eher Umhang nach zu urteilen, war sie kein Mitglied der Besatzung. So trat die Person einen Schritt vor, sodass sich die Männer kampfbereit machten. Dann trat sie wuchtig mit dem Fuß gegen das Geländer der Gangway, die zu schwingen begann und deren Abschlussschwelle über die Kante des Decks rutschte. Diese riss zwei der *Peregrinatio*, mit einem tödlichen Kreischen, in die Tiefe.

Unterdessen bewegte sich Credo einem schmalen Gang folgend, mit dem Rücken zur Wand.
Allmählich stieg ihre Körpertemperatur und mit dem Alarm rannten Matrosen, der vorgesetzte Bootsmann, Schmierer und allerhand Personen auf die Gänge, sodass sie gezwungen war unter einer Treppe Schutz zu suchen. Der wachhabende Offizier kletterte an Deck um zu sehen was passiert war und Credo legte hockend, ihre bläulichen Finger in ihr Gesicht und blies warmen Atem hinein. Das Zittern ihres Körpers blieb, denn die Kälte war zwar gesunken doch die Angst in ihr stieg, weil sie spürte, dass sie schwach war und kaum noch in der Lage schien sich auf den Beinen zu halten. Nachdem die Luft rein war und die neugierige Mannschaft augenscheinlich in den oberen Decks verschwunden war, tauchte Credo beinahe lautlos immer tiefer in den Bauch des metallenen Seeriesen, vorbei an Mannschaftsunterkünften, dem Maschinenkontrollraum und einem schallenden Raum aus dem geschäftige Topf- und Bratklänge schrillten, den Credo aufgrund dessen als Bord-Kombüse ausmachte. Als sie stoppte, warf sie einen Blick durch den Scheibenkreis in der Tür. Dann schob sie diese leise einen Spalt vor und schnappte sich ein Tran-

chiermesser, was achtlos auf einem Edelstahltisch, in der Ecke der Kombüse zurückgelassen wurde. Schreckhaft drehte sie sich um, denn hinter ihr hörte man ein „Ai, ai, Chef! …Klei mi ann Mors!“, was so viel bedeutet wie: „kratz mich am Hintern“. Worauf Gelächter folgte. Doch niemand entdeckte Credo. Also steckte sie das Messer hinter ihren Gürtel am Rücken. Wenig später entdeckte sie ein kleines Loch im Boden, stieg hindurch und folgte einer Leiter weiter nach unten. Obwohl sie sich große Mühe gab keinen Krach zu machen, gelang ist nicht völlig tonlos weiter hinabzusteigen. Einstweilen machte sie an riesigen Stapeln mit Tierfellen halt und stellte sich regungslos dazwischen als Leichtmatrosen an ihr vorbeigingen, die man aufgrund ihres jungen Alters nur als leicht bezeichnete.
Durch das Backdeck und das obere Zwischendeck war sie bereits geklettert, als sie plötzlich erschrocken stehen bleiben musste. In dem stinkenden Raum vor ihr, hörte sie ein Trampeln und Scharren. Von allen Seiten drang plötzlich Brummen und schier unfassbar lautes Gebrüll durch das Deck. Zurück aber konnte sie auch nicht, da sich hinter Credo Schritte näherten. Jedoch musste sie durch den Raum um den Abstieg zum Zwischendeck zu erreichen. Also nahm sie all ihren Mut zusammen und entwickelte kurzer Hand, den undurchdachten Plan sich als gewöhnlicher Leichtmatrose zu tarnen und durch die Halle zu spazieren. Wenn die geschäftigen Matrosen nicht so genau hinsahen, schaffte sie es womöglich als einer von ihnen durchzugehen und sich schnell irgendwohin zurückzuziehen. Allen Mut zusammen gerafft ging sie aufrecht durch den Raum, in dem überbordende Düfte sie fühlen ließen als liefe sie durch ein Meer von Tee-Blüten.

Der Beschilderung nach lag unter ihr noch das untere Zwischendeck sowie der Unterraum, der die letzte Luke vor dem Buck des Seeriesen war. Also musste Credo sich derzeit etwa auf mittlerer Höhe des Schiffinneren befinden. Umso tiefer sie gehen würde, so die Vermutung, desto länger würde es dauern bis man sie findet. Deshalb lief Credo weiter durch unzähligen Türen, die immer größere Hallen freilegten, in denen eben noch Ware gestapelt lag, bis ihr schließlich ein beißender Geruch in die Nase ging, von Tierdärmen und nass gesalzenen Rinderhäuten bzw. Pansen, die man sicher noch entladen musste, weil sie stanken als hätte man sie seit Monaten dort unten gelagert. Bis Credo schließlich in ein Becken im Unterraum, mit importiertem Rohkaffee gelangte.
Vor einem Berg Kaffee-Säcke kam sie zum Stehen, blickte noch ein letztes Mal weit hoch durch die Verladeluke, die noch etwas Licht nach unten warf, verlangsamte dann ihren Atem und lauschte, um sicher zu gehen, dass in unmittelbarer Nähe niemand auszumachen war. Mit letzter Kraft kletterte sie etwa zwei Meter, an den 60 Kilogramm schweren Jutesäcken mit dem Stempel *Cafés Do Brasil* hinauf und ließ sich zu Oberst, auf einen der unzähligen Jute-Säcken, nieder. Alsbald zog sie das Messer unter ihrer Jacke hervor mit dem sie einen Kaffeesack zerschlitzte. Dann schnitt sie vier unterschiedlich große Löcher in einen Sack, entledigte ihn des Kaffees, um sich den Sack überstreifen zu können. Bevor sie sich umzog, schaute Credo noch einmal aufmerksam um sich. Sobald sie jedoch sicher war, dass sie das einzige, zumindest menschliche Lebewesen zwischen unzähligen Kaffeebohnen war, schaffte sie es nicht mal mehr die Kleidung abzulegen, sondern legte sich

vor Erschöpfung auf den Rücken, während langsam die Welt um sie herum zerfiel.

Ihrer Müdigkeit war es wohl geschuldet, dass ihr nicht eine Sekunde der Gedanke kam, die Kaffeefracht die den weiten Überseeweg gemacht hatte, könne hier im Hamburger Hafen ausgeladen werden.
Auch die letzten Verladeluken der oberen Etagen hatten sich unter lautem Quietschen nun geschlossen. Nur ein mageres Licht schien zu den oberen Jutesäcken hinauf. Nach einem tiefen Schlaf hörte sie aus der Ferne rumpelnde Maschinen, das Zischen von Dampf wellte in gewissen Abständen hinüber, durch dessen Kontinuität sie sich ein wenig sicherer fühlte, um sich den Raum für weitere Überlegungen zu nehmen.

Der fensterlose Frachtraum ließ keine Vorstellung zu ob es Tag oder Nacht war und Credo konnte nicht einmal erahnen, wie lange sie geschlafen hatte.
Genauso verhielt es sich auch mit Albert Alaskers Absichten und dem was er gegen sie in der Hand hatte. Es fiel ihr schwer dahinter zu steigen wie er es schaffte, einen solch mächtigen Mann wie Rasa Jahel, auf seine Seite zu ziehen. Wieso war Credo für ihn von so großem Interesse? Was an ihr hatte einen so großen Wert, dass er seine Lakaien entsendete, um sie zu kriegen. Ihr schwirrte der Kopf. Gustav Achtziger und Lennys Widerstandsbewegung hatte sie völlig falsch eingeschätzt. Zwar hatten sie eine etwas ruppige Art gewählt, Credo zu helfen und sie auf eisiger Pritsche eines Post-Minibusses, an Bord des Frachtschiffes zu bringen, dennoch hatte sie ihnen ihr Leben zu verdanken.

Warum dachte sie überhaupt noch nach…? Als die Einsamkeit sich in ihr ausbreitete, fing sie an zu glauben, dass sie nie wieder Freude oder Lust empfinden konnte. Nie wieder Liebe. *Welchen Sinn hatte ihr zerbrochenes Leben eigentlich? Vielleicht sollte sie sich dem Alkohol hingeben, wie ihr Vater Alfons, der die letzten Jahre seines Lebens fast täglich anständig betrunken war und seinen Konsum begründete mit den Worten: „Damit am Ende der Verstand nicht kopfsteht". Dann erzählte er Nächte lang Geschichten und der Schnaps brachte merklich Spaß in seine neblige Welt. Vielleicht trug sie auch eine Mitschuld an dem schlüpfrigen Lebenswandel ihres Vaters. Schließlich hatte sie ihn nie umarmt so lange sie denken konnte. Ihm nie gestanden wie sehr sie ihren Papa liebte. Anderseits, woher sollte sie auch wissen wie man sowas richtig machte?*
Albert hatte nicht viel von ihrem Vater gehalten, und ihr Vater noch weniger von Credos Verlobten…

Schlagartig erinnerte sich Credo an eine bestimmte Woche vor einem Jahr im September, in der sich Albert ungewöhnlich oft nach ihrem Vater erkundigte. Alberts Interesse für ihn begann in einer feierlichen Nacht an des Papas Geburtstag, als ihr alter Herr immer wieder von unbegrenzter Macht und einem Schatz faselte, von Unsterblichkeit. Was Credos Verlobter sicher nie ernst genommen hätte, wäre da nicht dieser besondere Vorfall gewesen, der sich am nächsten Morgen gleich, mit den heftigen Nachwehen des Rausches, vollständig aus des Papas Erinnerung gelöst hatte.
Da Albert seine Geschichten stets belächelte erlaubte sein Schwiegervater in Spe, sich zur Feier des Tages einen Scherz, und informierte, den von Perfektion fast schon

besessenen Albert, über das seltene Eisenholz, das in der Umgebung des Millionen Jahre alten Schatzes wachse. Denn alles was in dessen Umgebung sprieße sei für die Ewigkeit bestimmt, niemals würde es sterben und es sei unzerstörbar. Diese Flora und Fauna also sei der eindeutige Beleg dafür, dass der mächtige Schatz existiere. Albert, der zwar empfänglich für Theorien der Unsterblichkeit war, sich jedoch nicht so leicht lumpen ließ, lächelte abschätzig weiter. Also machte sich Credos Papa, gefolgt von Albert auf den Weg in den Hof, unter dem Arm geklemmt ein Beistelltisch aus besagtem Eisenholz, den Papa Alfons als weltmännischer Antiquitätenhändler, auf unklarem Wege erstanden hatte. Als Credos Papa Benzin darüber kippte und ihn anzündete traute der grienende Albert Alasker seinen Augen kaum. Denn der Tisch brannte lichterloh und brannte, doch nichts an ihm wurde brüchig oder fiel zusammen. Auch nachdem sie lange Zeit in der Kälte verweilten, ging nichts an dem Holz kaputt.

Noch Tage nach dieser Nacht wollte Albert fest daran glauben, einem infantilen Streich auf den Leim gegangen zu sein. Und er gab sich Mühe dies für sich zu behalten und den Vater weiter zu belächeln.
Eines Morgens aber, keimte unerklärlicherweise, tief in Albert ein Gedanke auf, der so leicht nicht mehr zu ersticken war. Was, wenn es sich nicht um eine Gaukelei handelte? Was, wenn der alte Dummkopf tatsächlich aus purem Zufall, auf eine unfassbare Entdeckung gestoßen wäre, ohne zu ahnen welche Macht sich in seiner unmittelbaren Nähe befand.

Dummerweise deckte Credos Papa Alfons, den Schwindel bis zu seinem Tod nicht auf. Auch Credo erzählte ihrem Verlobten nicht, dass er das schwer entflammbare Möbelstück mit einem UV-härtenden Wasserlack beschmiert hatte, der das Holzsubstrat vor der Hitzeeinwirkung schützt, sodass es lange Zeit brennen konnte ohne zu Bruch zu gehen, es aber keineswegs unzerstörbar war.
Möglicherweise hatte ihr gestörter Verlobter in einem wahnwitzigen Moment, Rasa Jahel von den übrigen Phantastereien ihres Vaters erzählt und ihn glauben lassen Credo würde sie zu einem wahren Schatz führen können, was allerdings voraussetzte, dass Credo um die Adresse des Schatzes wusste.

Wieder durchdrang das Frachtschiff ein lautgequältes Brummen, welches Credo aufweckte. Unklar war ob es die Maschinen des Schiffes waren, die solch schreckliche Töne von sich gaben, wie ein sterbender Dinosaurier oder etwas anderes. Also sah sie sich hastig um. Schweißperlen bildeten sich auf ihrer Nasenspitze. Angst überkam Credo, Angst dass sie womöglich genau so verrückt enden würde wie ihr Vater. Was zur Hölle machte sie hier zwischen Jutesäcken aus rohem Kaffee, die vermutlich schon irgendwo weit draußen, schwammen. Andererseits, was ergab überhaupt noch einen Sinn, außer ihrem gütigen Vater seinen letzten Wunsch zu erfüllen *La Verdad* zu finden, was immer das auch war?! Es brauchte nicht viel, um zu erraten welchen Kurs das Schiff nahm, vielleicht sollte es so sein. Außerdem musste sie nun auch wissen, was sich in Panama verborgen hielt und ihrem Vater, in den letzten Jahren, solches Kopfzerbrechen bereitete.

Sie hätte noch weiter denken wollen aber wieder stoppte ein lautes Brummen ihre Ambition, einen Plan für die kommenden Tage zu schmieden. Diesmal entwich das Geräusch jedoch ihrem Magen. Wenn Credo nicht entdeckt werden wollte, durfte sie sich nicht in die bemannten Räume der *Henrika Bartelz* vorwagen, aber sie brauchte unbedingt etwas zu essen. Der kräftige Geruch von grünen Bohnen, welcher aus den Säcken mit nichtgeröstetem Kaffee drang, neutralisierte zwar ihre stinkende Kleidung, war jedoch nicht ansatzweise Appetit anregend. Ein knurrender Magen allerdings machte sie aggressiv, also griff sie eine Hand voll Kaffeebohnen, die sie aus dem 60 Kg-Sack geschüttet hatte, stopfte sie sich in den Mund, kaute die Masse kräftig durch, bis sie sich zu einem grasig schmeckendem Brei verdünnte, der sich schlucken ließ. So wiederholte sie den Vorgang, bis ihr Magen gefüllt war.
Kaum aber waren zehn Minuten vergangen, verkrampfte sich ihr Magen, also sprang sie mutig aus schwindelnder Höhe, auf ein paar am Boden gelegene Säcke. In letzter Sekunde hatte sie es noch geschafft ihren Kopf zum Boden zu neigen, als die breiige Masse den Weg durch die Speiseröhre nach draußen peitschte. Schlimmer konnte es wohl nicht kommen. Waren die rohen Bohnen doch die einzige Möglichkeit ihr Überleben zu sichern. Bohnen die sie scheinbar nicht vertrug.
In unbesprechlicher Weise keimte eine rohe Wut in ihr auf, der sich eine lodernde Hitze anschloss. Die Augenbrauen zogen sich zusammen. Drei Mal tief durchatmend, schaute sie sich in dem menschleeren Frachtraum um, kletterte die Bohnensäcke hinauf, griff sich ihre Fliegerjacke und sprang erneut unerschrocken auf den unteren Säcke-Stapel. So-

gleich eilte sie zu einem der dampfenden Rohre und breitete sie darauf aus. Dann setzte Credo sich in die Hocke, legte ihr Kinn in ihren Händen ab und starrte auf ihre Jacke. Während sie mehrere Stunden vor dem gestrafften Kleidungsstück saß, wirkte sie beinahe meditierend, doch in Wahrheit konzentrierte sie sich nur auf ihr Gehör, auf die Laute in ihrer Umgebung.
Irgendwann atmete sie tief aus und griff sich die heiße, durchweichte Lederjacke. Alsbald kletterte sie wieder in ihr Versteck hinauf. Nachdem Credo mit dem Tranchiermesser, das Innenfell ausgelöst hatte, die Jacke in kleine Teile geschnitten war, legte sie diese als Vorrat zur Seite. Sollte es also absolut keine andere Möglichkeit geben, an Nahrung zu gelangen, blieb ihr nichts anderes übrig als das zähe Leder zu kauen.
Allerdings übermannte sie nicht zum ersten Mal an diesem Tage, ihre trockene Kehle. Ob sie wollte oder nicht, sie musste sich bald in den anliegenden Räumen, nach etwas trinkbarem umsehen.
Als Credo etwa eine halbe Stunde lang geruht hatte, stieg sie vorsichtig hinab, mit dem faden, kühlen Beigeschmack im Kopf, dass sie, würde sie einem Bootsmann oder Matrosen begegnen, gezwungen sei, ihm die Kehle aufzuschlitzen.

Zwei oder drei Leitern war sie bereits geklettert, da entdeckte sie Räume mit Autoteilen, Fässern und Stückgütern, leider jedoch nichts Trinkbares. Plötzlich begann der Rumpf des Schiffes zu wanken und der 11.650 PS starke Dieselmotor des 160 Meter langen Schiffes setzte sich in Bewegung. Entgegen ihrer Erwartungen war das Schiff

nun nach Stunden erst vollständig beladen und erst jetzt zum Auslaufen bereit.
Aus einem hinteren Frachtraum hallten nun Stimmen hervor, deshalb schlich sie noch vorsichtiger in dem Schatten der Bordwand entlang. Bis vermutlich ein Gefäß auf dem metallenen Flur zersprang, dass Credos Aufmerksamkeit auf sich zog. Also folgte sie der Quelle des Geräusches, erblickte, um den Türrahmen biegend, ein zersplittertes Trinkglas, das wohl so eben, vor einem staubigen Tisch, zu Fall gekommen war. Auf dem Tisch, der zwischen hunderten Fässern mit Chemikalien stand, entdeckte sie dann ein zähes, halbes Graubrot und mehrere Glasflaschen. Zügig entkorkte sie eine Flasche, in der sich Wasser befand und trank es in großen Schlucken aus. Dann blickte sie sich noch einmal um, klemmte sich eine Flasche, sowie das Brot unter den Arm und griff sich noch eine weitere Wasserflasche mit der linken. Mit der anderen Hand schnappte sie nach einem lauwarmen Rotweingefäß…

Einige Tropfen Schwitzwasser von der Bordwand liefen an ihren Füßen vorbei, die sie an die metallene Außenhaut des Schiffes gelehnt hatte. Der Rotwein hatte sie schläfrig gemacht, ebenso wie nachdenklich und so vor sich hindösend erinnerte sie sich, wie Albert ihr an einem Weihnachtsabend seine glühende Zigarre an den Kopf warf, was Credo nicht viel ausmachte, aber wie schwach und machtlos sie immer gegen seinen Geruch, den durchdringenden Blick war. Wie ihre Reflexe nicht im Stande waren zu greifen, wenn er seine fordernden Hände nach ihr Ausstreckte. Wie sie ihn mit aller Kraft ohrfeigte, er sie zu Boden drückte und im Rausch seiner sonst so gut getarnten Aggressionen, seine Zigarre auf ihrem Unterarm ausdrückte. Das Schiff mit der 49 Köpfigen Besatzung wippte geschmeidig auf und ab, unterdessen Credo noch einen Schluck des miserablen Rotweins kostete, während ihre Zeige- und Mittelfinger der linken Hand langsam zwischen ihre Beine glitten.

Es mussten schon viele Minuten vergangen sein, da unterbrach ein Poltern ihre Erinnerungen. Eine hohe Männerstimme kreischte:
„Los, los! Versuchen wir es da hinten!"
Über die Sichtkannte der oberen Säcke ließen sich vier Seeleute erkennen, die nervös über die Schwellen in den Frachtraum sprangen. Flaschen und Brot unter den losen Kaffeebohnen versteckend, wich Credo lautlos in eine dunkle Ecke zurück.
Einer lachte ironisch, bis ein anderer sich an den Kopf fassend rief:
„Was für Dummbeutel-Stauer und Offiziere ham wir denn?! Da is ja noch ´ne ganze Loadung Kaffeebohnen! Die sollte in Hamburch raus."
Sodass die anderen drei ebenfalls überheblich zu lachen begannen. Mattis der Große fügte an:
„Das haben die wohl im Trubel des Alarms vergessen. Na das wird n Nachspiel haben."
Ein kleiner, giftiger Matrose gab hinzu:
„Das alles nur wegen ´nem dreckigen Einschleicher."
Worauf hin der Große widersprach:
„Ach was. Hier is´kein Schwoin…!"

Der Kleine wiederum kniete sich hin, steckte seinen Finger in einen Haufen getrocknetes Erbrochenes. Er roch daran und sagte ironisch.
„Schweine hab´ ich bisher nicht kotzen sehen“, und wandte seinen Blick nach oben, zum Ende der Kaffeesäcke.

Nach einer kurzen Pause sagte ein anderer in Latzhose spürbar unbehaglich.
„Hör ma´, Du willst doch nich, dass wir die ganzen Säggе jetzt raufkleddern?!“
„Wir müssen alles absuchen, habt Ihr nicht gehört! Verdammte Feiglinge!“, schrie der Kleine mit der hohen Stimme, rastlos. Einer folgte dem anderen, und als drei Maschinenleute, die Oberfläche erreicht hatten, sahen sie sich um, bis ein großer bärtiger dem kleinen von oben zu rief,
„Abdul, hier is keiner! Hab´ ich doch gesagt!“
Der untersetzte Matrose jedoch stieg den anderen keuchend hinterher und kreischte,
„bleibt ja oben, Ihr Dösköppe! Irjendeiner hat uns den Knust ja wohl geklaut.“
Noch einmal sah man sich um und die zwei anderen leuchteten die Nischen mit ihren Gaslampen ab. Nach wenigen Minuten drängte der große mit gespielter Langeweile,
„jetzt roeichts aber. Lass´ gehen, Männer.“

Glühende Wärme wellte in ihren Kopf hinauf, während sich ihre Brauen zusammen zogen und Credo spürte mit dem zwar leisen aber schneller werdenden Atem, eine rohe Wut in sich aufsteigen, die mit einer inneren Stimme einherging, welche ihr zuflüsterte, „gut so…“

Zwei Männer schienen heilfroh wieder absteigen zu dürfen, und machten sich etwas Luft unter ihren Mützen, aber gerade als der große zum ersten Abwärtsschritt ansetzte, befahl der kurze Grantige namens Abdul hinter ihnen, leise aber entschlossen: „Stopp!!!"
Während die anderen Männer wieder hinaufkamen, sahen sie ihren Kollegen der hockend mit seinen kleinen Händen, in den Kaffeebohnen umher schwamm. Sogleich zog er eine Karaffe mit Rotweinrest heraus, einen durchlöcherten Sack sowie ein Tranchiermesser. Listig blickte er sich um und raunte spitz. „Hab´ ich´s nicht gewusst? Da führt uns doch jemand durch die Manege´."

Als sie sich bananenförmig, jeweils etwa einen Meter voneinander entfernt, aufgestellt hatten, schritten sie gemeinsam auf die einzige Nische zu, die aufgrund der Dunkelheit schwer auszuloten war und die jeder von ihnen zuvor, aus einem unerklärlichen Respekt, umgangen hatte.
Credo, die ihren Blick senkte, konzentrierte sich, mit dem Rücken zur Wand stehend, auf eine bauchige Atmung mit langen Zügen, bis der Kegel der Gaslampe ihre Statur erhellte und die Männer sie zur Kenntnis nahmen.
„Fein, fein, ein Täubchen, verirrt in die Tiefen unserer Heimat." Begrüßte der Kleine im hochgezogenen Ton.
Ein anderer mit Getriebeschmiere im vollbärtigen blonden Gesicht fügte zitternd hinzu,
„herzlich willkommen an Bord!" und wollte weiterreden, doch wurde von dem Großen unterbrochen.
„Wenn Du was von unserem Wein haben möchtest, hättest du nur ein Wörtchen sagen müssen, wir hätten Dir was

abgegeben. Hier unter Deck wird alles geteilt, brüderlich geteilt."
„Genau!" rief der Kleine kichernd dazwischen, während der letzte Mann Credo schweigend von oben bis unten musterte aber mit seiner Zahnlücke schelmisch griente.
„Für so´n burschikosen Typ hat sie n ordentliches Paar Titten."
Und schallendes Gelächter brach aus.
„Mir zu klein", sabberte der Große.
"Aber man muss nehmen was man kriegt," setzte der Untersetzte Matrose hinzu, zwirbelte an seinem Kinnbart und fügte an, „hoffentlich teilst du genauso brüderlich mit uns, wie wir mit dir. Nimm ruhig noch einen Schluck."
„Hab´ Euch leider nichts anzubieten", setzte Credo dem Wortführer ängstlich entgegen. Daraufhin schmunzelten die Männer erneut, als der Große seine Hose öffnete, und er sagte: „Das sehe ich etwas anders, Dirn…"

Mit einem Grinsen, welches ihre Unsicherheit scheinbar davon blies, raunte Credo: „Wollt Ihr das wirklich?"
Wieder lachten die Seeleute. Sogleich packte ihr der Schweigsame zwischen die Schenkel, gefolgt von einem düsteren: "Joaaaa!"
Credo zog ihr T-Shirt nach oben und streifte es sich über den Kopf vom Körper, sodass die Blicke auf ihre Brüste fielen. Nun drehte sie es ein, sodass es sich zu einem Strick formte. Mit einem Schwung ausholend, riss sie den Kopf nach unten, zielte mit der Stirn auf die Nase des Schweigsamen, der beim Aufprall sogleich nach hinten stolperte, sodass sich seine schmierigen Finger von ihrem Venushügel entfernten. Das gerollte Hemd schlang sich

um den Hals des Großen, sie zog ihn pfeilschnell an sich heran, während ihr Oberkörper seinem diagonal auswich, und ihr Hinterbein einklappend, mit dem flachen Fuß vor sein Gesicht trat. Im Augenwinkel sah sie den Untersetzten auf sich zu rennen, aber da er nur noch eine Ellenbogenlänge entfernt war nutzte sie diesen ihren, sodass sie in einer halbkreisförmigen Oberarmbewegung ihren Ellenbogen auf seinem linken Wangenknochen landete.
Den Fausthieb vom vierten Mann jedoch sah sie nicht kommen. Dieser streckte sie zu Boden. Doch es dauert nur einen Moment, indem sie ihr blutendes Gesicht irritierte, bis sie sich abrollte und wieder auf den Füßen landete. Dann nahm sie ihre Deckung auf, stellte sich dem Großen gegenüber und sagte mit Überzeugung:
„Dem bist du nicht gewachsen, Kleiner…“
Der Große grinste immer noch und holte zum Schlag aus, den Credo mit einem Unterarmblock nach außen abfing, aber sie wusste, als er wild wie ein bockiges Kind auf sie einzuprügeln begann, dass sie höchstens in der Lage wäre, fünf Schläge zu blocken bevor er sie traf und bei seiner Statur würde sie nach wenigen Schlägen schachmatt gesetzt. Also wich sie aus, setzte zur Ablenkung eine Schlagkombination auf Jochbein und Schläfe an, landete einen sauberen linken Schwinger in seinen Nieren, verharrte bis er sich gekrümmt wieder zu ihr wandte, machte einen schwungvolle Pirouette, in der sie das Hinterbein, wie bei einem Pferdetritt, ausholte und ihm den Hacken in seinen Solarplexus rammte.
Keuchend krümmte sich der Große nun und taumelte zum Rand des Abgrunds. Ein Tritt auf den Schwerpunkt seines Körpers machte ihm nicht viel aus. Das wusste sie. Ihm

folgend nahm Credo also Anlauf, sprang ab, so hoch sie nur konnte, zog erst ihr linkes Knie nach vorn um Schwung zu holen und folgte nun mit dem rechten Knie, unter dem in der Luft, auf einer waagerechten Linie angekommen, der Unterschenkel hervor schnappte, wobei sich ihr Fuß streckte und ihr Fußballen, unter seinem Kehlkopf aufprallte. Der Corpus des Großen schoss über die Kante hinaus und flog etwa zweieinhalb Meter in die Tiefe. Zwar hatte sie der Rückschlag zu Boden katapultiert, jedoch konnte sie sich mit Mühe vor einem ebenso tiefen Fall retten, krallte sich in einen Sack an der Kante.

Nach einem tiefen Atemzug kletterte sie erschöpft wieder hinauf. Der untersetzte Anführer war immer noch bewusstlos, doch der Schweigsame in Latzhose, welcher stark aus der Nase blutete und Freude daran zu haben schien, das Blut durch seine Zahnlücke aufzusaugen, schlürfte mit dem vierten Mann wieder auf sie zu.
Wieder pochte ihr Schädel fürchterlich, Schwindel überkam sie auch, als hätte sie an einem heißen Sommertag zu lang in der Sonne gelegen. Der Schmierer mit der Schmiere im Gesicht sagte zum Schweigsamen.
„Wir müssen sie gleichzeitig anpacken, dann hat sie´s schwerer!“
Von rechts nach links schwang ihr Oberkörper, holte aus, sie grätschte in einem Standspagat ihr rechtes Bein hoch und traf den Schweigsamen mit ihrem Schienbein, an seiner Halsschlagader, sodass dieser das Bewusstsein verlierend nach unten platschte, wie ein nasses Handtuch. Der andere jedoch trat ihr das Standbein weg, dass sie fiel, stürzte sich sogleich auf Credo und drückte sie mit seinen

zweiundachtzig Kilo in die Bohnensäcke. Dann landete er einen Fausthieb in ihrem Gesicht, der sie kurz betäubte, und würgte sie flüsternd ins Ohr.
„Hast uns ganz schön ärger gemacht.“
Allmählich kam der Schweigsame wieder zu sich, schüttelte sich kurz als er im Anschluss Credo ebenfalls besprang.
„Zeig´s der verdammten Huur, mach schon!“ forderte er seinen Kollegen auf.
Deutlich spürte sie wie sie ihre Kräfte verließen und gleichsam den härter werdenden Penis des Angreifers, auf ihrem Venushügel. Während der Schmierer mit dem blonden Vollbart sie würgte starrte sie ihm teilnahmslos in die Augen, dabei der sich zum Schweigsamen neigte und ihn hastig aufforderte:
„Hilf mir mal mit der Hose.“ Also zog dieser ihm die Hose runter, sodass sein stark behaartes Hinterteil zum Vorschein kam. Von Sekunde zu Sekunde verkleinerten sich ihre Augen, schleichend wich die Röte ihrem Gesicht, weil ihr Angreifer den Hals immer fester umschlang. Der vollbärtige Blonde bedeutete dem Schweigsamen erneut auch sie ihrer Kleidung zu entledigen, also riss er etwas unbeholfen an ihrer Hose herum und zerriss dabei ihre Unterwäsche.
Und während die nuschelnden Worte und Grunz-Geräusche der Seeleute, im Raum verhallten, schlossen sich Credos Augen in dem Bewusstsein, dass nie jemand erfahren würde was mit ihr geschehen war, wenn die Seemänner ihren geschunden Körper erstmal über Bord entsorgt hatten. Aber noch trauriger war, dass es gar keinen Menschen gab, der nach ihr suchen würde oder den es interessierte, was mit ihr geschah.

Unterdessen war das Schiff in Antwerpen zum Stehen gekommen. Kaum waren die Motoren gestoppt, hatte der Windschmann, der die Verladekräne bedient, seinen *Friesenmerz*, wie die Seemänner ihre Regenjacken liebevoll nennen, übergeworfen. Man gab sich größte Mühe, die Kräne zügig in Schwung zu bringen, um die Ladung zu löschen und mehrere bereits nass genieselte Strauße auszuladen. Der Wind pfiff verheißungsvoll durch ihre schaukelnden Käfige, während vom Hafen Maschinen-Geräusche an Bord schwappten, die sich wie absaufende Flugzeugturbinen anhörten. Zwanzig Meter lange Ladebäume knarrten im Wind so heftig, dass der Wahrschauer Mühe hatte, trotz seines lauten Organs, vor etwaigen Gefahren zu warnen. Es konnte noch Stunden dauern bis die Autos eingeladen waren, die am Hafen standen. Und bis die übrige Ware Seewetterfest verzurrt war vergingen vermutlich noch Tage.
Da Credo so viel von der Seefahrt verstand, wie ihre Peiniger von Nächstenliebe, hätte sie gedacht ein Schiff bräuchte nur wenige Stunden um ent- und beladen zu werden und wäre dann sofort für eine Überfahrt bereit. So war es nicht. Aber das war völlig egal, so wie es ihr egal war nun entdeckt zu werden, so wie alles andere auch egal war. Denn sie spürte nichts mehr. Sie war dabei zu sterben.

Kurz bevor sein Glied in sie eindrang, sagte der Schweigsame plötzlich lüstern:
„Ich glaube es gefällt ihr, …warte mal! Sie will uns was sagen.“
Als Credo heftig zu husten begann und ihre Augen weit aufriss.

Der Schmierer lockerte seinen Griff etwas genervt, mit den Worten.
„Was? Willst du´s lieber von hinten?“
Getrieben von dem Wunsch, der Bitte ihres Vaters nachzukommen, sah sie ihrem Feind tief in die Augen und keuchte, „das Problem, wenn man jemanden würgt ist…, der eigene Kopf ist völlig ungeschützt.“
In diesem Moment holte sie mit den Armen weit aus, als wolle sie zu einer Umarmung ansetzen, härtete ihre flachen Hände jeweils zu einer halben Kuhle, presste die Finger aneinander und preschte mit den Händen auf seine Ohren, dass es laut im Frachtraum klatschte.
Als der Mann sich vor Schmerz die blutenden Ohren hielt, schreiend davonrennend, setzte Credo noch immer liegend zu einem Handkantenschlag an der Leiste des Schweigsamen an, gefolgt von einem Seitentritt, sodass sie ihn mit ihrer Fußaußenkante direkt vor die Stirn trat. Kaum war dieser am Boden angekommen, hatte sie ihre Hose wieder hochgezogen, sprang auf ihn, bearbeitete ihn mit den Mittelfinger- und Zeigefingerhandknöcheln, ihrer Fäuste in einem Dauerfeuer bis sein regloser Körper, den Anschein machte nicht so bald wieder an Bewegung zu gewinnen.
Das Kinn lag auf der Brust. Die Fingerspitzen tupften mit dem Stofffetzen sanft auf die aufgeplatzte Oberlippe. Künstlich hielt Credo die Augen geschlossen, spürte die heiße Haut, und nur das Pochen ihrer geschwollenen Wange, den erschöpften Körper an die Wand gelehnt und sich findend in einem traurigen Tunnel von Gedankenlosigkeit und einsamer Ruhe.
Irgendwann stöhnte etwas in ihrem Augenwinkel. Auch der letzte Angreifer war nun nach unten geklettert. Von

weit oben beobachtete sie die Drei eine Weile, weil sie um den Großen, der immer noch träumte, herumstanden. Bis einer aufgeregt rief, „er atmet nicht mehr…"
Erschrocken wichen die Seeleute zurück, da Credo sich bemerkbar machte mit den Worten.
„Er ist doch weich gefallen."
Der Untersetzte entgegnete, „ich weiß nicht. Du hast ihm ganz schön zugesetzt."
„Was machen wir denn jetzt, verdammt? Mattis wach auf, Junge!" rief der Schweigsame verängstigt und sah fragend in die Runde.
Entschlossen kam sie, mit ihrer unbeweglichen Miene, auf den Wortführer zu, aus dessen vorderer Hosentasche, der Griff des Tranchiermessers rausguckte; sie zog es ihm aus der Tasche und wendete sich wieder zum großen Mattis.
Darauf rief der Schweigsame entsetzt:
„Nicht!"
Dann führte sie dem Bewusstlosen die Klinge unter die Nase, hielt kurz inne und blickte gespannt auf die flache Seite des Stahls. Nachdem sie keinen feuchten Beschlag feststellen konnte, öffnete sie dem großen Matrosen die Träger seiner Hose und legte seinen Oberkörper frei, schmiegte ihren Kopf seitlich auf dessen fusselige Brust und hielt wieder inne. Dann begann sie mit einer Herzdruckmassage.
Währenddessen sie aus voller Kraft pumpte fragte sie, „meldet sich jemand freiwillig für die Beatmung?"
Aber die Seeleute starrten Credo apathisch an.

Viele Atemstöße später in der Frachthalle, in der man immer noch eine Stecknadel hätte fallen hören können, setzte Credo wiederholt zur Herzdruckmassage an.
„Das wird wohl nichts mehr.“ Flüsterte sie angestrengt.
Worauf der untersetzte Matrose Abdul zurückflüsterte, „dann wirst Du die *MS Henrika Bartelz* lebendig nicht mehr verlassen.“
Nun kam der Schweigsame wieder zu Wort und rief durch seine Zahnlücke weinerlich:
“Komm schon Mattis, wir hatten doch son Spoß! Lass uns nich hängen…“

Mit einem tiefen Atemzug und Keuchen kam der Große wieder zu Bewusstsein, als er sich aufsetzte. Er rieb seine tränenden Augen unterdessen die Kollegen laut riefen, sowie Beifall klatschten.
Sogleich blickte Credo hinter sich und suchte hektisch die Decke des Raumes mit ihren Augen ab, als würde sie dort jemanden entdecken der sie beobachtet hatte. Aber dort war niemand. So ein Frachtschiff gab eine Vielzahl unheimlicher Laute von sich, besonders wenn es sich bewegte und erstrecht für einen Laien, dachte sie…
Alsdann wich sie davon ohne sich umzudrehen.
Nachdem der Frachtraum sich wieder mit Leben gefüllt hatte, schnackten die Männer, trotz ihrer kürzlich erworbenen Blessuren, ausgelassen mit einander. Ihren großen Freund stützend verließen sie die Halle, während der Kleine sich noch einmal listig umdrehte und Credos Blick suchte.
„Ich warte hier auf Euch,“ rief sie ihm erschöpft zu, „…wenn Ihr mich verhaften lassen wollt. Wo soll ich

schon hin!" und ließ ihren Corpus auf einen Kaffeesack fallen.

Mühsam setzte sie einen Schritt vor den anderen aber die Leere in ihr haftete an ihren Füßen, als wäre sie ein großes, zähes Kaugummi. Schwarze Härchen an ihren schlanken Unterarmen stellten sich nach oben, auf dem Nasenrücken bildeten sich Schweißperlen und eine Gänsehaut breitete sich auf ihrem Körper aus. Da reichte ihr ihre Mutter die Hand, mit einem vertrauten, gütigen Blick, einem Schmunzeln bei dem ein Grübchen auf der linken Gesichtshälfte zum Vorschein kam, das Credo so sehr vermisste an dieser zurückhaltenden, wunderhübschen Frau und ihr fiel ein warum die Mama ihre freche Tochter so ansah. Denn die kleine Fenia hatte nicht zum ersten Mal, den ganzen Tag lang Kaugummis von den Berliner Straßen gesammelt, diese mit einer Glasflasche ausgewalzt, wieder verpackt in Krepppapier und an die Kinder aus der Nachbarschaft verkauft.
Eine Träne rollte über der Tochter Gesicht und nach einem klitzekleinen Moment der Unachtsamkeit, während sie auf ihre Schuh sah, blickte das Kind wieder nach oben und ihre Mutter war verschwunden.
Plötzlich war Credo wieder gewachsen, als sie vier Hände packten und sie über die Reling des Schiffes warfen. Nun schwamm sie oder trieb, in taukaltem Meer, geradewegs auf den Abgrund eines Wasserfalls zu. In wenigen Sekunden war also alles vorbei, ihr gesamter Schmerz für immer erloschen. Reglos, wie eine unbedeutende Feder aus den Schwingen eines Lebens, welches unter anderen Umständen ein erfülltes hätte gewesen sein können, glitt sie auf

einem Flussbett, auf den Rand der Welt zu, der sie in kürze zurück in die Arme des Universums spülen würde. Es wurde dunkel, rau, dann laut und sie spürte wie es abwärts ging, ihr Körper von einer gewaltigen Kraft zusammengedrückt wurde.

Eine Zeit lang sah sie nichts, bis sich unverhofft eine gewisse Wärme auf ihrem Gesicht ablegte.
Vom Ufer eines historischen Schlosses aus öffnete sie die Augen, sie sah auf die glitzernden Kaskaden eines Stufenwasserfalls. Die schwarze Felswand war gekleidet in einen moosgrünen Pelz und die Flächen die noch übrig waren, säumten Hortensien, Schwanenhalsagaven und Afrikanische Liebesblumen, wie auf der Blumen-Insel Madeira. Abermals rann ihr eine Träne, aber diesmal aus Freude über diese Schönheit, über die Wange, überquerte das Kinn, und tropfte nach einem kurzen Stopp auf ihre nackte, durchtrainierte Bauchdecke. In der Spiegelung des Wassers besah sie sich ihres Körpers und ihre düstere Miene lockerte auf. Alsbald tauchte eine zweite Silhouette in der Spiegelung auf. Ein ihr wohl bekannter asiatischer Mann. Seine Augen hafteten ebenso auf dieser pittoresken Macht der Natur, wie sein Herz und wie Credos Augen es eben getan hatten. So sagte er in völligem Einklang nur wenige Worte.
„Da wo großer Leidensdruck besteht geschieht Veränderung."

Fast 24 Stunden mussten vergangen sein, doch bisher war nichts passiert. Credo rieb sich den Schlaf aus den verklebten Augen. Es war heiß. Sogar ihre Nase schwitzte. Es verging eine ganze Weile bis sie richtig wach war. Niemand war gekommen um sie zu verhaften, keine Verstärkung, kein weiterer Matrose gebeutelt von Enthaltsamkeit, der sein Glück bei ihr versuchte. Es schien ihr unerklärlich warum die Maschinenleute sich so viel Zeit ließen, um Credo Handschellen anzulegen. Bei jeder Bewegung schmerzten ihre Glieder von den Prellungen und einem heftigen Muskelkater, den sie in der Art lang nicht mehr gespürt hatte. Während sie nun mit einem Holzspan Dreck unter ihren Nägeln hervor puhlte, fiel ihr auf wie sehr ihre Axeln nach Schweiß rochen.

Als eine Stunde später immer noch nichts geschah, begann sie neugierig zu werden. Außerdem brauchte sie Wasser für die kommenden Tage und da ihr Schicksal ganz offensichtlich besiegelt war, zögerte sie nicht lang, hinab durch die kleine Öffnung zu steigen und die Männer aufzusuchen.

Im Raum mit den vielen Fässern angelangt, wo sie die Lebensmittel gestohlen hatte, saß ein langer, breiter Kerl mit dem Rücken zu ihr gewandt am Tisch, der im *Hamburger Abendblatt* las. Als Credo einen Stuhl zurück zog um sich zu ihm zu setzen, erschrak er entsetzlich und fiel fast vom Stuhl mit den Worten:

„Bitte tu mir nichts, es war ein Fehler, …kommt nicht wieder vor!“

„Ganz ruhig!“ Unterbrach sie ihn, den Blick auf seiner Zeitung ruhend.

„Mattis, richtig? Wusste nicht, dass Ihr lesen könnt.“

Er musterte sie nervös und gab zurück, „nicht jeder von uns.“ Und weil er nicht wusste was er sagen sollte, redete er weiter, „ich, ich bin bei meiner Tante aufgewachsen, die war Lehrerin im Dorf.“

„Aha, und Deine Tante hat dir nicht beigebracht, dass man Frauen mit Respekt behandelt?“ Mattis senkten Kopf und sagte reumütig.
„Du hast mir das Leben gerettet. Danke. Woher wusstest Du wie das funktioniert, hast Du eine medizinische Ausbildung?“
Einen Moment zögerte sie, dann gab sie zurück:
„Ich kannte einen Arzt. Warum habt Ihr nicht die Polizei geholt?“
Doch Mattis schwieg als er die Schritte bemerkte, die sich hinter dem Rücken der blinden Passagierin auf sie zu bewegten. Der untersetzte Abdul nahm ebenfalls, mit seinem geschwollenen Jochbein, am Tisch Platz und bedeutete den Anderen es ihm gleich zu tun. Nach einem allgemeinen Schweigen sagte er mit hoher Stimme:
„Was willst Du?“
Misstrauisch entgegnete Credo:
„Warum habt Ihr nicht die Polizei geholt?„
„Den Udel holen, wozu? Außerdem sind wir auf See.“
„Warum habt Ihr nicht den Kapitän informiert?“
Doch keiner in der Runde ging auf ihre Frage ein. Stattdessen sprach der Kleine weiter,
„offenbar hattest Du´s eilig aus Hamburch wegzukommen. Wo soll´s denn hingehen?“
„Das Schiff fährt unter anderem nach Panama, richtig?“
Worauf der Kopf des Wortführers, mit dem Blau unterlaufenen Auge zu nicken begann.
„Lasst mich bis dahin mitfahren. Mach keinen weiteren Ärger, versprochen.“

Der Kleine kniff schmerzvoll ein Auge zusammen, spielte künstlich an seinem Kinnbart, beugte sich zu ihr rüber, dann stellte er die Männer vor und sagte.
„Diese Art zu kämpfen, wie du es tust, …wo lernt man das?“
Noch einmal sah sie in die Runde zum großen Mattis, dem garstigen Abdul, den schweigsamen-dümmlichen Hubig, und den blondbärtigen Friedmann, die sie allesamt mit Vorsicht anglotzten. Dann entgegnete sie.
„Nirgends.“
Listig beugte sich der Kleine vor und raunte,
„kein Sterbenswörtchen, zu einer Seele bis Du von Bord gehst…, wenn Du uns beibringst, wie man so kämpft.“
Credo machte keine Anstalten ihre Überraschung zu leugnen. „Und wozu? Habt Ihr mit großen Bedrohungen zu rechnen oder werdet regelmäßig attackiert?“
Woraufhin der blondbärtige Friedmann fadenscheinig dagegen eilte:
„Piraten!“
Alle Blicke waren auf ihn gewandert, sodass er sich noch mehr Mühe geben musste glaubwürdig zu wirken, indem er scharf zurück stierte.
Laut wiederholte sie, „Piraten?! Gott bewahre!“, holte tief Luft, dann fügte sie grinsend an.
„Seeräuber? So richtig mit Papagei und Augenklappe?“
Hastig sprangen die Worte des untersetzten Abduls dazwischen, „wo es was zu holen gibt, wird es auch immer Räuber geben! Im letzten Jahr wurden wir fünf Mal auf See überfallen. Es gibt kaum Waffen an Bord. Du hast ja gesehen, wie wir kämpfen. Wir halten dicht, wenn du uns beibringst, wie man sich richtig verteidigt…“

„Na Gott sei Dank, dass wir uns getroffen haben, Halleluja!“
Gab sie ironisch zurück.
„Gott hat damit nichts zu tun! An so´n Kappes glauben wir nicht.“
„Sag bloß. Tatsächlich? Ich dachte immer Seeleute sind sehr gläubig.“
Abdul kniff seine Augen zusammen.
„Religionen, egal ob muslemisch, christlich oder sonst irgendwelche, wurden stets dazu missbraucht um das Töten zu rechtfertigen. Kein Krieg hat je so viele Opfer gefordert, wie Schlachten die im Namen Gottes verübt wurden. Wenn Du mich fragst sind Kirchen ein Auffangbecken für Mörder und Triebtäter.“
„Na, Du musst es ja wissen…“

Ressentiment

Der Kiel des Schiffes hatte nach Wochen des Löschens und Beladens nun endlich die Häfen verlassen und durchbrach, die scheinbar unbezwingbaren Wassermassen des Nordatlantischen Ozeans. Von neuem schaukelte der riesige Frachter wie ein Pappkarton hin und her, unterdessen sich einige wenige Sonnenstrahlen durch den Wolkenschleier auf das Deck drängten, von denen Credo, weit unten, leider nichts mitbekam.
Weil ihr nichts anderes übrigblieb als ihre Kampferfahrung mit den Männern zu teilen, halfen die ihr wiederum sich in dem Versteck besser zu tarnen. So versorgten sie Credo mit Nahrung, mit einer provisorischen Toilette aus einem

doppelwandigen Eimer und schleusten sie in aufwendigen Manövern zu den Unterkünften, damit sie sich gelegentlich waschen konnte, sie aber niemand sonst bemerkte.
Zwar waren die Wunden der Männer weitestgehend verheilt, klagten sie immer wieder über Blessuren, die das anstrengende Kampftraining bei den Seeleuten verursachte. Auch wenn es Credo widerstrebte, blieb ihr nichts anderes übrig als sich mit den Matrosen zu arrangieren, wenn sie nicht wollte, dass man sie verhaftete oder auf hoher See verschwinden ließ. Außer ihrer eigentlich geheimen Kampfkunst hatte Credo leider nichts anzubieten, um die Gunst der Männer zu gewinnen. Es sei denn sie stellte ihren Körper zur Verfügung, was ihr immer wieder als Vorschlag unterbreitet wurde. Doch bevor sie soweit ging, würde sie sich lieber ins Gefängnis sperren lassen. Also rief sie die Männer jeden zweiten Tag zum Kampftraining, damit sie lernten wie sie sich gegen ein Hirngespinst verteidigen konnten. Praktischerweise dienten die Jutesäcke mit den rohen Kaffebohnen, als Boxsack-Ersatz und zwei Taue aus dem Kabelgatt, als Schwingseile um die Schnellkraft der Armmuskeln zu trainieren.
Scheinbar machte den Rest der Besatzung, die Blessuren und geschürften Handknöchel der Matrosen nicht misstrauisch, da man sich auf hoher See an Deck schnell verletzte oder bei Frost auch hinfiel.

An einem Donnerstag schlich sich Credo mal wieder in die Luke mit den Fässern, in dem sie Hubig mit einem Kollegen reden sah. Auf den zweiten Blick jedoch fiel ihr auf, dass der Mann einen großen Hut ins Gesicht gezogen

hatte. Ungewöhnlich war außerdem, dass er einen Anzug trug. Niemand mit feiner Zivilkleidung gehörte zur Mannschaft, das wusste sie inzwischen. Besonders niemand der in den Schmutzluken arbeitete. Kalt lief es ihr den Rücken hinunter, denn Credo wusste es konnte sich hierbei nur um eine Person handeln. Leider war sie zu weit entfernt, um zu verstehen was sie zueinander sagten. Als sich die anderen Matrosen näherten und lautstark über das heutige Datum redeten, entfernte sich der Fremde in einer elegant fließenden Bewegung, beinahe wie eine Schlange.
Die Seeleute hatten Credo nicht bemerkt, also wechselte der blondbärtige Friedmann das Thema zu einen *rabenschwarzen Kolibri*, so etwas wie ein Geist, der Seeleute auf hoher See aufsucht und bestraft für ihre Vergangenheit, wenn Sie nachts in ihren Kojen liegen. Erst dachte Credo an aberwitziges Seemannsgarn, dass die Männer selbst nicht so ganz ernst nahmen, also nur so daherredeten. Dann aber spürte sie wie bedacht sie ihre Worte wählten, welche Furcht in ihren Stimmen lag und wie ihre Gesichter es der Stimme nachtaten. Als sich der etwas dümmlich und schweigsam wirkende Hubig nach einer Weile vom anderen entfernte und in ihre Richtung kam, hielt sie auf ihn zu.
„Ist das Euer Ernst? Ich war gerade noch beeindruckt von Eurer antireligiösen Haltung und dieser Tiefgründigkeit. Und jetzt sowas?“
Erschrocken riss der den Finger nach oben, sodass dieser vor seinem Mund zum Stehen kam.
„Pssst…! Wir wollen ja keine schlofenden Hunde wecken.“
„Ihr glaubt wirklich an ein Ungeheuer, an Bord?“

„Du loachst," stieg er wütend Credos Schmunzeln entgegen,
„es ist ständig Proviant verschwunden. Mehrere Männer hoben sich deshalb schon geprügelt und jegenseitig beschuldigt." „Blödsinn, das Proviant hab´ ich doch geklaut." Er blickte nochmal über die eigene Schulter, ob die Luft rein war, juckte sich an seiner vom Kampf mit der Einschleicherin immer noch schmerzenden Nase, dann fuhr er fort.
„Papalapapp, das wor doch schon bevor Du an Bord warst. Ich hob ihn doch selbst gesehen, oben an der Decke! Feuerrote Augen hat er und einen dunklen Körper, der so schnell fladdert, dass man ihn gar nich´ ausmachen kann. Außerdem is Friedmann unser Spökenkieker, der weiß wovon er redet."
„Der Friedmann ist was???"
„Er hat das zweite Gesicht."
„Aha…, und das bedeutet?"
Flüsternd lehnte sich Hubig zu ihr. „Spökenkieker bedeutet so viel wie Geister-Seher, das zweite Gesicht. Er kann Unheil voraussagen und sogar den Tod. Sogar der Kapitän glaubt ihm. Das solltest du besser auch tun."
Schmunzelnd antwortete sie:
„Also keine Seeräuber?" Woraufhin der Schweigsame reumütig den Kopf schüttelte.
„Tja, dann bin ich wohl nicht der einzige Einschleicher hier. Vielleicht freunde ich mich also mit ihm an und hab´ dadurch sogar einen Verbündeten. Und dann einen der durch die Lüfte gleitet…"
„Das ist nicht witzig!!!", schrie Hubig ungehalten, als er sich sogleich wieder bremste, weil man aus der Ferne ein

starkes Brummen vernahm, wie das eines gequälten Tieres. Gerade als Credo sich erkundigen wollte, ob das Geräusch von dem gefürchteten Geist kommen konnte, schimpfte er weiter: „Oin Mann is schon verschwunden, der alte Hetwig. Zuletzt hat man ihn im Wellentunnel gesehen, dann war er verschwunden, obwohls nur einen Ausgang gibt, koiner weiß was mit ihm passiert ist. Seit Wochen wird er vermisst. Die Männer reden er wurde davongetragen."

„Wohin denn bitteschön, ins Geisterreich?"

„Über Bord." flüsterte er mit zusammengekniffenen Augen. „Der rabenschworze Kolibri hat ihn sich geschnappt, an Deck und auf die See hinaus getragen und dann einfach fallen lassen, sodass ihn die Wellen für immer verschluckten."

„Und warum sollte er sowas tun", wollte Credo weiter ungläubig wissen.

„Herrgott nochmal, Weiber! Ihr wisst echt gor nix. Er übergibt uns dem Meer, um uns zu bestrafen."

„Für Eure Sünden, nehme ich an."

„Ja, na was denn sonst?!"

„Dassss...," sagte sie mit einer ernsten Pause reserviert, „...kann natürlich sein. Mmh, dann überlass ich Euch mal Eurem Schicksal", wandte sie sich ab und ließ den verdutzten Matrosen im Frachtraum zurück.

Immer näher rückten die Wände des Frachters, immer näher rückten allmählich die Momente, an denen sie nichts mit sich anzufangen wusste. Der Drang endlich wieder natürliches Licht sehen zu wollen, verstärkte sich Tag um Tag. Hier unten verschwamm die Zeit auf eine perfide, dumpfe Weise, genauso wie die Tage und Nächte. Sie hielt es kaum noch aus. Obwohl die Gesellschaft der Matrosen etwas Ablenkung bot, wollte Credo was unternehmen. Denn sie wusste Ihr ehemaliger Verlobter und seine dubiosen Freunde saßen ebenfalls nicht untätig rum, um sie zu finden. Was auch immer diese Bande von Psychopathen von ihr wollte.

Während sich draußen ein Tintenfleck am Horizont ausbreitete kehrte Credo zurück in ihr Versteck, zu der restlichen Kaffee-Ladung, die man in der täglichen Hektik versehentlich auf dem Deck hatte liegen lassen. Da fiel ihr etwas auf. Den Brief ihres Vaters hatte sie schon eine Weile nicht mehr in den Händen gehalten, allerdings hatte sie bisher auch nicht wirklich gründlich gesucht. Nachdem Credo jedoch alles ableuchtete wurde ihr bewusst, dass er verschwunden war.

Zwar hatte sie sich die Koordinaten gemerkt, trotzdem war es seltsam, dass der Brief nicht mehr da war. Die Seeleute hatten zu viel Respekt vor ihr, als dass sie sich an ihren Sachen vergreifen würden, das wusste sie. Dennoch konnte sie ihn nicht finden. Es war nicht mehr zu leugnen wie sehr sie die Ungeduld trieb, sie immer mehr den Drang verspürte etwas zu tun, sich von hier fortzubewegen.

Also stieg sie kurzerhand bedacht die nächste Leiter hinauf, um das obere Zwischendeck zu erkunden. Klar gab es immer noch die Gefahr von anderen Matrosen oder weiter oben von der Decksmannschaft entdeckt zu werden. Aber ihre Neugier war, wie so oft, stärker als die Angst. Zum Glück kam ihr das Wetter entgegen. Denn bei der steifen Brise die an Deck wehte, war es keine große Sache ein knappes Stück unbemerkt über das Deck zu schleichen.

Etwas anderes blieb ihr auch nicht übrig, da sich zwischen den vorderen Decks und den hinteren Frachtluken der Maschinenraum befand durch den man nicht einfach durchgehen konnte. Schon allein deshalb nicht, da die Räume nicht mit einander verbunden waren. Credo wollte jetzt wissen was sich hinter der Geschichte mit dem *Kolibri* verbarg und was es mit den seltsamen Tönen in den Räumen und Gängen auf sich hatte, die inzwischen beinahe täglich durch das Schiff drangen. Die konnten ja wohl kaum von einem Vogel stammen. Es sei denn es handelte sich hierbei um einen, wieder zum Leben erwachten, Flugsaurier.
Vom Boden aufwärts blickte Credo auf die Kiste direkt vor ihren Füßen. Ihre Augen folgten der Holzwand bis zur oberen Kante der Box, die eigentlich eher so was wie eine massive Hütte war, als eine Box. Sie maß in der Breite mindestens fünf Meter, bei der Höhe tippte sie irgendwas mit vieren. Hier in der hinteren Halle bei Frachtluke 4 war sie nach einer Stunde des Herumschleichens fündig geworden. Hier war nichts weiter gelagert außer dieser Hütte, weshalb Credo davon ausging, dass es eine wertvolle Fracht sein musste. Das kleine Schild am Boden der Kiste, mit der Aufschrift *Angalatooq* brachte sie nicht weiter. Reflexartig sprang Credo einen Schritt zurück, da sie plötzlich erschrak. Ihr Herz pochte wie verrückt, weil aus der Kiste Geraschel klang und dann ein Brummen, dass viel lauter und klarer war, als jenes, das sie die vergangenen Tage in Unruhe versetzt hatte.
„Keine gute Idee," mahnte sie sich selbst. Aber als hätte sie die Worte nie gesagt, und den riesigen Aufdruck mit dem Wort *DANGER* nie gelesen, hatte sie sich schon in

Bewegung gesetzt und die Leiter die am Boden lag, aufgestellt um auf das Dach der Kiste zu klettern. Nur wenige Schritte später hatte sie die Holzplattform erreicht, in dessen Mitte ein kleines, quadratisches Loch zu sehen war, welches einen guten Einblick in den Inhalt der Kiste bot, da die darauf befestigte Gitterluke offen stand. Wahrscheinlich war es so etwas wie eine Futterluke, die normalerweise geschlossen war. Das bedeutete, dass die Person die für das Füttern zuständig war, gleich zurück kommen würde. Also musste sie sich beeilen. Sie blickte durch das Loch und Credo sah, woher die grölenden Geräusche kamen, die ihr in den vergangen Tagen solche Angst gemacht hatten. Zu Recht.
In diesem Augenblick musste sie kurioser Weise an das Geräusch im Hafen von Antwerpen denken, vor einigen Tagen, das klang wie eine Turbine. Jetzt aber wusste sie, dass es die Rotorblätter eines Helikopters waren, der einen eiligen Gast an Bord brachte, der vermutlich noch in letzter Minute das Schiff erreichen wollte. Nun war ihr auch klar, wer dieser jemand war und eigentlich hätte ihr Gespür schon früher melden können, was auf sie zu kam. Doch da war es schon zu spät, als sie einen Tritt im Rückgrat spürte und Kopf über in das provisorische Heim, der ausgewachsenen Eisbärin stürzte.
Ihre blutende Lippe bemerkte sie gar nicht. Ihre Ellenbogen schmerzten, die Hände waren aufgeschürft, draußen krachte es, als würden Dinge umstürzen, Schreie hallten durch die Frachthalle, wie bei einem Kampf. Aber von alledem bekam Credo nichts mit, weil ihre lähmende Angst ihre Gedanken abschnürte. Was sie allein hörte, war der Atem des wütenden Raubtieres, der sich zu einem Brüllen

entwickelte. Zitternd sah sie wie es den Kopf am Ende eines langen Halses neigte, die Lefzen hochzog, in das riesenhafte Maul, dem sie ebenfalls auf allen vieren hockend, auf Kopfhöhe gegenübersaß. Mit einem solchen Raubtier hätte Credo hier niemals gerechnet. Vor allem deshalb nicht, da sie von den Matrosen gelernt hatte, dass lebendige Tiere ausschließlich an Deck unter freiem Himmel transportiert wurden. Weil es leichter war die Tiere zu füttern und die Frischluft sie ruhiger hielt als ein stickiger Frachtraum.
Solche Zähne hatte sie nie zuvor gesehen. Jeder einzelne der weißgelben Zähne war bestimmt fünf Zentimeter lang. Solch einen Gestank aus dem Maul niemals gerochen. Und das war das letzte was sie riechen oder sehen sollte. Fragmente ihres Lebens liefen an ihr vorbei, sogar Träume, die noch nicht erlebt waren. Es war vorbei! Ihr Mentor, der gütige Herr Oroshi hatte Credo gelehrt, dass aufgeben niemals eine Option sei. Oft kämpfte sie in ihrem Leben, so viele unzählige Male, wenn es schon keine Hoffnung mehr gab. Aufgeben würde sie nie, sähe sie auch nur den Hauch einer Chance zum Überleben. Denn das war sie ihrem Mentor und vor allem ihrem Vater schuldig. Diesen Kampf allerdings konnte sie unmöglich gewinnen. Sie musste sich eingestehen, dass sie zum Aufgeben gezwungen war. Denn aus dieser Lage konnte sich kein menschliches Wesen selbst befreien. In der Kiste lag nur Stroh. Es gab weder eine Waffe, noch eine Möglichkeit die drei Meter Hohe Luke in der Decke zu erreichen. Das Tier war garantiert über eine halbe Tonne schwer, und aufgrund der fremden Umgebung, die teilweise auch noch hin und her schaukelte, bestimmt nicht sanftmütig, auch wenn es viel-

leicht an Menschen gewöhnt war. Ein Tier, das über viele Kilometer Gerüche wahrnehmen konnte, musste äußerst verstört sein, bei den unzähligen Gerüchen unter Deck. Es blieb Credo also nichts anderes übrig als zu warten bis die Eisbärin zur Attacke ansetzte und ihren Körper in Fetzen riss. Sie war bereit zu sterben, bereit ihre Träume wahrwerden zu lassen, die ihr Frieden und die Nähe zu Gott versprachen. Denn eines war gewiss. Schlimmer als dieses Leben konnte der Tod nicht sein. Nun würde sie herausfinden, ob ihr alter Herr recht hatte und sie hinüberging in die Ewigkeit, wo sie nicht bloß ihre Ahnen erwarteten, sondern auch Freiheit und bedingungslose, immerwährende Liebe…

Aus der Halle bei Frachtluke 4, außerhalb der Kiste, klangen fortwährend klirrende Töne und dumpfe Schläge, wie wenn ein Kürbis zu Boden fällt. Zwar spielte es keine Rolle mehr, jedoch sollte Credo aus unerfindlichen Gründen daran denken, dass ihr Verlobter vermutlich einen Auftragskiller mit dem Hubschrauber geschickt hatte, um Credo zu vernichten. Alasker selbst war sich dazu bestimmt zu fein. *Der miese Schnösel!* Also hatte er es rechtzeitig geschafft, für Rasa Jahel eine Kabine an Bord der *Henrika Bartelz* zu buchen. Womöglich hatte er es wiederum geschafft, sich den Brief ihres Vaters unter den Nagel zu reißen. Denn der war plötzlich nicht mehr auffindbar. Demnach hatte Alasker Interesse an dem was darin stand, oder wahrscheinlicher noch, an den Koordinaten.

Vielleicht gab es an Deck nicht genügend Platz und man hatte versehentlich zu viele Tiere geladen. Deshalb musste die Eisbärin unter Deck gebracht werden.

Wahnwitzig, dass Credo in den letzten Sekunden ihres Lebens an ihre Widersacher und die Unterbringung des Tieres dachte, während dieses prächtige Weibchen sich auf die Hinterläufe stellte und wuchs und wuchs. Die Eisbärin begann zu brüllen und Speichel tropfte aus ihrem Maul, als hätte sie gerade zu viel Wasser, an einem Flussbett getrunken und die Hälfte wieder ausgespuckt.
Nun schloss Credo Frieden mit dieser ungezähmten Schönheit, atmete tief ein und schloss die Augen. Die Eisbärin wollte gerade auf Credo losstürmen als just ein furchtbar lautes, metallisches Geräusch durch die Kiste schallte, welches Raubtier und Mensch zurücksetzen ließ.
Erst jetzt bemerkte Credo, dass der Krach außerhalb der Kiste verklungen war, öffnete die Augen und sah eine etwa zwei Meter lange Eisenstange, die vor ihre Füße rollte. Ohne den Blick von dem Raubtier zu wenden, welches soeben wieder auf seinen vier Tatzen landete, griff sie nach der Stange. Die Stange mit beiden Fäusten fest umklammert, stieß Credo zu. Die Eisbärin brüllte, während sie sich erneut auf die Hinterbeine stellte. Mit schier unbändiger Kraft schlug diese, mit ihrer paddelförmigen Kralle auf die Stange, sodass Credo Mühe hatte sie festzuhalten und erneut zuzustoßen aber sie schaffte es und verschaffte sich somit ein wenig Zeit. Die Eisbärin zögerte einen erneuten Angriff hinaus, machte jedoch keine Anstalten sich zurückzuziehen. Aber grade als Credo darüber nachdachte, wie lange sie dieses Spiel wohl durchhalten könnte bis sie das Tier in Stücke riss, erschrak die Bärin erneut. Durch die Decken-Luke wurde eine Leiter hinuntergelassen.
Eine nette Geste, dachte Credo. Nur leider würde sie das nicht weiterbringen. Denn die wütende Eisbärin schien

noch jung und äußerst dynamisch. Wenn Credo die Leiter raufklettern wollte, musste sie sich der Stange entledigen. Würde sie die allerdings loslassen setzte das Raubtier sofort zum Angriff über, das wusste sie, und vielleicht schaffte es Credo, mit viel Glück, die zweite Sprosse zu erreichen bis sich dessen riesige Zähne durch ihre Haut bohrten. Am Ende ihrer Kräfte angelangt dachte sie immer wieder ans Aufgeben. Allmählich kam ihr diese Situation surreal vor. Besonders dann als sich unverhofft ein staubiger Schleier auf ihren Augen ausbreitete. Vielleicht befand sie sich ja in einer Art Trance.

Denn es begann dunkle Flocken zu regnen. Credo traute ihren Augen nicht. Auch die Eisbärin wirkte irritiert.

„Was zur Hölle?", fragte sie, „soll das?!"

Denn irgendjemand schüttete ein feinkörniges Pulver durch die Luke. Irritiert wollte sie sich abwenden, um es nicht in die Schleimhäute zu bekommen, weil sie Angst hatte, dass es eine ätzende Substanz aus den Chemikalienfässern sein könnte, die im Schiff transportiert wurden. Doch bevor Credo sich wegdrehen konnte, hatte sie schon etwas von dem Staub auf ihren Lippen und erschrak erneut. Dann hielt sie kurz inne und überlegte wonach das Pulver schmecken mochte. Dieser Geschmack war ihr bekannt und als sie zur Eisbärin rüber sah, die sich schmatzend die Sohle leckte, rief Credo erleichtert:

„Kakao!"

Mit dem ganzen Kakao auf dem Rücken, glich das Tier beinahe einem Braunbären. Leider wirkte es dadurch nicht weniger gefährlich. Auch nicht als es immer genüsslicher den Kakao vom Boden schleckte. Erst als die Bärin durch das trockene Pulver zu niesen begann und immer lauter werdende Würge-Geräusche von sich gab, überlegte Credo nicht lang. Behutsam stellte sie die Stange an die Wand, sprang auf die Sprossen, kletterte so schnell es ging nach oben. Just als sie sich über die Kante des Lochs hievte, auf dem Rücken zum Liegen kam, wurde die Leiter nach unten gerissen. Mit dem Fuß hob sie das Decken-Gitter an und ließ es zufallen. Es war ruhig in Frachtluke 4. Niemand war zu sehen als Credo den Kopf drehte. Die Halle war leer. Sie atmete schwer. Und nur aus der Ferne vernahm sie, sich nähernde Stimmen. Dann glitt ihre Hand in die Tasche, um nach etwas zu suchen womit sich der Kakao aus ihrem Gesicht wischen ließ.

Zum Glück war Credo auf dem Weg nach unten niemand begegnet außer Mattis, der sie immer noch schüchternen Blickes begrüßte. Der Krach im Zwischendeck hatte den zweiten Offizier aufgeschreckt und ihn und zwei Tierpfleger dazu veranlasst nach dem Rechten zu sehen. Doch als sie das Deck erreichten, in der die Eisbärin, die nach Mittelamerika verkauft werden sollte, transportiert wurde, war niemand zu sehen. Nur etwas Blut fand sich am Boden vor der Kiste und eine Leiter war verschwunden.

Als Credo in ihrem Versteck auf dem miefenden Schafsfell, das ihr Mattis aus dem Deck bei Frachtluke 1 besorgt hatte, ihre Wunden tupfte, erinnerte sie sich den Brief das letzte Mal in Anwesenheit der Matrosen gesehen zu haben. Im Raum in dem die Fässer mit den Chemikalien gelagert wurden. Vielleicht hatte Credo ihn dort verloren oder einer der Männer hatte ihn doch gestohlen. Wenn Rasa Jahel nun den Brief ihres Vaters hatte, musste er ihn von einem der Matrosen bekommen haben. Er musste ihn haben, andernfalls hätte er Credo nicht versucht zu töten. Hätte er

ihr Versteck gekannt und dort nach dem Brief gesucht, hätte er Credo schon dort aufgelauert. Also war sie hier vermutlich sicher. Vorausgesetzt die Matrosen würden sie nicht verraten. Eine andere Möglichkeit war, dass die ominöse Gestalt vor der sich die Mannschaft fürchtete, Credo in die Kiste der Eisbärin gestoßen hatte. Das würde auch erklären warum Credo sie, trotz ihrer ausgeprägten Reaktionsfähigkeit, nicht bemerkt hatte. Eine Person, die in der Lage war eine ganze Schiffsmannschaft über Wochen zu täuschen und sich immer noch im Verborgenen aufhalten zu können, musste über außergewöhnliche Fähigkeiten verfügen. Außerdem lautlos und schnell sein. Aber warum sollte sie Credo töten wollen, wo sie einander doch gar nicht kannten? Mit diesem Gedanken setzte sich eine Energie frei die es zu verdrängen galt. Denn alles in ihr wollte diesen Kahn verlassen. Raus aus der Dunkelheit. Die Sehnsucht stieg, nach Sonnenlicht, frischer Luft, einem Kirschenmichel. Und dieser Gestank war kaum zu ertragen. In den Frachtluken fühlte man sich irgendwann wie der Insasse eines Gefängnisses. Die einzigen Wege nach draußen waren kleine Luken vor denen Menschen umherliefen, die sie vielleicht sogar über Bord werfen würden.
Unvorstellbar, ein ganzes Leben im Bauch eines Frachtschiffes zu arbeiten. Wie schafften die Matrosen das nur? Glücklicherweise waren diese anders drauf als Credo sie zu Beginn eingeschätzt hatte.

Als Credo mit dem großen Mattis, dem garstigen Abdul, dem schweigsamen-dümmlichen Hubig, und dem blondbärtigen Friedmann gesprochen hatte, war sie jedoch nicht mehr überzeugt, ob sie ihnen vertrauen konnte. Beinahe am Ende ihrer Kräfte wollte sie wissen was hier gespielt wurde. Von einer gewissen Unruhe begleitet wollte sie wissen mit wie vielen Männern Rasa Jahel an Bord gekommen war und welchen Plan er verfolgte. Sie musste ihm zuvorkommen und ihm da begegnen, wo er nicht mit ihr rechnete. *In seiner Kabine.*

Also schmiedete sie einen Plan. In der Hosentasche steckte das Messer, das sie aus der Bordküche geklaut hatte. Als keiner der Matrosen im vorderen Frachtraum war, wo die Fässer mit den Chemikalien gelagert waren, öffnete sie eines mit Natriumpersulfat und füllte sich ein wenig davon in eine leere Schnapsflasche, die sie bei den Matrosen gefunden hatte. Das Säurepulver war nicht tödlich, aber es rief fiese Hautreizungen hervor, wenn man es jemandem entgegenwarf und war ein probates Mittel, um den Gegner abzulenken. Das hatte sie während ihres kurzen Aufenthalts bei Gustav Achtziger und seinen Gefolgsleuten gelernt.

Der angehende Tag brachte einen friedlichen Himmel hervor. Glücklicherweise hatte Abdul keine Fragen gestellt, als Credo ihn darum bat ihr seine Hose zu leihen. Die vom Bierbauch des kleinen Abdul ausgebeulte Latzhose etwas enger geschnallt, öffnete Credo nun das Schott nach draußen und schmeckte, nach Wochen im Rumpf des Seeriesen, die frische Meeresbrise auf ihren Lippen. Ein paar Sonnenstrahlen kämpften sich durch einen unendlich weiten Himmel, der auf ihren Unterarmen eine Gänsehaut aufwellen ließ. Es war viel wärmer als erwartet. Also musste die *MS Henrika Bartelz* Mittelamerika schon ein ordentliches Stück nähergekommen sein. Die Schiebermütze hatte

sie tief ins Gesicht gezogen, welches ohnehin durch einen Haufen Schmieröl unmöglich zu erkennen war. Ihr Herz pochte, zur Hälfte aus Anspannung und zur anderen Hälfte aus Freude über das Tageslicht und die wunderbare Luft, die ihr schrecklich gefehlt hatte.
Es war als würde ihr Herz tanzen und sie hörte sogar Musik. An Deck 1 des modernen Stückgutfrachters auf dem Nordatlantischen Ozean stehend, brauchte sie einen Moment, um zu realisieren wo sie war. Bis ihr klar wurde, dass die Musik die sie hörte nicht nur aus ihrem Herzen kam, sondern von Deck 2, dauerte noch einen Augenblick. Auf dem sogenannten Palaver-Deck klönte der Bootsmann und der wachhabende Offizier und unterhielten sich angeregt. Jemand spielte sogar ein Instrument. Dabei hatte Credo angenommen auf einem solchen Schiff gäbe es keinen Spaß, sondern nur Arbeit für die Besatzung. Scheinbar waren auch noch andere Gäste an Bord dachte sie, als von oben ein Plätschern hinunter drang, das so klang als sprang gerade jemand in einen Swimmingpool. Tatsächlich erkannte man aus der Ferne den Schiffsbäcker, der einem Ehrengast seine Geburtstagstorte überreichte, die er allerdings kurzerhand fallen ließ. Anlässlich des Jahrestages des Vorstandsmitglieds, führte die Mannschaft nun, verkleidet als *Neptun* und seine Meeresnymphe *Thetis*, den höchst beliebten aber äußerst inoffiziellen „Eignungstest" im Pool durch, um dem Reisenden seine Seefahrertauglichkeit zu attestieren. Die Taufe im Pool wurde für gewöhnlich nur bei einer Äquatorüberfahrt abgehalten. Das Vorstandsmitglied eines hiesigen Automobilherstellers allerdings, bestand nach seinem fünften Schnapsglas da-

rauf, auf den Äquator zu verzichten und gleich an Ort und Stelle als vollwertiger Seehund wiedergeboren zu werden. Als sie am hinteren Teil der Mittelaufbauten angekommen war, öffnete sie die Tür neben dem Rettungsring, durch die Credo bereits bei ihrer Ankunft eingestiegen war und ging gesenkten Hauptes die Holzrahmen ab. Es drangen Stimmen von der Krankenstation, sie wagte sogar einen Blick hinein und sah einen Erste Klasse-Passagier den Rücken zu ihr gewandt, auf einem Stuhl ungeduldig fragend, „was ist es denn?". Der Schiffsarzt schrieb, auf einem Tisch nebenan, routiniert mitsprechend die Antwort auf: *„Filzläuse im Genitalbereich."*

Wie zu erwarten war, hatte keiner sie bemerkt. Im Gegenteil, zwei Matrosen die ihren Weg kreuzten und aus der Kantine kamen, klopften Credo freundschaftlich die Schulter als sie lachend über das schlechte Essen herzogen und der eine fragte, „was macht der Koch eigentlich beruflich?" Das erleichterte sie so sehr, dass sie zurück grüßte und den kurzen Gedanken zu ließ, sich nun öfter hier frei bewegen zu können. Doch in diesem Moment war sie unachtsam und bemerkte die Hand nicht, die aus einer der acht Kabinen nach ihr griff. Schon hatte sie eines der Zimmer verschluckt.

Der Angreifer umklammerte sie von hinten. Er schien ziemlich kräftig zu sein. Allerdings war sein Körper nass, was ihr die Möglichkeit bot durch seine Arme nach unten zu gleiten, wie ein Al. Mit dem Rücken am Boden, machte Credo eine Kerze über ihren Kopf hinweg und stieß ihm ihre Füße gegen die Stirn, sodass er nach hinten taumelte. *Treffer!* Dann erhob sie sich vom Boden, drehte sich um

und zog ihr Messer. Der Anblick des glatzköpfigen, gut gebauten Mannes irritierte sie etwas, da er nur mit einem Handtuch bekleidet war.
„Halt!“ rief er, doch um ihm keine Zeit zum Nachdenken zu geben, griff sie unverzüglich an und attackierte ihn mit dem Messer Richtung Brust. Der Glatzköpfige allerdings blockte ihre Angriffe gekonnt, und sogar als sie mehrere frontale Fußstöße zum Kopf und Nieren ansetzte schaffte er es fast alle abzuwehren. Verdutzt sah sie ihn an und wollte schon die Flasche mit dem Säurepulver ziehen, als er sagte.
„Sie sind nicht die Einzige, die sich im fremdländischen Zweikampf auskennt, Fräulein Credolan. Sie hielt inne. Der Umstand, dass er ihren Namen kannte, dass er auf eine Weise kämpfte, die sie bisher nur bei sich und ihrem Mentor gesehen hatte und die Tatsache, dass ihm gerade sein Handtuch von der Hüfte gerutscht war, machte sie für einen Moment handlungsunfähig.
„Ich tue Ihnen nichts, glauben Sie mir! Mein Name ist Kommissar Charlie Montag.“
Misstrauisch schweigend sah sie ihn an.
„Ich greife jetzt nur nach dem Handtuch und zeige Ihnen meine Marke, versprochen!“
Tatsächlich, die Marke wirkte echt.
„Was bitte suchen Sie hier und woher weiß ich, dass Sie nicht für meinen Ex-Verlobten arbeiten und sie mit diesem Psychopathen Rasa Jahel an Bord gekommen sind?“
„Ich bin mit ihm an Bord gekommen, so viel ist schon mal richtig.“
Mit diesen Worten erhob sie das Messer und wollte erneut angreifen.

„Warten Sie! Das heißt aber nicht, dass ich für ihn arbeite."
„Ach nein, was denn sonst?"
„…also, das ist kompliziert…"
„Ich habe heute nichts mehr vor, Herr Kommissar. Entweder Sie haben jetzt eine verdammt gute Erklärung oder greifen nach ihrem Revolver, der da über dem Stuhl hängt. Andernfalls sind Sie in wenigen Sekunden tot!"
Credo wusste, dass sie nun hoch pokerte aber sie musste überzeugend wirken und auch wenn sie ihm vielleicht unterlegen war, würde sie wie eine Löwin bis zum bitteren Ende kämpfen und nicht im Traum daran denken aufzugeben.
„Es ist richtig, dass ich vom Kriminalrat beauftragt wurde mit diesen Männern zu gehen, um herauszufinden was genau Sie im Schilde führen. Ich sollte die Mitarbeiter von Herrn Alasker begleiten, da Sie ihm etwas sehr Kostbares gestohlen haben sollen."
„Was gestohlen, ich? Und was soll das bitteschön sein?", lachte sie verzweifelt.
„Das weiß ich nicht…"
„Blödsinn! Wenn Sie es nicht wüssten, hätte man sie doch niemals eine solche Reise antreten lassen."
„Mein Vorgesetzter ist zufällig ein guter Bekannter von Dr. Alasker, sodass es keine Diskussion für ihn gab."
„Ich habe diesem miesen Drecksschwein nichts geklaut, im Gegenteil, ich habe ihm zu viel gegeben, sogar ein Leben habe ich ihm geschenkt und er hat es kaputt gemacht. So wie er alles kaputt macht, was ihm keinen Gewinn bringt," sagte sie traurig.

„Sie glauben mir sicher kein Wort, aber so ist es. Eigentlich bin ich nur auf der Flucht und erfülle den letzten Wunsch meines Vaters.“
„Schätze darum geht es, …und doch ich glaube Ihnen.“
Verwundert über die Aussage des Kommissars musterte sie ihn noch einmal von oben nach unten. Er musste vielleicht zehn Jahre älter sein als sie, obwohl es schwer zusagen war, da sein athletischer Körper die Jahre wohl etwas ausbremste. Kurz bevor ihre Gedanken abzuschweifen begannen, fiel ihr eine Art dunkle Tätowierung an seinem Knöchel auf. Irgendwo hatte sie einen solchen Schnörkel schon einmal gesehen.
„Wie haben Sie mich bemerkt?“ wollte sie wissen während sie aufblickte. Doch der Kommissar ging nicht auf ihre Frage ein, sondern antwortete: „Bitte, ich will Ihnen nur helfen, Fräulein Credolan.“
„Nennen Sie mich nicht so,“ raunte sie ihm entgegen.
„In Ordnung. Was wäre Ihnen denn lieber?“
„Freunde nennen mich Credo.“
Bei dieser Aussage musste sie über sich selbst lachen. Denn momentan hatte sie keine Freunde und war mutterseelenallein auf einem Schiff mitten im Ozean umgeben von Menschen, die sie entweder vergewaltigen oder über Bord werfen wollten.
„Warum sollten Sie mir helfen wollen, Herr Kommissar?“
„Weil ich durch einen Informanten erfahren habe, was ihr ehemaliger Verlobter für kranke Geschäfte macht. Dass er unter anderem tödliche Experimente an unschuldigen Waisenkindern finanziert, die der Forschung dienen.“
Wieder sah sie den Kommissar argwöhnisch an, während sich ihr Herzschlag allmählich normalisierte.

„Wer sagt, dass Ihr Informant die Wahrheit sagt? Vielleicht lügt er."
„Das glaube ich nicht. Aber ich habe nicht genug Beweise und Hintergrundinformationen, wer alles dem Netzwerk ihres Mannes angehört und weiß nicht was er vorhat."
„Selbst wenn Sie die haben. Diese Experimente sind nicht verboten. Noch nicht jedenfalls."
„Wenn die Öffentlichkeit Details dieser Forschungen erfährt, passiert das vielleicht schneller als sie denken. Dr. Alasker verfütterte wurmeierhaltige Aufschwemmungen aus Kot an Kinder, um die Entwicklung der Parasiten beobachten zu können. Und ich bin mir sicher, er wurde von höherer Stelle dazu beauftragt und Dr. Alasker hat noch mehr zu verbergen. Ist es nicht so? Reicht Ihnen das?" fragte er wütend während er sich seine Kleidung anzog.
„Wenn die Leibwächter oder dieser Rasa Jahel Sie übrigens in die Finger bekommen sind Sie tot. Denn ich glaube sie haben gefunden wonach die bei Ihnen gesucht haben."
„Das ist mir klar," sagte sie trotzig und wollte wissen, „wer zur Hölle ist dieser Rasa Jahel?"
„Weiß ich nicht."
„Sie sind doch mit ihm hergekommen?"
„Das stimmt, nur trägt er immer eine Art Kinnmaske, die seine empfindliche Haut schützt, die wohl in der Vergangenheit einem schlimmen Feuer zum Opfer gefallen ist. Außerdem hat er seinen Hut tief ins Gesicht gezogen und redet nur selten. Manchmal habe ich das Gefühl er kommuniziert mit seinen Leibwächtern in einer Zeichensprache, weil man sie so wenig reden hört."
„Sie meinen die *Peregrinatio*?" Charlie Montag nickte.

„Und welches Ziel verfolgen die, bitteschön?“ wollte Credo in einem Verhörton wissen, den der Kommissar wahrscheinlich nur von sich selbst kannte.
„Das habe ich noch nicht herausgefunden, aber im Moment vermutlich das Gleiche wie Sie.“
Zornig gab sie zurück: „Ich werde dieses Schwein jetzt umbringen!“
„Na, na, na. Das lassen Sie mal schön bleiben!“, befahl der Kommissar mit Nachdruck.
„Die Ratte hat mich versucht zu töten. Nochmal gebe ich ihm keine Gelegenheit dazu.“
„Bitte Credo, ich brauche ihn lebend um zu wissen was er vorhat und wer da noch mit drin hängt. Wenn es soweit ist, glauben Sie mir, werde ich nicht zimperlich mit ihm sein. Kann ich mich auf Sie verlassen?“ flüsterte er mit einem Hundeblick.
Eine Weile schwiegen sie einander an, bis Credo versöhnlich sagte:
“Dann waren Sie das vorhin bei dem Eisbär, der mir das Leben gerettet hat?“
Verwirrt blickte er sie an, als würde er mit einer Geisteskranken reden.
„Welcher Eisbär? Vorhin habe ich geschlafen, dann eine lange Dusche genommen, bis das Wasser nicht mehr lief und ich wütend auf den Flur getreten bin, um mich zu beschweren. Und da waren Sie.“
Wortlos trat sie wieder auf den Gang. Als sie sich abwandte, sagte Charlie Montag:
„Ihre Augen.“
„Wie bitte?“.
„Ihre Augen könnten Sie verraten.“

Pro Mundi Beneficio

Nun waren schon drei Tage vergangen aber nichts hatte sich verändert. Wieder einmal kaute sie auf einem trockenen Kanten Brot. Immer noch schipperte die 160 Meter lange *Henrika Bartelz* mit 20 Knoten über den Ozean. Zwar hatte es in den letzten Tagen heftigen Seegang gegeben, in dem Credo nicht selten daran dachte das knarrende Schiff würde sinken, was glücklicherweise nicht geschah, ansonsten war aber nichts Bewegendes passiert. Der Seeriese wankte immer noch beachtlich, während tosende Wellen an ihm abprallten, was Credo etwas auf den Magen schlug. Ihren Plan Rasa Jahel das Handwerk zu legen und ihn in seiner Kabine zu überrumpeln, warf sie vorerst über Bord. Denn aus irgendeinem Grund wollte etwas in ihr dem Plan des Kommissars, Alaskers Handlanger zu folgen, Raum geben. Obwohl Rasa Jahel für sie eine Bedrohung darstellte. Stutzig gemacht hatte sie allerdings, dass Charlie Montag gar nicht wissen wollte wo er Credo finden konnte. Ihr Versteck konnte er nicht kennen. *Seltsam, dass er versäumt hatte sie das zu fragen. Er konnte ja nicht erwarten, dass sie sich nochmal an Deck begab, wo er sie doch so dringlich vor den Gefahren warnte. Was hatte er eigentlich mit der Aussage gemeint, Ihre Augen könnten sie verraten? Sahen sie zu weiblich aus, geschminkt waren sie ja nie, zu nett für die raue See vielleicht? Wirkten sie unsicher? Ihre Anmut konnte er wohl kaum gemeint haben…*
Unterdessen saßen der Kapitän, der Schiffsarzt und der Funkoffizier mit einigen Gästen im Salon auf Deck 2, um zu speisen. Der Wind platschte mit etwas Nieselwasser an die Frontscheiben, während der leitende Ingenieur die neusten Informationen zum Wetter übermittelte. Gerade

noch rechtzeitig warf der Steward eine nasse Tischdecke über den Tisch, bevor die Herrschaften Platz nahmen. Auf diese Weise konnte kein Teller verrutschen. Dieser Trick allerdings machte die Suppe auch nicht genießbarer. Denn egal ob die Schiffsführung im Salon, die Offiziere in der Offiziersmesse oder die Crew in der Mannschaftsmesse. Alle bekamen die gleiche Kost. Aber nur wenige waren damit zufrieden. Dafür gab es den wichtigen Männern ein Thema vor, worüber sie sich echauffieren konnten.
Auf der Brücke über ihnen machte der Rudergänger an der Steuersäule gerade einen Witz, über einen Offizier der sich beim Landgang einen Tripper eingefangen hatte, als ein schrilles Läuten ertönte, an das sich selbst erfahrene Seemänner nur schwer gewöhnten. Der wachhabende nautische Offizier am Maschinentelegraphen schreckte auf, weil das Kommando aus der Hörmuschel drang,
„Maschinen STOPP!"
Der Offizier an der Steuersäule verlangte mit einem fragenden Blick nach Antwort, die er aber nicht bekam. Auch ein durchnässter Matrose vom Ausguck kam aufgeregt auf die Brücke gelaufen. Der nautische Offizier hatte den Maschinentelegraphen auf STOPP gestellt. Ein Ingenieur bestätigte. Der Offizier brüllte durch das Mikrophon,
„was verdammt nochmal ist da unten los?"
Doch er erhielt keine Rückmeldung. Stattdessen flackerte das Licht auf der Brücke, sowie das Licht ein Deck unter ihnen, bis der Steuermann rief.
„Oh bitte, nicht das noch!"

In der Bibliothek und im Salon ein Deck tiefer ging ein Raunen durch die Räume als das Licht erlosch. Und ein

„Ahhh!“, folgte als es wieder anging. Dann wieder ein „Ohhh!, als es erneut dunkel wurde. Nur wenige Minuten dauerte es bis der Kapitän wütend durch die Tür gestapft kam.

„Schiet die wat, welcher Köömbroder hat denn jetzt schon wieder rumgestümpert?!“

Auf der Brücke war ein Notlicht angegangen, während sich der Kapitän ungehalten zum Funkoffizier drehte, der ihm gefolgt war: „Hol mir den Blitz!!! Aber ´n bisschen plötzlich!“

Als der Elektriker, den die Besatzung *Blitz* nannte, die Brücke betreten hatte, war schnell klar, dass die Ursache der Stromunterbrechung nicht auf der Brücke zu finden war. Als ein Offizier schließlich Kapitän und Schiffsführung darüber informiert hatte, dass kurz zuvor ein Kommando aus dem Maschinenraum zum Maschine-Stopp kam, wurde der Kapitän noch unruhiger. Also begab er sich mit dem Ingenieur zu seiner linken, dem Bootsmann, dem Blitz, dem Schiffsarzt und dem Zimmermann unter Deck, mit dem Ziel im Maschinenraum einen Sündenbock zu finden.

Irgendetwas musste verdammt nochmal passiert sein, da sich bei dieser Wetterlage kein Matrose aus dem Maschineraum, ohne Befehl des Kapitäns, trauen würde, die Maschinen zu stoppen. Weil das Schiff wankte mussten sie vorsichtigen Fußes die rotlackierten Metalltreppen hinabsteigen. Als sie zehn Minuten später, die erste Etage des Maschinenraums erreicht hatten, stieg ihnen bereits eine ölige Hitze entgegen. Die Durschnitttemperatur im Motorraum betrug 40 Grad Celcius, was bedeutete, dass sich sofort Schweißperlen auf der Stirn bildeten, selbst wenn man sich gar nicht anstrengte. Als die Männer tiefer in den Rumpf der gigantischen Maschinerie vordrangen, den purpurroten Leitern folgend, rannten sie vorbei an der Zylinderkopfstation, dem Zweitaktdieselmotor, den Luftkompressoren, Ölpumpen und unzähligen Ventilen bis sie endlich den hinteren Teil der Hauptantriebsmaschine passiert hatten. Da lief ihnen schon ein Schmierer aufgeregt entgegen. „Was ist denn los?", wollte der Kapitän gegen das laute Zischen schreiend fragen, wozu er jedoch nicht mehr kam, weil der Schmierer aufgelöst schrie, „ein Toter, ein Toter!", während er zitternd mit seinen Händen an eine Anzeigetafel stieß, um sich festzuhalten.

„Ein Toter? Ja wo denn bitte?"

„Im Wellentunnel!"

„Jetzt beruhig Dich doch mal, Junge!", stieg ihm der Zimmermann entgegen, aber es fiel dem Schmierer nicht ein warum.

Als die Männer den Tunnel mit der 51 Meter langen Antriebswelle erreicht hatten, die mit einem Durchmesser von 1,5 Metern aussah wie ein gigantisches Leitungsrohr, mussten sie zugeben, dass die Entdeckung, die die Maschinenleute gemacht hatten, äußerst verstörend war. Ein Körper, als solcher eigentlich nicht mehr zu erkennen, war von der Antriebswelle bestialisch zerfetzt worden. Anscheinend wurde der Mensch mehrere Male, um die sich drehende Achse geschleudert bis die riesige Stahl-Konstruktion endlich zum Stehen kam. Weder Gesicht des Opfers noch Körpermaße oder Geschlecht waren erkennbar. Stahl, Metall und die gebogenen Wände getränkt in Blut. Hautfetzen. Gedärme. In dem engen Tunnel sah es aus wie im Schlachthaus. Und wenn man genauer hinguckte, erkann-

ten sie Stoffreste eines Blaumanns, die darauf hindeuteten, dass es sich hier um einen Kollegen handelte. Der Kapitän, der ja ein alter Seebär war und schon so manches üble Spektakel auf See erlebt hatte, griff kurzerhand durch den aufsteigenden Dampf nach einem Eimer am Boden. Doch bevor er den Putzlappen daraus entfernen konnte, musste er sich schon in den Eimer übergeben.
Ratlos und unter Schock standen die Männer im Wellentunnel, der nur einen schmalen Gang neben der Röhre bot. Sie waren mitten auf dem Nord-Atlantischen Ozean. Auf Hilfe konnten sie unmöglich so lange warten. Der Schiffsarzt war es gewohnt Schürfwunden und Geschlechtskrankheiten zu behandeln, im schlimmsten Fall mal ein paar Knochenbrüche, sodass er bei der Aufklärung der Ursache bestimmt nicht hilfreich sein würde. Außerdem war auch ihm Speiübel, da er gar nicht gewohnt war so viel Blut zu sehen. Verzweifelt überlegten sie was zu tun war. Bis dem Ingenieur endlich etwas einfiel.
„Haben wir nicht einen Polizisten an Bord?“
Der Kapitän schlug die Hände über dem Kopf zusammen und wendete sich zu einem Matrosen:
„Holen Sie sofort den Kommissar hier runter. Sagen sie es ginge um einen Notfall! Aber möglichst diskret, dass nicht gleich jeder Gast davon Wind bekommt!“ raunte er während er dem Matrosen kräftig mit der Hand auf den Hinterkopf schlug. „Los, los!“

Charlie Montag zog einen Stift aus der Innenseite seiner braunen Nadelstreifenweste und beugte sich unter dem Eisen-Geländer hindurch, das ein dichtes Herantreten an die Röhre verhindern soll. Er pickte den Fetzen einer

Latzhose von der geriffelten Bodenplatte, der am Boden mit einer klebrigen Masse vermischt lag. Der Schiffsarzt stieß kurz auf, hielt sich den Mund. Montag schenkte ihm einen skeptischen Blick, worauf der Arzt entgegnete:
„Ich hab´s normal nur mit eitrigen Genitalien zu tun.“ Als wären diese appetitlicher. Außerdem deutete er an, dass die heiße Maschinenluft, so tief im Bauch des Schiffes, ihm zu schaffen machte.
Als der Kommissar das Kleidungsstück anhob, fiel unerwartet ein kleines Taschenbuch heraus, das bis auf wenige Bluttupfer an den Ecken, unversehrt geblieben war. Zwei Seemänner stützten sich an die mit Kabeln bedeckten Wand, wobei nicht klar war ob die Situation ihnen Schwindel bereitete oder die Tatsache, dass die Maschinen gestoppt hatten und das Schiff dadurch stärker wankte als sonst. Der Doktor raffte sich zusammen und schielte wissbegierig im schmalen Gang über die Schulter des Kommissars, als er sah, dass es sich bei seiner Entdeckung, um ein schwarzweißes Deckblatt handelte, auf dem eine korpulente Servierdame liebreizte. Ihr Morgenrock war etwas verrückt, welcher die großen Brüste entblößte, während sie ein Kännchen Milch vergoss. So entdeckte der *Leser* in dem frivolen Heftchen diverse Liebes-Stellungen, die sich bei schnellem Blättern, wie bei einem Daumenkino, zu einer bewegenden Orgie entwickelten, in der stämmige Weibsbilder, die tragende Rolle spielten.
„Um Gottes Willen, der arme Hubig!!!“, stieß der wachhabende Offizier durch die knarrenden und zischenden Maschinenräume, während die anderen sich zu ihm wandten.
„Gehörte das einem ihrer Offiziere?“, fragte Montag.

„Einem Stauer der in den Frachtluken arbeitet.“, gab der Offizier mit ansteigender Gesichtsröte zurück.“
„Sind sie sicher, dass es diesem Hubig gehört?“ Der Offizier stotterte:
„Er… er hat das Heft mal in der Messe liegen lassen. Ich hab´ es ihm natürlich sofort hinterher gebracht und ihn daran erinnert, dass an Bord auch manchmal Kinder rumgehen und das Schmuddelzeugs sehen könnten. Rein gesehen habe ich selbstverständlich nicht.“
„Selbstverständlich. Wer hat denn den Leichnam gefunden?“
„Der Schmierer,“ gab der Kapitän kooperativ zurück. „Ist hier sonst jemand außer Ihnen und den Ihnen bekannten Kollegen denn rausgekommen?“ Der Schmierer schüttelte mit dem Kopf. Die Besatzung tat es ihm nach.
„An welchem Platz arbeitet denn der Hubig, wenn er hier unten ist.“
Als der Ingenieur erwiderte, „hier nirgends, der hat hier unten nichts verloren.“
Nachdem der Kommissar alle anwesenden gebeten hatte den Wellentunnel zu verlassen, da so viele Menschen den Tatort verunreinigten, sofern dies hier ein Tatort war, suchte Charlie Montag nach Indizien die auf einen Kampf hindeuteten. Er sah sich gründlich um, ging auf die Knie und suchte auf allen Vieren akribisch den Boden ab. Auf einem Meter Höhe entdeckte er zwei Stahltüren deren Rahmen mit Nieten verziert waren, hinter denen sich Hohlräume befanden, die der Kommissar mit Hilfe eines Matrosen ausleuchtete. Doch sah er nichts. Er fand einen Riesen-Schraubenschlüssel und eine Ölkanne unter der Antriebswelle, sogar einen Zigarettenstummel, obwohl das

Rauchen hier unten streng verboten war. Alles Hinweise auf eine gewisse Schlampigkeit, allerdings nicht auf ein Verbrechen. Ein schweißdurchnässtes Hemd, eine ölschmierige Weste und eine Stunde später war er am Ende des Tunnels angelangt. Dort wo es nicht mehr weiterging und die Antriebswelle durch das Heck verlief und in der Schiffsschraube mündete. Seine Ermittlungen konnte er nun wohl einstellen, dachte er sich als er nach oben sah. Aber…, „Kapitän!!?"
Aufgeregt kam der Kapitän durch den Wellentunnel gerannt der Montag hatte rufen hören.
„Ja, Herr Kommissar, wie kann ich helfen?"
„Die Klappe über uns, ist das eine Tür?"
„Sozusagen." Er zog ein schwarzes Stück Stoff hervor, dass zwischen Klappe und Rahmen klemmte.
„Und wo führt sie hin?"
„Nach oben, an Deck".
„Na wunderbar, warum haben Sie das denn nicht gleich gesagt?" raunte Montag. Der Kapitän aber schwieg und sah nur auf die geschlossene Luke. Dann knurrte der Kommissar lauter werdend, „haben Sie eine Ahnung von wem oder was dieser Stoff stammen könnte? Von einem Matrosen, einer Uniform?"
Charlie Montag stieg, ohne auf eine Antwort zu hoffen, durch die Klappe und ließ den Kopf schüttelnden Kapitän im Tunnel zurück, der nur wissen wollte:
„Können wir weiterfahren?"

Von achtern über das Deck nach vorn laufend merkte Montag schnell, dass es an Bord eines Schiffes unzählige Möglichkeiten gab, wo man sich zumindest für kurze Zeit

verstecken konnte, weshalb es keinen Sinn machte einem Täter hinterher zu jagen den es vermutlich gar nicht gab. Also ging er gemütlich über das Schiff um frische Luft zu schnappen, vor allem aber deshalb weil sich die Temperatur merklich verändert hatte und sich spüren ließ, dass die *Henrika Bartelz* mittlerweile in karibische Gewässer eingefahren war. Allmählich wurde Montag neugierig, was dieses Schiff noch zu verbergen hatte. Denn das hier war alles andere als eine gewöhnliche Ozeanüberquerung. So fasste er in Gedanken zusammen.
Bisher gab es einen dubiösen Fremden, der wohl mehr zu sein schien als nur der Handlanger eines größenwahnsinnigen Arztes, eine burschikose Antiquitätenhändlerin mit durchdringenden Augen, die eine seltene Kampfkunst beherrschte und als blinde Passagierin an Bord war. Und wie er kurz vor dem Stopp durch den Klatsch im Speiseraum erfahren hatte, gab es einen inoffiziellen Transport einer Eisbärin, die nicht allein aufgrund von Überladung und dem Umstand, dass sie trächtig war heimlich unter Deck transportiert wurde. Höchst wahrscheinlich wurde sie auch illegal verkauft und es galt zu verhindern, dass ihr lautes Gebrüll in jedem Hafen gleich zu hören war. Hinzu kam nun ein Todesopfer, bei dem es zwar keine ausreichenden Indizien für einen Mord gab, aber dennoch die Möglichkeit bestand, dass es unfreiwillig in die Antriebswelle der *MS Henrika Bartelz* geraten war. Irgendwas stank hier zum Himmel…

Selbstredend bestand für Credo immer noch eine gewisse Gefahr, wenn sie sich leichtfüßig auf dem Schiff bewegte. Aber größer noch schien die Gefahr an Langeweile einzu-

gehen, wenn sie sich weiter in ihrem Versteck aufhielt. Außerdem konnte sie nicht sicher sein, wie lange ihre Verbündeten Matrosen es noch aushalten würden, bis sie einen erneuten Versuch unternahmen ihre ungewaschenen Schwänze in Credos Körper zu schieben. Denn die wurden immer lockerer im Umgang mit der *Einschleicherin* und sehnten sich merklich nach Abwechslung. Demnach konnte es nicht schaden nach einem neuen Versteck Ausschau zu halten. Da sie in den vergangenen Tagen oft über ein neues Versteck nachgedacht hatte, kam ihr die Schmutzluke am Bug des Schiffes schnell in den Sinn. Denn wer bitteschön, würde in einem bestialisch miefenden Lagerraum, wo unter anderem Tierfelle gegerbt wurden, schon einen *Einschleicher* vermuten.
Hinter einem Fass hockend harrte Credo aus, bis der Matrose der gerade ein paar undefinierbare Ballen neu verzurrt hatte, die sich während der Überfahrt gelöst hatten, die Halle verließ. Aus ihrem Versteck sah sie auf den Kettenkasten, der sich in mitten der zusammenlaufenden Bordwände befand, und welcher durch ein verschmiertes Bullauge, einen Teil der 300 Meter langen Ankerkette freilegte, die in der Seefahrtsprache Schekel genannt wird. Von seinen gewaltigen Kettengliedern beeindruckt wollte Credo sich aufmachen, ihrer Neugierde folgend, durch das Schott hineinzusteigen. Im Halbdunkel der Halle wähnte sie sich in Sicherheit weshalb sie aufrecht und in Ruhe auf den Eingang zusteuerte, bis sie plötzlich im Kettenkasten Bewegung sah. Das Schiff befand sich mitten auf dem Nordatlantischen Ozean, also konnten die Ankerketten wohl kaum in Bewegung sein. Außerdem würde jedes einzelne, 300Kg schwere Kettenglied, einen ohrenbetäubenden

Lärm verursachen der im ganzen Deck zu hören wäre, aber es war still. Ihres Wissens nach gab es nichts weiter in dem Raum was Bewegung erzeugen konnte, außer natürlich ein Mensch. Lautlos lief sie rüber, stellte sich neben den Rahmen des Schotts, sodass sie von innen nicht zu erkennen war und wartete ab. Einen Augenblick später zog eine dunkle Gestalt an ihr vorbei. Sie war gehüllt in einen schwarzen Kapuzen-Mantel, ihre Größe allerdings hatte Credo in ihrer Fantasie viel mächtiger eingeschätzt. Die Gestalt bemerkte Credo nicht und obwohl sie beinahe lautlos durch die Öffnung glitt bekam Credo sie zu fassen, packte sie klammernd von hinten mit den Worten:
"Lernen wir uns doch endlich kennen."
Das Überraschungsmoment war Credo geglückt, da die Gestalt erschrak. Allerdings zögerte diese nicht lange, hebelte Credos Arm und katapultierte sie über ihre Schulter zu Boden. Blitzschnell rollte Credo sich ab, sprang auf und als sie nach oben sah, kam eine dunkle Ski-Maske und rot leuchtende Augen zum Vorschein, die zwar unheimlich wirkten, Credo jedoch nicht davon abhielten zu sagen:
„Und ich dachte die Jungs hier erzählen nur Blödsinn, dabei gibt´s dich wirklich…"
Es folgte keine Reaktion, nur ein Fluchtversuch, den Credo unmöglich zulassen konnte. Jetzt wollte sie mehr wissen. Beherzt holte sie aus, mit einer gekonnten Rechten, die der Maskierte abblockte. Daraufhin trat sie ihm in die Kniekehlen. *Treffer!* Der Maskierte jedoch wollte sie aufhalten oder aber würgen nachdem er wieder aufgestanden war, doch bevor etwas gesagt werden konnte, hebelte sie seinen Arm aus, drehte ihn in den Kreuzfesselgriff und nutzte die erzwungene Beuge, die ihr Gegner machte, um

ihm ihr Knie in die Rippen zu stoßen. Er befreite sich wieder mit einer Fallrolle, um sich dann kurz zu schütteln. Eine Drehkickkombination war zwar eigentlich eine effektive Sache, auch wenn nur einer der Tritte traf. Allerdings ließ der Tritt auf die Schläfe, ihren Gegner völlig unbeeindruckt. Und als Credo zu einer Faustkombination ansetzte, flatterte der lange, samtige Mantel durch die Luft als der Maskierte einen Vorwärts-Salto, mit verlängertem Axt-Fußtritt machte, der auf Credos Schlüsselbein landete und sie zu Boden zwang.

Überrascht aber kampfbereit sprang sie wieder auf, schüttelte den Schmerz über ihre Bauchmuskeln von sich und drehte sich um. Im schummrigen Licht sah sie einen blassen Charlie Montag vor sich stehen, der sie anglotzte wie ein verträumter Schuljunge, was zu einem anderen Zeitpunkt entzückend auf Credo gewirkt hätte. Von dem Maskierten aber fehlte jede Spur. „Ist er Ihnen entgegengekommen?!“, rief sie umherblickend. „Wer denn bitte?“

„Der schwarze Kolibri!“ gab sie schnaufend zurück.

„Also an mir kam keiner vorbei. Ich versteh nur Bahnhof! Wer soll das denn sein?“

„Verdammt!“, rief sie und fügte schwer atmend an:

„Eine maskierte Gestalt. Die Matrosen haben mir so einen Seemannsgarn aufgetischt von einer Kreatur, ´nem Geist oder so, der sie heimsucht. Der Kolibri. Und grade hat mich eine schwarz vermummte Gestalt angegriffen, die verdächtig viel mit ihrem Mantel gewedelt hat. Das könnte er doch sein oder?“ Montag kniff die Augenbrauen zusammen:

„Das wird ja immer besser. Also ich hab´ niemanden gesehen, aber wenn sie meinen.“

„Hey Mister, glauben Sie mir etwa nicht?“
Konterte Credo wütend.
„Also ehrlich gesagt, weiß ich gar nicht mehr was ich glauben soll. Hier scheinen eine Reihe dubioser Dinge vor sich zu gehen. Wieso wissen die Matrosen denn von ihrer Anwesenheit an Bord?“ „…Nicht alle natürlich, nur vier. Habe mit ihnen eine Vereinbarung. Die verraten mich nicht. Denke ich jedenfalls… und was zur Hölle machen Sie hier eigentlich, Herr Kommissar?“ Ironisch antwortete er:
„Solche Freude über meinen Besuch hätte ich gar nicht von Ihnen erwartet.“
Dann seufzte er wehleidig, „ich musste mal etwas frische Luft schnappen.“
Lächelnd sah sie zu dem Mann mit der kräftigen Statur, der wenigstens 30 Zentimeter größer war als sie.
„Witzig, da haben Sie sich ja den besten Platz an Bord ausgesucht, um frische Luft zu schnappen. Bekommt Ihnen der starke Seegang nicht gut? Sie sehen etwas blass aus.“
Erst jetzt nahm der Kommissar den überbordenden Gestank richtig wahr und musste husten, derweil gab er zurück,
„ich musste mal mit etwas Abstand nachdenken, über das was hier so vor sich geht.“
„Gibt’s denn ´ne frische Spur oder wie man bei Ihnen sagt?“
„Naja, frisch kann man die wirklich nicht nennen. Irgendwas stinkt gewaltig, besonders weil wir jetzt einen Toten auf dem Schiff haben.“

„Oh Gott, was ist denn passiert?" wollte Credo glaubhaft schockiert wissen. Also erzählte Charlie Montag ihr was passiert war, in allen Details von dem grausigen Anblick. Als er mit seinen Ausführungen fertig war insistierte Credo nur mit einem Namen:
"Rasa Jahel!" und sie wollte fortfahren, hätte Montag sie nicht gleich wieder gebremst.
„Der war die ganze Zeit oben im Salon mit mir und mindestens zehn anderen Menschen. Der kann´s nicht gewesen sein."
Einen Augenblick hielt sie inne, dann raunte sie:
"Der Kolibri!" Wieder blickte der Kommissar skeptisch zu ihr runter, während sie weitersprach.
„Dieser schwarz maskierte Geist, Frau, Gestalt, was auch immer. Vielleicht war er es. Beziehungsweise sie."
„Wie meinen?"
„Ganz einfach, bei unserem kleinen Kampf eben ist mir aufgefallen, dass die Gestalt etwas kleiner war als ich. Außerdem war ihr Körper sehr schlank und entspricht, wenn überhaupt, der Statur eines Knaben. Aber was die äußerst geschmeidige oder elegante Art zu kämpfen angeht, würde ich sagen, es handelt sich bei dem düsteren Schiffsgeist, ganz einfach um eine Frau."
„Sie meinen also es gibt noch eine blinde Passagierin auf dem Schiff? Das wäre ja schon ein starker Zufall."
„Ja, oder einen Gast der sich gerne verkleidet und hier sein Unwesen treibt. Fragen Sie mich jetzt nicht warum."
„Eine Frau kann es übrigens nicht sein, beziehungsweise keine von den Gästen. Weil es bei dieser Überfahrt nur einen weiblichen Gast gibt, das ist die Frau vom Kapitän.

Die wiegt mindestens 85 Kilo und hat ein Alkoholproblem. Und die Besatzung ist ausnahmslos männlich."
Dann zog Charlie Montag einen schwarzen Stofffetzen aus der Tasche, den er Credo unter die Nase hielt.
„Hatte der Mantel den ihr Geist trug vielleicht Ähnlichkeit mit dem hier?"
Als die Beiden sich einig waren, dass die maskierte Person irgendwas im Schilde führte und sich dabei auch nicht zierte über Leichen zu gehen, merkte der Kommissar an.
„Ach übrigens, ich habe eben mit einem Matrosen am Kabelgatt gesprochen, der hat sich sehr darüber aufgeregt, dass hier in letzter Zeit Seile verschwinden."
„Ja und?"
„Haben Sie nicht gesagt der schwarze Kolibri wird so genannt, weil er durch die Lüfte flattert und die Mannschaft deshalb denkt er habe außergewöhnliche Kräfte?"
Mit einem Nicken bestätige sie und wusste worauf er hinauswollte.
Also suchten sie unter Deck bei Luke 1 an der Decke nach Seilen, die es unter Umständen einem athletischen Menschen möglich machten, durch die Lüfte zu schwingen, als wäre er etwas Übernatürliches. Das wankende Schiff wiederum machte es dem Kommissar nicht leicht auf die öligen Fässer zu klettern, um die Decke mit seinen Händen abzutasten. Seinen Blick ins Dunkel gerichtet rief er, „wollen Sie mir eigentlich verraten wo sie auf diese Art zu kämpfen gelernt haben?"
„Wo haben Sie es gelernt?" gab Credo zurück.
„Im Boxring".
„Na also!" gab sie frech zurück.

„Was soll das denn bedeuten? Das was Sie mit ihren Beinen machen, haben Sie wohl kaum im Boxring gelernt." Gab Charlie Montag mürrisch zurück und fügte an.
„Außerdem ist mir eine Frau im Boxring noch nie untergekommen.... Credo?" verhallte seine Stimme in der Stille. Doch Credo antwortete nicht mehr.
Noch immer stand der Kommissar wackelig auf einem Fass, dass es ihm unmöglich machte sich umzudrehen. Dabei spürte er einen Windzug in seinem Rücken und wenn ihn nicht alles täuschte, einige Meter hinter ihm etwas auf ihn zu steuern, das bedrohlich schnell näherkam. Noch einmal rief er ihren Namen, doch auch jetzt folgte keine Antwort. Gerade als Charlie Montag wieder hinab klettern wollte raste etwas an ihm vorbei, streifte seine Weste, sodass sein massiger Körper ins Schwanken geriet. Bei der Geschwindigkeit war das Objekt nicht zu erkennen, aber das war auch nicht mehr wichtig. Denn ein kurzes „Buhhh!" aus Credos Mund brachte den Kommissar vollends ins Taumeln, sodass er den Halt verlor und in die Tiefe fiel. Wie ein Pendel schnellte Credo aus der Dunkelheit zurück auf ihn zu und klammerte ihre Beine blitzschnell unter seinen Axeln durch um seinen Oberkörper herum, sodass sie einen Sturz verhinderte und beide an dem Seil vor und zurückschwangen. Unter der Last seines Gewichtes stöhnte sie, und als der Kommissar das Seil ebenfalls zu greifen bekam, seilten sie sich untereinander ab bis ihre Füße wieder den Boden erreichten, sodass sich das Schwingen des Seils verringerte. Der Kommissar schnaubte vor Wut.
„Soll das vielleicht witzig sein! Das Genick hätte ich mir brechen können!"

Während sich auf Credos Wange ein Grübchen freisetzte, dem ein Grinsen folgte.
„Mich wie so ein dummer Backfisch erschrecken, als hätten wir Zeit für Spielchen!“ raunte er weiter.
„Oh, ich wusste nicht, dass sie derart schreckhaft sind.“ Er trat einen Schritt auf sie zu.
„Was fällt Ihnen ein, Sie..?!“
„Hab ich Sie in ihrer Männlichkeit gekränkt? Das wollte ich nicht.“
Noch einmal brüllte er ungehalten, „Sie können verdammt noch mal froh sein, dass Sie eine Frau sind, sonst hätten Sie schon...“
„Ach ja?“
„Ja, verflucht nochmal!“
Ihr Grübchen war noch immer nicht von ihren Mundwinkeln gewichen und sie starrte Charlie Montag ohne ein Blinzeln in die Augen. Irgendetwas hatte ihn augenscheinlich verwirrt, und zwar nicht nur der Umstand, dass Credo ihn soeben erschreckt hatte. Auch er grinste nun.
Dann durchbrach sie die Stille mit den Worten:
„Zumindest wissen wir jetzt was es mit dem fliegenden Geist auf sich hat. Ein paar an den Decken verzurrte Seile geben einem athletischen Menschen die Möglichkeit sich hier wie ein Affe hin und her zu schwingen und in den halbbeleuchteten Luken zu wirken wie eine Fledermaus.“
„Oder wie ein schwarzer Kolibri…“

„Hier *Delta, November, Alpha, India!* Bitte kommen! Können Sie mich hören? Mayday! An Bord hat es einen.. äh.. Zwischenfall gegeben. Kann uns jemand hören…? Mayday!“ rief der Funkoffizier weiter in das rauschende Gerät hin-

ein. Wahrscheinlich meldete sich aufgrund des aufziehenden Unwetters niemand zurück. Aber das war für den Kapitän auch nebensächlich. Hier auf der offenen See konnte ohnehin niemand was an der Tatsache ändern, dass es einen Toten gegeben hatte und bis man wieder zurück in Deutschland war, konnten keine weiteren Untersuchungen angestellt werden. Außerdem waren es nur noch wenige hundert Seemeilen bis Mittelamerika, was sich deutlich durch den Wetterumschwung bemerkbar machte. Glücklicherweise kamen die Maschinen trotz des stark wankenden Schiffes wieder in Gang und die *MS Henrika Bartelz* setzte ihre Reise fort.
Auf den rauen Kaffeesäcken fühlte sich Credo wie auf einem Boden ausgedörrten Strohs. Auch der Lichteinfall kam einer Scheune gleich. Trotz ihrer Zerstreuung hatte sie eine ganze Nacht durchgeschlafen, ausnahmsweise, ohne das pochende Klopfen unter ihrer Schädeldecke. Allerdings war ihr gesamter Körper feucht. Die stickige Luft machte ihr das Atmen schwer, und es dauerte einen Moment bis sie realisierte, dass es mindesten 30 Grad in der Frachtluke hatte. Das war kein gutes Zeichen. Erst jetzt hörte sie den Tumult über Deck, sowie neben ihr. Von allen Seiten ertönten plötzlich Geräusche und Credo zuckte heftig zusammen, als das Schiff sie unerwartet zurückwarf, da es mit etwas kollidierte.
Der Atem stockte. Sollte der Frachter kurz vor seinem Ziel etwa noch in Seenot geraten oder ein anderes Schiff gerammt haben? Ihr Hab und Gut, das Messer greifend sprang sie hinab. Aber Credo konnte niemanden fragen was passiert war, denn von den Männern die von ihr wussten war niemand an seinem Platz. Von Charlie Montag

hatte sie seit zwei Tagen nichts gehört und so einfach an Deck spazieren konnte sie auch nicht. Sollte das Schiff sinken, musste sie unbedingt auf eines der zwei Rettungsboote gelangen. Zur Not mit Gewalt. *Aber wie dabei unentdeckt bleiben?* Das war unmöglich.
So schlich sie durch die Zwischendecks bis sie eine stählerne Leiter erreichte, die sie hinaufstieg. Dann wartete sie bis die Luft rein war. Credo passierte das Kabelgatt und ging durch das Schott in den Kettenkasten, mit der Hoffnung durch das Ankerloch schauen zu können. Denn dies war die einzige Option zu sehen, was die *MS Henrika Bartelz* möglicherweise gerammt haben könnte.
Erneut zuckte Credo zusammen als das Läuten einer Glocke ertönte. Vorsichtig streckte sie ihren schweißnassen Kopf an dem 4 Tonnen schweren Ankerhals vorbei, der aus der Front des Schiffes ragte und starrte ins Weiß. Die Augen begannen zu brennen, sie tränten, also dauerte es eine ganze Weile bis sich ihre Augen an das Sonnenlicht gewöhnten.

Allmählich zeichneten sich die Konturen der vor ihr liegenden Umgebung von Colòn ab, sodass sie direkt in saftig grüne Baumkronen starrte. Ihr Blick fiel hinunter nach links, wo sich ein dreihundert Meter langer Pier auftat, mit Anlande-Steg, an dessen Kaimauer die *MS Henrika Bartelz* soeben angelegt hatte. Arbeiter verzurrten Seile und Taue, und der Mannschaft war selbst von hier eine gewisse Freude über die Ankunft anzuhören, in der Erleichterung mitschwang. Erleichterung darüber, dass sie die Unwetter überstanden hatten und darüber, dass man das Schiff nach Löschung der Fracht mindestens für einige Stunden verlas-

sen konnte, um den Tod eines geschätzten Freundes und Kollegen wenigsten kurz hinter sich zu lassen.
Credo sah über das kornblumenblaue Dach mit den weißen Holzpfählen, über den Holzsteg hinaus und freute sich für wenige Sekunden. Dann bekam sie Angst. Nun hatte sie zwar ihr Ziel erreicht. *Aber was jetzt?* Zwar hatte sie den Brief ihres Vaters wieder bei sich und kannte die Koordinaten des Ortes, den es zu finden galt. Nur hatte sie viel zu wenig Geld bei sich, geschweige denn Dollar oder die panamaische Währung. Es gab keinen richtigen Plan, gefolgt von der Tatsache, dass sie keine Ahnung hatte wo sie nun unterkommen sollte. Charlie Montag wollte und konnte sie nicht um Hilfe bitten. Denn leider wurde sie das Gefühl nicht los, dass er ein doppeltes Spiel spielte. Außerdem war er als Handlanger für Rasa Jahel mitgeschickt worden und ihr war immer noch nicht klar warum und auch nicht auf welcher Seite er wirklich stand.
Ihre Augen wanderten über das geschäftige Treiben am Pier, entlang der schlanken Bäume mit den nackten Stämmen, wie sie sie in dieser Gattung noch nie zuvor gesehen hatte. Noch beeindruckender als die Palmen allerdings waren, die kolonialzeitlichen Häuser, die mit Farben so kräftig bestrichen waren, dass es fast wirkte als stünde Credo vor einem Gemälde. Die pittoreske Gebäudelandschaft zeigte ein türkisblaues Wohnhaus mit mindestens drei Erkern und einem geschwungenen Dach, dass ihr seine Zunge entgegenstreckte. Rechts daran angrenzend lag ein Gebäude in Melonengelb, das verschieden hohe Dächer mit Türmen speiste, auf denen sich die brütende Mittagssonne niedergelegt hatte und wo übereinander gelegte, schmiedeeiserne Balkone hervorragten. Auf ihnen

wurden Wäscheleinen gespannt. Gleich dahinter stand ein Wohnhaus mit Steingarten und einer Veranda, die das Haus umkreiste. In den Bauch der Veranda stemmten sich behandelte Bäume, die das Vordach stützten. Weiter links vielleicht ein Verwaltungsgebäude in Lachsfarbe, ein Wäscherei-Haus in Karminrot, eine Fassade in Senfgelb, in Himbeere mit weißen Balkonen, in Pistaziengrün… Plötzlich kreuzte eine Libelle ihr Sichtfeld, deren gesamter Körper korallenrot glänzte. Augenblicklich musste sie ihre Lider einen Moment schließen.
Um diese Zeit war es unmöglich das Schiff zu verlassen ohne gesehen zu werden. Also entschied sie abzuwarten bis die Dämmerung einsetzte. Schweißtropfen perlten über ihren Unterarm. Wieder ereilte sie ein stechender Schmerz über ihrer Stirn, als würde jemand mit einem kleinen Hammer winzige Nägel durch ihre Schädeldecke klopfen. Es war lang her da sie getrunken hatte, zu lange, das war ihr bewusst. Allerdings konnte sie den Kettenkasten unmöglich vor Anbruch der Dunkelheit verlassen, wo nun alle Frachtluken geöffnet waren und man von oben herab in den Bauch der *MS Henrika Bartelz* sehen konnte. Man würde sie sofort entdecken. Also blieb ihr wiedermal nichts anderes übrig als zu warten.
Beinahe hätte sie ihr Traum glauben gemacht sie wäre vertrocknet, doch ein Knarren des Verladekranes holte sie zurück in die Realität. Die Sonne war bereits hinter einem der dicht bewaldeten Berge verschwunden. An Deck neben einem Poller den ein faustdickes Tau und weitere Festmacherleinen umschlangen, öffnete sich langsam eine Klappe. Credo streckte ihren Kopf hinaus an die Luft zur Seite und sah sich um. Immer noch war etwas Betrieb an

Bord und auch unten auf dem Steg fanden sich mindestens drei Arbeiter. Dann hielt sie kurz inne um sich zu überlegen wie es ihr am besten gelang davon zu schleichen. Das Gesicht war voller Schmutz und Schmieröl und sie stank mit Sicherheit wenigstens so stark, wie der Eisbär vor dem sie noch in letzter Sekunde fliehen konnte. Inzwischen war sie es verdammt leid zu warten, sich verstecken zu müssen, von notgeilen Männern begrabscht zu werden, für dumm verkauft, gehasst und erniedrigt zu werden…
Aus der Kammer durch eine schmale Öffnung an Deck gestiegen sah sie sich erstmal um. Neben einem Ankerspill lag Werkzeug herum, und daneben eine Schiebermütze am Boden. Diese griff sie sich und zog sie tief ins Gesicht. Jetzt setzte sie einen Fuß vor den anderen, so wie sie es als Kind gelernt hatte. Ihr pochendes Herz würde dafür sorgen, dass ihr inneres Radar in höchster Alarmbereitschaft war. Als sie die Masten an der Wasserseite passierte begegnete ihr niemand. Dankbar überquerte Credo die Mittelaufbauten an Deck und lief dahinter quer rüber zur Gangway. Ein Matrose der ihren Weg kreuzte, sah sie fragend an, worauf hin Credo ihn mit einem sparsamen Nicken und einem knappen *Buenos Noches* begrüßte, während sie weiterging. Der Matrose schaute ihr flüchtig hinterher. Die anderen Matrosen aber beachteten sie nicht einmal, da diese die restliche Ladung mit Erbsen, Reis, Orangensaftkonzentrat, Maschinen, Konserven, Zwiebeln und Edelsteinen schnellstmöglich löschen wollten, um endlich Feierabend zu machen. Und vermutlich hielten sie die burschikose Gestalt, mit den kurzen Haaren für einen Panamaischen Hafenarbeiter oder Jungmatrosen, da den meisten an Bord eine kurzhaarige Frau anzutreffen, schlichtweg

zu unwahrscheinlich erschien. Die Gangway herab gestiegen berührte sie zum ersten Mal in ihrem Leben einen Boden außerhalb Deutschlands.
So fiel eine unsagbar schwere Last von ihren Schultern. Erst jetzt nahm sie die Hitze war, die sich selbst in der Dunkelheit noch über dem fremden Land ausbreitete. Es roch anders, süßlich, so seltsam feucht und blumig, nach Grünpflanzen. Doch gerade als sie den ersten Schritt in die neue Welt gesetzt hatte, forderte sie eine sonore Stimme hinter sich auf.
„Halt!"
Ins Unermessliche schoss der Puls. So dauerte es einen Moment bis Credo den Kopf nach hinten neigte, mit den Worten die sie ihr Vater gelehrt hatte:
„disculpa?"
Einer von Rasa Jahels Handlangern, den aufgrund der paradiesischen Umgebung womöglich, eine plötzliche Hilfsbereitschaft übermannte, hielt ihr einen zusammengefalteten Zettel hin:
"ist das deiner, Junge? Der ist dir gerade aus der Tasche gefallen."
Ihr gesenkter Blick verharrte kurz auf dem Zettel, den ihr der Mann ins Gesicht hielt. Dann griff sie danach mit den Worten. „Gracias, Amigo!"
klopfte ihm mit aller Kraft, die sie noch im Leibe hatte auf seine Schulter und wandte sich ab.

Vielleicht hatte sie einfach nicht gründlich genug nachgesehen. Hatte sie in all der Aufregung vergessen in ihren eigenen Taschen nach dem Brief zu suchen? Oder hatte man das Papier wieder zurück in ihre

Hose gesteckt, damit sie nicht mitbekam, dass nun noch jemand außer ihr, über das im Brief erwähnte Geheimnis, Bescheid wusste? Immer noch raste der Puls. In der Erwartung jeden Augenblick tot oder wenigstens ohnmächtig umzufallen ging sie voran. Oder aber gestoppt und dabei zu Boden geschmissen zu werden… Doch es passierte nichts.

Aus den scheppernden Lautsprechern, deren Höhen provokant in ihre Ohren drangen, ertönte lateinamerikanische Musik. Vor langer Zeit hatte die hier fremde Fenia Credolan solche Art von Musik schon einmal gehört. Eine knarrende Tür öffnete sich, deren Glanz bereits in einem früheren Leben abgeblättert sein musste. Menschen sangen, zweit stritten sich in einer Pokerrunde, ein Mädchen wackelte mit dem Hintern, zog genüsslich an einer Zigarre, und reichte sie einer anderen Frau. Fenia schleppte sich an einen geschwungenen Tresen aus Teakholz, als sie dahinter eine hohe Karaffe erblickte. Mit ihren ausgedörrten Lippen bedeutete sie dem Barkeeper diese bis oben hin mit Wasser zu füllen. Es dauerte keine Minute bis sie fast die ganze Karaffe hinuntergestürzt hatte. Mit dem Rest wusch sie sich noch an Ort und Stelle das Gesicht.
„Whisky bitte!“ verlangte sie in gebrochenem spanisch.
Irgendjemand musste ihr den Brief wieder in die Hose gesteckt haben. Mehrfach hatte sie in jeder der Taschen nachgesehen und sie war sich sicher, er war nicht da.
„Haben Sie Geld?“ fragte sie der Barkeeper.
„Wie bitte?“ „Balboa“, forderte er, wie man die Währung in Panama nannte.
„Ich hab´ nur Deutsche Mark, geht das auch?“
„Gegen Aufpreis!“

Der hagere Barkeeper stellte ihr einen Rum vor die Nase. Ohne zu fragen stürzte sie ihn hinunter. *Aber warum sollte ihr jemand den Brief ihres Vaters stehlen und ihn später wieder zurücklegen, als sei nichts gewesen? Das machte einfach keinen Sinn.* Doch Fenia war nun einfach zu erschöpft um weiter zu denken.

Es mussten zwei Stunden vergangen sein seitdem sie die Schwelle zur Bar mit dem vom Meerwasser korrodierten Eingangsschild, mit dem Namen *Tide Water* betreten hatte. Zumindest deuteten ihre Unterarme darauf hin, auf denen sich schwerlich die Abdrücke ihres Kopfes abzeichneten. Jemand drehte an der Kurbel der Holzkasse hinter der Theke, so dass ein Gong ertönte. Langsam hob Fenia ihren Kopf, der nun weitestgehend schmerzfrei war. In der Bar standen elf Tische von denen etwa die Hälfte besetzt waren. Gegenüber dem Eingang in der hinteren Ecke neben einer kleinen Podiumsbühne, stand eine Musikbox, die eingestaubt und vermutlich kurz davor war ihren Geist aufzugeben. Dennoch drang aus ihr das Stimmenwunder *Yma Sumac*, mit *Babalu.* Oben drüber hing ein Filmplakat des Film noir, *Frau ohne Gewissen.* Aus den übrigen rauen Wänden quollen gerahmte Bilder von Diego Rivera *Der Blumenträger und Traum von einem Sonntagnachmittag* hervor. Unter schummrig gelbem Licht schweiften Fenias Gedanken unruhig durch den Raum und den Tresen entlang, bis sie an etwas außergewöhnlichem haften blieben.

Am Ende der Theke, vielleicht fünf Meter von Fenia entfernt stand eine junge Frau mit zimtgoldener Haut, schlanken Waden, blauem Petticoat mit weißen Punkten. Eine rote Schleife im dunklen Haar. Es fiel schwer sich von den hohen Wangenknochen zu lösen, sowie von ihrem faltenfreien Teng. In einem anderen Leben vielleicht hätte auch Fenia eine solche Schönheit sein wollen.

Ebenso wenig wie ihrer wichen die gierigen Blicke der drei Männer von der Einheimischen, die sich um sie scharrten. Es war nahezu verständlich, dass die ihre Finger nicht von der jungen Frau lassen konnten.
Nach noch einem Schluck dachte sie, vielleicht nahm sich eine Frau in diesem Land einfach was sie wollte. Anscheinend fand sie Gefallen an dieser Konstellation. Bis einer der Männer dem Mädchen unter den Rock fasste und sie ihn heftig zurückstieß. Dieser hielt ihren Unterarm fest nach oben, sodass sich eine von Narben geprägte Haut dort erkennen ließ. Niemanden interessierte das Geschehen wirklich, der Barkeeper hielt den Hörer eines schwarzen Kabeltelefons in der Hand. Ein anderer Typ stieß das Mädchen wiederum zurück, hielt sie fest mit der Linken und drohte ihr mit dem rechten Zeigefinger. Zwar war Fenia beinahe am Ende ihrer Kräfte, dennoch spürte sie ihren Gerechtigkeitssinn in sich aufkeimen. Also leerte sie das zweite Glas von dessen restlichem Inhalt sie sich erhoffte ihren Mut zu steigern und trat in die illustre Runde.
Mit zusammengezogenen Augenbraunen schielte sie zu dem Einheimischen hinauf, der mindestens 10 cm größer war als sie und legte ihre Hand auf seine, welche wiederum auf dem Tresen ruhte. Sparsam begrüßte sie ihn, während er erfreulich zurückblickte. Dann nahm sie seine Hand mit dem kleinen Zeigefinger, drückte ihn ruckartig, drehte ihn einmal mit samt der Hand um die eigene Achse, bis der Kerl zu jammern begann. Unter ihrem Arm durchlangend griff sie in den Schritt des anderen, der sich geradewegs zu

ihr wendete, um auf sein Recht zu Grabschen zu insistieren, dann quetschte sie mit ihrer durchtrainierten Hand seine Hoden aneinander bis er vor Schmerz aufschrie. Langsam neigte sie ihren Kopf zur Seite und sagte auf Spanisch:
„Lust auf mehr?“
Worauf die Männer den Tresen ruckartig verließen und Fenia und die junge Panamaerin an der Bar zurückließen. Erst jetzt bemerkte Fenia, dass der widerliche Gestank, der in ihrer Nase lag, gar nicht von den Männern kam, sondern dass sie es war die nach altem Schweiß und Schmieröl roch. So wurde ihr übel von ihrem eigenen Geruch.
„Das hätte ich auch allein geschafft!“ schimpfte die Panamaerin in Spanisch.
„Das hab ich gesehen…“ wollte Fenia zurückgeben. Doch bevor sie dazu kam, wurde ihr schwarz vor Augen und sie verlor das Bewusstsein.

„Rahh, uhaaar!“ Ein seltsames Krächzen ließ die reisende aus Deutschland aufschrecken. Es klang wie ein Paradiesvogel, befremdlich, komisch. „Uhaar, Rhaaa!“ Nur widerwillig öffneten sich die klebrigen Augenlieder, als Fenia sich in dem nassgeschwitzten Bettlaken wiederfand und einen ultramarinblauen Himmel durch das geöffnete Fenster erblickte.
„Sowas hab´ ich noch nie gehört, was ist das?“ fragte sie als ihr der flirrende Wind der Nachmittagshitze, ins Gesicht blies. Die Panamaerin mit der zimtgoldenen Haut trat an ihr Fußende und gab zurück:
“ich würde dir ja gern antworten, wenn du die Frage auch in meiner Sprache formulieren könntest.“

Sich wieder daran erinnernd, was passiert war gab Fenia sich Mühe ihre Fragen in Spanisch zu stellen.
„Warum bin ich hier?"
„Du bist ohnmächtig geworden. José, der Barkeeper und einer von den Jungs haben mir geholfen dich herzutragen."
„Einer von den Grabschern?!" fuhr Fenia entsetzt hoch als der bunte Vogel vor dem Fenster davon flatterte. Nun spürte sie einen stechenden Schmerz im rechten Knie. Der Rücken tat weh, ihr Kopf fühlte sich an, als würde er dreißig Kilo wiegen, ihre Augen waren so schwer, als hätte ein Hafenarbeiter seine dicken Daumen in sie hineingedrückt. Die Panamaerin nickte: "die Jungs sind gar nicht so übel. Keine Sorge, keiner hat dich angefasst, jedenfalls nicht so. Mich übrigens auch nicht, solange sie nicht dafür bezahlen."
Die Panamaerin empfing einen fragenden Blick von Fenia.
„Ich sagte doch ich komm auch allein mit den Jungs zu recht," grinste sie und streckte Fenia die Hand hin, „Coralie. Wo hast Du unsere Sprache gelernt?"
„...Von meinen Eltern. Ich glaube meine Mutter stammt von hier."
Dann drehte sich Coralie um und verschwand in der Küche.
„Du hast mindestens 11 Stunden geschlafen. Ich habe dich etwas sauber gemacht, damit die Wohnung nicht anfängt zu stinken." So stieg Fenia wieder Farbe ins Gesicht als sie an sich runter sah.
„Oh mein Gott. Ich muss riechen, wie ein wildes Tier!?"
„Könnte man meinen," lachte Coralie aus der Ferne.

„Zumindest bevor ich Dich gewaschen habe. Aber ganz perfekt ist es noch nicht. Vielleicht nimmst du eine Dusche. Das Bad ist hinter dir.“
Fenia sprang aus dem Bett, ging zügig zur Tür und begann sich das altmodische grüne Nachtgewand vom Körper zu streifen, in das man sie gesteckt hatte. Bevor sie die Badezimmertür schloss wollte sie wissen:
“ist das Wasser aus dem Hahn trinkbar?“ ohne eine Antwort abzuwarten. Dann stieg sie hastig unter die Dusche. Jedes Körperteil spürte sie schmerzen, als sie den Hahn aufdrehte. Und als sie einige Mal tief Luft geholt hatte, wurde ihr klar, wie sehr sie das Duschen vermisst hatte und wie unglaublich gut es sich anfühlte einfach nur kühles, sauberes Wasser über ihren Körper perlen zu lassen.

Es dauerte lang bis Fenia wieder aus dem Bad kam. In der Wohnung war es still. Eine Weile sah sie sich im kahlen Schlafraum mit den maroden, dunklen Wänden um. Lediglich ein Topf mit Königsfarn schmückte die Zimmerecke. In der anderen, neben dem Türrahmen ruhte ein Schalplattenspieler neben einem kargen Stuhl. In Mitten des Wohnzimmers hockte ein rustikaler Esstisch und vor einer orangeblättrigen Wand, führte eine Treppe aus robusten Bücherregalen hinauf zu einem Hochbett.
Sie trat auf den Balkon in die Nachmittagssonne, auf dem Coralie in einem geflochtenen Korbstuhl saß und einen *Scott Fitzgerald* las. An ihrem Hals funkelte ein goldenes Kruzifix im Licht, darunter lag ein üppiges Dekolleté, das ein zinkgelbes Trägerkleid bedeckte. Fenias Augen kämpften noch immer mit der Sonne, während sie sich bemühte

ihre deutschsprachigen Gedanken in spanische Sätze zu formen.
„Die Meisten nennen mich Credo... Tut mir leid, dass es so lange gedauert hat, ich habe lange kein Bad mehr genommen."
„Das dachte ich mir," entgegnete Coralie und bot Fenia einen Stuhl an, deren Blick fiel alsbald auf den kleinen gusseisernen Balkontisch.
„*Carimaholas*," Fenia blickte skeptisch darauf. „Ein Gericht aus Maismehl, Huhn und Tomaten."
„Vielen Dank aber ich hab´ nicht viel Geld bei mir."
Noch einmal schmunzelte die Gastgeberin: "ist schon in Ordnung, schließlich wolltest du mich aus den Fängen der Badboys retten."
Der Blick der blinden Passagierin wanderte auf die sandige *Avenida Amador Guerrero* hinab, auf der Arbeiter mit indigoblauen Jeans liefen, Männer mit Hüten, zweiteilern und Westen, den Weg von Frauen mit extrovertierten Kleidern kreuzten, Mädchen mit Schürzen Gemüse sortierten, pinke, rote, weiße und türkise Straßenkreuzer entlang fuhren, und vereinzelte Wagen mit vorgespanntem Esel vorbei staksten, an fliegenden Händlern und Burschen die aus Bauchläden Zigarren der Sorte *Marca Fina* verkauften und Zigaretten deren Label, aus der Ferne nicht zu erkennen war.
Etwas später hatte Fenia kaum einen Bissen runter gekriegt. Coralie sah zu ihr auf und sagte aus dem Nichts.
„Du solltest Deine Haare wachsen lassen...", während sie Fenia begutachtete, wie jemanden der nicht daran interessiert ist, etwas aus seinem Äußeren zu machen.

Die Dämmerung hatte eingesetzt und endlich brachte der Abend eine kühle Brise vom Meer. Gedrückt lag Fenias Blick auf einem Schuhputzer der erschöpft an der gegenüberliegenden Hauswand lehnte und seine Tageseinnahmen zählte.
„Trink doch etwas. Du musst durstig sein. Das verdreckte Wasser aus der Brause wirst du hoffentlich nicht getrunken haben."
Ihr wurde kurz etwas übel in der Magengegend. Dann goss sie sich ein großes Glas Zitronenwasser, aus der Karaffe ein. Irgendetwas an der Panamaerin wirkte auf Fenia vertraut. „Wirklich nett von dir, Coralie."
Diese klappte ihr Buch zu, sah ihr tief in die Augen und wollte wissen:
"Credo… Latein? Wie, *ich glaube*?"
„Mit meinem Glauben hat das nichts zu tun. Eher was mit meinem Nachnamen."
„Aha, und Dein Vorname?"
„Fenia."
„Und so einen schönen Namen versteckst Du?"
Sie ließ Caoralies Frage rhetorisch bleiben.
„Zu einer wunderschönen Frau gehört auch ein schöner Name." „Sehr witzig!", erwiderte Fenia mit leeren Augen.

Kaum hatte sich Coralie aus ihrem Balkonstuhl erhoben, trat ihre Gestalt mit einer Haut duftend nach Yasmin, Patschuli sowie einem Hauch aus Sandelholz an sie heran, griff Fenias Hand und bedeutete ihr zu folgen. Im Bad schob sie Fenia, die noch immer das grüne Nachthemd trug, vor den großen Spiegel über dem Waschbecken.
„Bleib da stehen!"

Wenige Sekunden später kam Coralie mit einem taillierten, graphitschwarzen Kleid, mit bunten Blumentupf-Mustern zurück. Als sie das Kleid auf dem Waschtisch abgelegt hatte ging Coralie in die Hocke und zog langsam und ungeniert Fenias Nachthemd nach oben, über ihren Kopf hinweg. Diese zuckte kurz zusammen, ließ es allerdings geschehen und folgte mit den Augen Coralies Narben, die die Vergangenheit auf ihren Unteramen hinterlassen hatte. Sich hinter Fenia stellend fiel der Gastgeberin Blick für eine Sekunde auf Fenias nackten Körper, dann streifte sie ihr das taillierte Kleid über. So verharrten die Beiden vor dem Spiegel.
Nachdem Fenia das Kleid zu Recht gezupft hatte, führte Coralie sie zum Toilettendeckel, auf dem sie ihr bedeutete Platz zunehmen. Mit Blick auf die geschlossenen Fensterläden, setzte sich diese. Alsbald hatte Coralie eine Schale mit warmem Wasser, Schaum und Pinsel bereitgestellt, zog einen Rasierer aus der Schublade und griff Fenias linkes Bein, um es auf ihrem Knie abzulegen. Mit äußerster Präzision und Ruhe beschäumte sie Fenias Bein, um sodann mit dem Handrasierer eine breite Linie nach unten zu ziehen. Die Ausländerin ließ es geschehen, ohne zu denken. Noch mehr verwundert über ihre eigene Offenheit als über die der Gastgeberin, genoss sie, wie Coralie den Schaum von ihren Beinen entfernte. Während die Gastgeberin, das Bein von den dunklen Haaren befreite fiel Fenias Aufmerksamkeit immer wieder auf das nun im Licht leuchtende zinkgelbe Kleid und den darüber liegenden Ausschnitt. Das Kreuz an ihrer Kette baumelte hin und her, während Coralie mit überzeugter Miene, ihrer Arbeit nachging.

Inzwischen hatte sich der Himmel über Panama verdunkelt. Seitlich stand Fenia vor dem großen Badezimmerspiegel, ihr gegenüber, die freundliche Gastgeberin. Diese hatte sich etwas Haarwachs in die Hände geschmiert, worauf hin sie Fenias Haare drapierte. Anschließend griff sie aus einer Vielzahl von Schminkpinseln, Makeup und Puderdosen einen oxidroten Lippenstift. Sie zog ihn in einer fließenden Bewegung über Fenias Amorbogen, sodann über die Unterlippe, mit einer Sicherheit als würde sie die Bewegung auch im Schlaf beherrschen. Als sie die Hände abgetrocknet hatte, zog sie Fenia sanft an den Schultern herum, ihren Blick erneut zum Spiegel gewandt, in dem Fenias eisblaue Augen zu leuchten begannen.
Eine Träne bahnte sich den Weg über der Fremden Wange. Zögerlich drehte sie sich zu Coralie und tat etwas womit sie sich selbst überraschte. Sie küsste Coralie auf ihren dunklen Mund, mit dem Wort. „Gracias!“
Als Coralie nicht reagierte, senkte Fenia den Blick, der erneut auf die Halskette fiel und in den zimtfarbenen Brüsten der Panamaerin mündete. Wieder trat sie heran an die Panamaerin, so küsste sie sie ein zweites Mal auf deren Lippen, die nach Rum und süßem Obst schmeckten. Dann drückte Fenia Coralie an die Waschbeckenablage, ging vor ihr in die Knie und hob ihr Kleid an.

Das achte Weltwunder

Draußen auf der *Avenida Amador Guerrero* war es ruhig geworden. Coralie hatte ihren ausgestreckten Arm auf Fenias trainiertem Bauch abgelegt, sodass diese mit ihren

Fingerkuppen über die Innenseite des Armes der Gastgeberin fahren konnte. „Das kannst Du gut… Das andere übrigens auch." schmeichelte Coralie.
„Warum tust Du deinem Armen so etwas an?" wollte Fenia erfahren. Seufzend gab Corlie zur Antwort.
„Dein Körper scheint gut in Form zu sein. Muss verdammt hart sein, wie du trainierst. Warum tust Du ihm sowas an?"
Einen Moment überlegte Fenia und sagte:
„dadurch spüre ich, dass ich am Leben bin…"
„Yo también…
Sagst du mir, was Dich hierhertreibt?"
Daraufhin fing Fenia an zu reden. Ohne ein Detail auszulassen. Sie erzählte ihrer hilfsbereiten Gastgeberin von ihrem Leben als Antiquitätenhändlerin, von ihrem Verlobten, dem berühmten Arzt, der ihr auf jede erdenkliche Weise Gewalt antat. Wie sie den Brief ihres Vaters fand, der viel zu früh dem Krebs erlag. Wie Hillie ihr dabei half im Einsteinturm einen Unterschlupf zu finden, wo die Untergrundbewegung sie unterstützte, die Koordinaten zu entschlüsseln, bis ominöse Söldner ihre Freunde vermutlich töteten. Von einem gewissen Rasa Jahel, der durch und durch böse zu sein schien. Wie ihre Mutter, als Fenia acht Jahre alt war, nach einer Plünderung durch das Deutsche Militär, im Wohnviertel spurlos verschwand, und die Polizei ihrem Vater erklärte sie sei in einem nahegelegenen See ertrunken, obwohl Fenias Mama eine trainierte Schwimmerin war. Auch von dem Verlust ihres Babys berichtete sie, welches sich Fenia so lange schon gewünscht hatte und wie sie auf den Stückgutfrachter gekommen war, auf dem sie Charlie Montag traf, von dessen

Aufenthaltsort sie nun keinen Schimmer hatte. Bis Fenia erneut zu weinen begann und sich allmählich in Coralies Armen verlor…

Nach einer Weile holte sie den Brief ihres Vaters aus der stinkenden Hose, die über einem Stuhl lag und zeigte ihn Coralie. Wort für Wort konnte Fenia nicht übersetzen, aber inhaltlich gelang es Coralie zu folgen, bis sie schließlich sagte:

„Ich glaube nicht, dass sich die Koordinaten auf das Wasser beziehen."

„Wie kommst du darauf?"

„Ich war mal mit einem Seemann zusammen, der hat mir das Koordinatenlesen beigebracht." Dann holte sie eine Landkarte. Ermutigt von ihren Erzählungen legte sie die Karte auf Fenias Beinen ab, deutete auf eine Insel im Gatúnsee.

„Das sind die Koordinaten der *Isla Barro Colorado.* Genau kann ich´s aber nicht sagen." „Wieso denn nicht?" „Weil da Zahlen fehlen, die Bogensekunden, um die Position präzise zu bestimmen. Das heißt dort im Umkreis von schätzungsweise 150 Metern muss sein, was immer Du suchst. Ich war nur einmal auf der Insel. Es sind wenige Stunden Fahrt von hier."

Sie fuhr mit ihrem Finger weiter nach unten.

„Dieses Symbol, der Drachenwurz oder auch Calla-Pflanze, habe ich schon einmal gesehen. An einer Haustür im Norden der Insel. Es gibt nur wenige Wohnhäuser dort."

„Bist du sicher? Danke, morgen mache ich mich auf den Weg," entgegnete Fenia.

„Glaube, das ist keine gute Idee…"

„Warum?“
„Ich glaube das Haus steht schon seit langer Zeit leer. Das jedenfalls erzählte man sich im Ort.“
Entgegnete Coralie zögerlich, wobei sie verspielt an Fenias Armband, mit der lateinischen Gravur, zupfte.
„Ich werde es trotzdem versuchen. Was bleibt mir sonst.“
Coralie strich ihr mit der Hand über die Stirn:
„Dann wünsche ich Dir viel Glück dabei.“
„Willst du mich begleiten?“ „Nur wenn Du mich bezahlen kannst.“ Lachte sie.
„Wie viel?“
„500 Dollar.“
„Anders kann ich Dich nicht überzeugen?“
Coralie schüttelte den Kopf, bis sie anmerkte: „Die Arbeit wartet auf mich.“
„...Du machst das wirklich beruflich?“ wollte Fenia schockiert wissen, woraufhin Coralie selbstbewusst nickte.
„Warum?“ „Weil ich es gut kann. Außerdem ist es gutes Geld.“
„Deswegen also das zweite Bett?!“, was Coralie mit einem Nicken bestätigte.
„Welches ist Dein richtiges?“
Mit dem Kopf deutete sie auf das Hochbett über der hölzernen Bücherregaltreppe im Wohnzimmer.
„Leg Dich ruhig in das Hochbett, dann komme ich später zu Dir.“
„Das heißt, in diesem hier schläfst Du gar nicht?“ sagte Fenia mit einem Unterton der verlauten ließ, dass sie sich etwas benutzt vor kam. Die Antwort kam mit einem Lächeln. „Jemanden wie Dich könnten wir gut gebrauchen. Mit Deinen Fähigkeiten.“

„Dein Ernst?!“
Worauf sich die Gastgeberin von der Matratze erhob und begann ihr Kleid anzuziehen.
„Du hast wenig Geld bei Dir und so wie es aussieht noch einiges vor, hier in Panama. Wie willst Du über die Runden kommen? Ich könnte Dich ein paar Leuten vorstellen… Das Bett hier muss übrigens in einer Stunde frei sein.“
Sogleich verging Fenia ihr höfliches Grinsen als sie merkte, dass ihre Gastgeberin das Gesagte ernst meinte. Dann verließ die schöne Frau, mit der zimtgoldenen Haut ihre Wohnung mit den Worten,
„denk drüber nach,“ um die nahe gelegene *Tide Water*-Bar aufzusuchen.

Die vergangenen Tage ließen sie einfach nicht schlafen. Verrückt musste sie geworden sein, denn welcher normale Mensch hätte sich sonst auf solche Strapazen eingelassen? Über Colòn hatte sich ein tiefschwarzer Nachthimmel ausgebreitet. Sie stand an den Fensterrahmen gelehnt, während ihre Augen, draußen im Nichts nach Antworten suchten. Unten auf der *Avenida* warf ein Koch gerade Essensreste vom A la Carte-Geschäft in die Mülltonne, da sah sie im Dunkel unter einem Balkon etwas aufleuchten, das aussah wie ein feuriger Knopf. Mal stärker, mal schwächer glomm er auf. Von dort aus hoben sich nach und nach kleine Nebelballons ab, die in die Finsternis emporstiegen. Das Gesicht war nicht erkennbar. Vermutlich genoss ein Barkeeper seinen Feierabend und gönnte sich eine Zigarre an der frischen Luft, die vom Meer heranzog. Wieder glomm das Rot stark auf, doch als ein Wagen vorbeifuhr,

dessen Scheinwerfer die Gestalt knapp beleuchtete, erschrak Fenia. Der Mann starrte direkt zu ihr hinauf.
Als sie die Gardinen zugezogen hatte, wartete sie ein paar Sekunden. Dann wagte sie noch mal einen Blick durch den Schlitz. Unverändert verharrte die Gestalt auf der Stelle, den Kopf erhoben, das Gesicht allerdings unter der Hutkrempe nicht einsehbar.

Es war schwer einzuschätzen wie lange sie schon geschlafen hatte, es war nur gewiss, dass ihre Schläfen wieder pochten und sie sich wünschte schnell zu träumen, solange es noch dunkel war. Das Kopfkissen war auf der einen Seite nass, vermutlich hatte sie wieder im Schlaf gesabbert. Deshalb drehte Fenia den Kopf. Es ging gegen 3Uhr. Coralie war noch immer nicht zurückgekehrt. Vermutlich hatte sie es geschafft ihre Kunden abzufüllen und ihnen das Geld aus der Tasche zu ziehen, ohne sie auf ihrer Dienst-Matratze bespaßen zu müssen. Doch plötzlich hörte Fenia ein Knarren, das sich von der Bücherregaltreppe in ihr Ohr trug.
„Schön, dass Du endlich da bist." Sagte sie ins Halbdunkel, bevor sie sich wieder dem Kopfkissen zu wendete. Und obwohl sie keine Antwort erhielt, war sie zu erschöpft, um sich noch einmal umzudrehen. Bis sie zusammen zuckte, als ihr der kalte Dunst von Zigarrenqualm in die Nase stieg.
Doch da war es schon zu spät, keine Zeit mehr um sich ihre Schnelligkeit zu Nutze zu machen. Eine schwere Gestalt war die Treppe hinaufgeeilt und hatte sich auf ihren Rücken gesetzt. Sie spürte einen Fausthieb in die Nieren, stieß einen gellenden Schrei in das Kopfkissen. Dann

schnappte sie nach Luft. Jemand hielt ihr ein Messer an die Kehle, er drückte es ihr seitlich an den Hals, so fest, dass die Haut etwas einschnitt und sie eine kleine Blutlinie an ihr hinabfließen spürte.
„Bitte tu´s nicht!“, rief Fenia in den Raum. Dann raunte ihr eine tiefe Männerstimme ins Ohr.
„Verabschieden Sie sich von ihren Plänen oder Sie werden ihren achtundzwanzigsten Geburtstag nicht mehr erleben! Das ist ein freundschaftlicher Rat…“
„Bitte!“
Schrie sie erneut. Mehrere Sekunden konnte sie keinen klaren Gedanken fassen. Aber da hatte sich der Angreifer schon wieder erhoben. Er war weg.

Den Weg über das Treppenregal hatte sie spielend gemeistert. Neben dem Tresen der offenen Küche warf sie zwar den Nierentisch um, schaffte es aber zur geöffnete Wohnungstür, ohne sich zu stoßen. Mit dem Ohr über das Geländer des Spiraltreppenhauses gebeugt, nach unten in den Schacht lauschend, stellte sie im Halbdunkel fest, dass keine Schritte zu hören waren. Als sie den Kopf hob, hörte sie oben eine Tür fallen.
Sobald Fenia die letzte Stufe im 5.Stock des Treppenhauses erreicht hatte, drückte sie sich mit aller Kraft gegen die Tür und fand sich auf dem flachen Dach des Hauses wieder. Von hier aus konnte man sogar die vielen Kirchtürme der Stadt sehen. Der Atem ging schwer. Der Angreifer konnte nicht weit sein, also drehte sie sich im Kreis, blickte über das Dach hinab auf die Straßen aber er war verschwunden.

Was hatte es mit diesem mysteriösen Kerl auf sich? Wieso hatte er nicht vor sie zu töten und woher wusste er wie alt sie war? Hatte er wirklich vorgehabt sie zu warnen…?
Bevor sie jedoch weiterdenken und den sich aufbäumenden Schatten hinter sich bemerken konnte, war es schon zu spät. *Schon wieder.* Ein kurzes Pieken im Nacken ließ sie erschauern, es war eine kalte Flüssigkeit, die sich in ihrem Rücken ausbreitete. Dann wurde ihr schwarz vor Augen.

Ein aschener Himmel lag über Panama. Durch das Ruckeln ihres Sitzes kam Fenia zu sich. Erschöpft schaute sie durch eine trübe Scheibe an der Farne, Sträucher und vereinzelt auch Palmen vorbeizogen, während durch die Radioboxen *Chet Baker's* Trompete, aus dem klavierlosen Quartett von *Gerry Mulligan*, drang.
Ein Geruch von ungewaschenen Socken und Erbrochenem stieg ihr in die Nase. Neben ihr im Gangplatz saß ein beleibter Mann, mit Schweißringen auf dem hellblauen Hemd, der direkten Einblick auf seinen Ohrendreck gewährte und als sie sich erheben wollte bemerkte sie erst die Ledertasche auf ihrem Schoß und dass irgendwer sie mit einer Bluejeans und Bluse bekleidet hatte. Irgendwo kreischte ein Baby. Sie öffnete die Tasche und entdeckte ein paar Kleidungsstücke, die sehr wahrscheinlich zu Coralies Eigentum zählten. In der Innenseite steckten 100 Balboa. Das war alles. Nun verstand sie gar nichts mehr. Beherzt zog Fenia ein türkisblaues Petticoat mit weißen Spitzen heraus, welches sie ganz sicher nicht tragen würde, wühlte sich durch eine Leinenhose, weiße Damen-Unterbekleidung, eine Holzzahnbürste und mehrere So-

ckenpaare, bis sie verzweifelt wieder nach dem Petticoat griff, es langsam zerknüllte und sich unter die Nase hielt.
Es dauerte einen Moment bis sie sich zum Fahrer vorkämpfen konnte, da im Bus den die Panamaer *Diablo Rocho* nennen mehr Menschen und Kleintiere waren, als er Sitzplätze bot. Etwas labil fragte sie den Fahrer, wie sie hierhergekommen war und welches Ziel die Linie hatte. Der Bus war auf dem Weg Richtung *Maria Chiquita* und fuhr am National-Park *Chagres* die Nordküste entlang. Der Fahrer konnte nur eine vage Beschreibung des Mannes abgeben der sie im Bus abgelegt hatte, als er dem Fahrer ein paar Dollar Trinkgeld gab, mit den Worten:
„Sie ist den guten Rum nicht gewohnt."
Auf dem Rückweg zu ihrem Platz fragte sie eine Mitreisende Familie, die Fenias Migrationshintergrund sofort erkannten, nach einer Karte. Und da sie wieder neben dem Wohlbeleibten Platz gefunden hatte, breitete sie diese nun aus. Das Fahrzeug befand sich viel zu weit östlich…
Fenia hatte es satt sich zum Spielball der Obrigkeiten machen zu lassen. Immer wieder bestätigte sich ihr Gefühl, dass keiner es ernst meinte mit ihr. Warum wies sie das Schicksal ständig gnadenlos darauf hin, dass Gutmütigkeit sich nicht auszahlte? Gab es niemanden, dem sie wenigstens ein Stück weit wichtig war?
Von der hinteren Sitzbank schrie immer noch das Baby. Der dicke summte freudig zu *My Funny Valentine.* Zugleich tippte er mit dem Fuß im Takt auf dem Boden herum. So stieg ihr die Röte in den Kopf und ihre Schläfen pochten. Dann schrie sie nach vorn: „!Alto!"
Die Schlaufe der Tasche hatte sie über die Schulter gespannt, während die zwei mächtigen Auspuffrohre des *Diablo Rocho* vom Urwald verschluckt wurden. Auf der

Landstraße gab es kaum Verkehr und ebenso wenig Gebäude oder Menschen. Am Ende des graumelierten Himmels lag lediglich eine Tankstelle.
Kochend vor Wut, wollte sie um sich schlagen. Doch es bot sich niemand oder etwas dar, um dagegen zu hauen.
Bis sie hinter sich eine Stimme hörte.
„Esperar, preciosa!“ Was so viel bedeutet, wie: „Warte, Schönheit!“
Sie traute ihren Augen kaum, als sie rief: „Was machst Du denn hier?“
„Ich habe hinten im Bus gesessen. Hab nach Dir gerufen aber Du hast mich nicht gehört, weil dieses nervige Ding die ganze Zeit geschrien hat.“
„Dieses Ding?“ Wiederholte sie Coralies Aussage.
„Naja Du weißt schon, der kleine Schreihals.“ Verzweifelt wollte Fenia wissen: „Coralie, kannst Du mir diese ganze Scheiße erklären?“
„Ich habe keine Ahnung was passiert ist! Als ich von der Arbeit zurückkam, sah ich einen großen Mann, der Dich aus dem Haus trug. Ich hab´ mir echt Sorgen gemacht. Er sah gefährlich aus. Also bin ich nicht zu nah ran, aber ihm gefolgt. Als er Dich in den Bus gesetzt hat, stieg ich dazu. Kannst Du Dir erklären was das sollte?“, fragte die Panamaerin als sie neben der immer noch wütenden Ausländerin herging.
Doch die ließ ihre Frage unbeantwortet.
„Ich habe nicht ein Kleidungsstück bei mir, nur meine dünne Jacke und meine Handtasche. Ich muss mir wohl Klamotten von Dir leihen,“ sagte Coralie in einem scherzhaften Ton, als ihr Blick auf die offene Tasche, mit ihrer

eigenen Kleidung fiel. „Das muss der Typ mir eingepackt haben.“
„Aber warum?“ Ein Seufzen begleitete Fenias Schulterzucken.
„Und warum bist Du hier, ich dachte Du wolltest mich nicht begleiten?“
„Ich hab´mir Sorgen gemacht, preciosa.“
„Sehr witzig! Und nenn mich nicht so!“ „Mmh, außerdem kann ich die 600 Dollar gut gebrauchen, die ich für meine Hilfe von Dir bekomme.“
„Tzzz, jetzt sind es schon 600. Dein Ernst?“
„Was beschwerst Du Dich denn? Wenn Du den großen Schatz gefunden hast, bist Du reich.“
„Blödsinn! Es gibt keinen Schatz.“
Nachdem sie einige Minuten geschwiegen hatten, fluchte Fenia von neuem: “Was machen wir denn jetzt? Verdammt! Wir haben kaum Geld in der Tasche, das reicht niemals!“
Erst nach einigen Metern bemerkte sie, dass Coralie stehen geblieben war, sich zur Straße drehte, den Rock etwas anhob und den Daumen ausstreckte. Mit einem Satz war Fenia bei ihr, schlug ihr auf die Hand, sodass es laut klatschte.
„Was soll denn der Blödsinn!?“
Worauf hin Coralie frech grinste und zurückgab:
„Uns fällt schon was ein, da vorn ist ´ne Tankstelle…“

Staunend sah Coralie nach oben auf das schwarze Federkleid eines Tukan. Fenia jedoch hatte gerade keine Augen für den Tropenvogel der aussah, wie eine bunte Süßigkeit. Coralie bedeutete ihr den Kopf zu heben, mit einem Ver-

weis auf sein sattrotes Hinterteil. Sein gelbgrüner Schnabel war so riesig, wie der gesamte Körper. Die gelbgefiederte Brust, die dunklen Augen mit den mintgrünen Federrändern, die rote Mundspitze und sogar die türkisblauen Krallen leuchteten.
So ganz ließ sich Fenias Wut nicht abschütteln. Wahrscheinlich lief ihr deshalb eine Schweißperle die Nase herunter. Keines Blickes würdigte sie Coralie als sie raunte: "Warum kommst Du überhaupt mit mir, wenn Du gar nicht weißt ob ich Dich bezahlen kann."
„Du bist die Erste die es mir richtig besorgt hat."
Eine Sekunde schwiegen die Beiden, brachen alsdann in schallendes Gelächter aus. Ein Schmunzeln hielt sich auf ihrer Beider Lippen als Fenia beteuerte:
„Ich hab´ so was noch nie zuvor gemacht…"

Mit einem Mal hörten sie Schreie. Mehrere Menschen schienen gehetzt hin und her zu laufen. Da erblickten die Beiden auf der anderen Seite der Straße zwischen den Waldrändern flaches Land, ein langes H-Förmiges Gras-Feld mit seitlichen Schrägen. In dem Feld liefen aufgeregt Menschen umher und jagten einem Ball nach. An den Enden hing etwa in drei Meter Höhe ein vertikaler Ring aus Stein.
„Kinder, Kinder, was machen die denn da?" staunte Fenia.
„Das ist n´ Meso-Amerikanisches Ballspiel. Der Ball ist aus dem Panamakautschuk-Baum, er muss durch den Ring gespielt werden. Die riesigen Holzschrägen sollen ihn wieder zurück ins Spielfeld rollen, wenn er über die Spielfläche schießt. Das ist wahrscheinlich ein Nachbau. Vor Jahrtausenden bei den Mayas zum Beispiel, war das alles aus Stein.

Man sagt, bevor es der reinen Bespaßung diente, wurde dadurch Kontakt mit dem Jenseits hergestellt. Vor langer Zeit spielten dabei sogar Kriegsgefangene um ihr Überleben. Man spielt es überwiegend mit Ellenbogen und Schultern. Das Beste haben sie leider geändert. Früher war jeder der sportlichen Jungs nur mit ´nem knappen Jaguar-Fell bedeckt.“
Fenia machte den fauchenden Laut einer Raubkatze, was Coralie sogleich nachtat.

So richtig wussten die Beiden jedoch nichts mit sich anzufangen. Denn wie sollte es weitergehen? Nachdem sie das Spiel eine Weile beobachtet hatten und ihren Marsch fortsetzen wollten, entdeckte Coralie zwei winzige Äffchen die die jungen Frauen ihrerseits beäugten. Mit leisen Worten bedeutete Coralie ihrer neu gewonnenen, ausländischen Freundin zu ihr rüber zu blicken. Diese wiederum war, entgegen ihrer sonstigen Zurückhaltung über die Schönheit dieser Welt, ganz aus dem Häuschen als sie bemerkte.
„Die sind kaum größer als ein Eichhörnchen.“
Die Titi-Monkey´s mit dem 23 Zentimeter langen Körper saßen auf einem Ast auf Augenhöhe der Frauen und wagten sich weit vor. Sodass Fenia wissen wollte.
„Aber warum trauen sie sich so nah an uns ran?“ „Wahrscheinlich,“ gab Coralie zurück, „erwarten die was zu futtern von uns.“
Die fast doppelt so langen, pelzigen Schwänze um den Ast geschlungen hielten sie den Frauen ihre geöffneten Hände hin und forderten. Vielleicht lag es an dem Teddy ähnlichen Fell oder den putzigen Gesichtern. Denn irgendetwas

in Fenia öffnete sich in diesem Moment… Sie spürte die Natur, Liebe, Veränderung.
Vielleicht war jetzt der Moment gekommen, in dem ihr Weg endlich klarer wurde, sie anfing zu verstehen was sie mit ihrem verstaubten Leben anfangen sollte…
Doch gerade als eine Gänsehaut ihren Körper überwellte, unterbrach ein Grölen die Sinnlichkeit.

„Sollen wir Euch ´n Stück mitnehmen?“ rief eine sympathische Frauenstimme hinter ihnen.
„Wir haben noch zwei Plätze frei!“
In das verrostete Checker-Taxi schauend fragte Fenia.
„Ihr seid aber zu viert.“
Doch das freundliche Mädchen mit den leichten Mandelaugen und dem roten Tuch im Haar insistierte.
„Kein Problem, mein Freund macht Platz auf seinem Schoß.“
„Euch schickt der Himmel! Wo sind die denn auf einmal hergekommen?“ wollte sie Coralie zugewandt wissen. Am Ärmel ziehend forderte diese Fenia allerdings auf weiterzugehen. „Vielen Dank, Leute, wir kommen allein klar!“
Dann wendete sie sich zu Fenia. „Bitte, lass uns gehen.“
„Warum denn so unhöflich? Is´ doch nett, wenn die uns mitnehmen wollen. Außerdem, wie sollen wir denn bitte sonst hier wegkommen, aus dem verkackten Urwald?“
Coralie aber wurde zunehmend nervöser. Erneut hatte Fenia den uringelben Lack gemustert und die korrodierten Stellen des Daches.
„Geb ja zu, dass der Karren nicht einladend aussieht, aber ich dachte so´n Stadtmädchen wie Du wär nicht zimperlich. Das sind ja ganz neue Seiten an Dir.“

„Ich habe kein gutes Gefühl, Fenia."
Noch von der ungezähmten Schönheit der Natur betört lachte Fenia laut auf, mit den Worten, „Du spinnst ja," als sie plötzlich merkte wie sich hinter ihrem Rücken die Türen des alten Taxis öffneten. Coralie hielt ihren ängstlichen Blick auf Fenia, die wiederum tief seufzte. Daraufhin riss das Taxi-Mädchen Fenias Tasche von der Schulter.
Vor dem rostigen Kotflügel suchte ein kleiner, kräftiger Mann mit Kanisterkopf, die Drohkulisse zu verstärken. Er war etwa Mitte 30. Unterdessen hielt ein hagerer Typ auf Coralie zu, um sie von der Gruppe wegzudrängen. Und die vierte Person, eine junge Frau mit Schiebermütze, lehnte locker an der Dachkante des Wagens, als hätten die Vier nur kurz Stopp gemacht, um zwei alte Bekannte zu begrüßen.
Fenia spürte wie sich die eigenen Herztöne den Weg in ihre Ohren bahnten. Und Coralies Augen suchten immer wieder nach Fenias Blick und flehten um Hilfe. Doch die reagierte gar nicht. Alsbald rannte Coralie los, doch der Hagere der sie in die Ecke gedrängt hatte stellte ihr das Bein, sodass ihr Körper schneller am Boden war, als sie merken konnte was los war.
Noch immer schien Fenia verängstigt da zu stehen, was Coralie äußerst irritierte, da sie damit gerechnet hatte, dass Fenia sich nicht so leicht dominieren ließ. Immerhin hatte sie in der Bar eine ganz andere Seite von sich gezeigt. Doch jetzt stand sie da wie eingefroren. Als befände sich ihr Geist an einem anderen Ort. Also was zur Hölle war mit ihr los?
„Nehmt das beschissene Geld und lasst uns in Ruhe, Ihr Idioten!" spie Coralie. Vielleicht war Fenia zu erschöpft,

einfach nicht mehr im Stande, all den Bedrohungen ihrer langen Reise die Stirn zu bieten. Die Vier Räuber verzogen keine Miene.
Inzwischen hatten auch die Spieler des Meso-Amerikanischen Ballspiels mitbekommen, das da drüben an der Straße etwas nicht stimmte. So erkundigten sie sich ob geholfen werden musste.
Doch dann tat Fenia etwas Seltsames und winkte ab. Die Hand zum Gruß gehoben, hielt sie die Männer zurück und signalisierte ihr OK.
Nun verstand Coralie die Welt nicht mehr. Was ging nur vor in dieser Frau?

Just in dem Moment als sie immer noch am Boden liegend, Fenia verbal zerfetzten wollte, schien diese aus der Starre zu erwachen.
Das Mädchen ignorierend, das Fenia die Tasche entrissen hatte, sprang sie über den Kotflügel des Wagens, in eine Schraubdrehung, scherte den Unterschenkel aus und trat dem Kanisterkopf mit dem Hacken vor die Brust, sodass der nach wenigen Metern auf dem Asphalt zum Liegen kam. Als dieser dabei war aufzustehen, hatte Fenia ihn längst erreicht und bearbeitete sein Gesicht mit ihren Fäusten. Dass einer der anderen sie angreifen würde war nicht abzusehen, als sie sich ihnen zu wandte. Sogleich ließ die Diebin Fenias Tasche fallen, die andere sprang in den Wagen ohne ihre zu Boden gefallene Schiebermütze aufzuheben. Auch der Hagere war zurück hinters Steuer gesprungen. Und schon hatte sich der Wagen unter Quietschen in Bewegung gesetzt.

Der Kanisterkopf rannte gekrümmt hinterher und forderte die Gefährten brüllend auf, ihn nicht ihm Dschungel zurückzulassen.

Zum Glück war Coralie nichts geschehen, sie musste dennoch mit den Tränen kämpfen als sie keuchte.
„Das nächste Mal hörst Du besser auf mich!“
„Was war das denn bitte?“ entgegnete Fenia knapp.
„Taxifahrer, auf Raubzügen.“ Hustete die Einheimische.
„Warum hat das solange gedauert bis du was unternommen hast, Fenia?“
„…“
„Hallo?“
„Keinen Schimmer,“ seufzte sie, „schätze ich bin einfach müde… Was waren das denn für Leute?“
„Die bilden Gruppen um Fremde auszurauben. Is so´ne Masche. Normalerweise locken sie Gäste ins Auto, überfallen sie und schmeißen sie irgendwo aus dem Wagen. Deshalb gibt´s ständig Polizeikontrollen auf den Straßen.“
„Klasse, nur anscheinend hier nicht… Warum hast ´n das nicht gleich gesagt?“
Coralie schnaubte wütend aus aber hielt sich zurück. Einfach nur müde? Irgendwie war diese Aussage Fenias nicht überzeugend.

Man hielt auf die Tankstelle in der Ferne zu.
„Wo hast Du so kämpfen gelernt, Fenia?“
„Hab´ früher oft mit den Jungs aus der Nachbarschaft getobt. Da brauchte man ´n dickes Fell.“
Darauf folgte nur ein skeptischer Gesichtsausdruck.

Kaum hatten sie den Laden betreten, machte sich ein flaues Gefühl in Fenias Magen breit. Niemand war da. Im Verkaufsraum thronte eine verschmutzte Glastheke. Dahinter ein langes Eck-Regal in dem die verschiedensten Blechdosen standen, brühwarme Cola-Flaschen, Persil-Dosen und eine ganze Reihe bernsteinfarbener Apothekerfläschchen mit undefinierbarem, flüssigem Inhalt. Die Flaschen erinnerten Fenia an ihre Entdeckung in Alberts Arbeitszimmer. So lief es ihr kalt den Rücken runter.
„Wo wollen Sie denn hin?" fragte plötzlich eine Stimme hinter ihnen. Sodass die Frauen erschraken.
„Können sie uns sagen wie wir hier wegkommen?" fragte Coralie das alte, hagere Männchen, das lautlos an sie herangetreten war.
„Kommt darauf an wohin?"
„Zur Isla Barro Colorado."
„Zur Wissenschaftsinsel. Schwierig. Es gibt nur einen Bus nach Südwesten. Der fährt erst morgen Abend."
„So eine Scheiße!", fluchte Fenia.
Worauf hin sich Coralie bei dem Alten bedankte,
„dann werden wir bis morgen warten."
Neben einer Eis-Truhe draußen am Vorplatz, fanden sie ein schattiges Plätzchen. Beide wirkten erschöpft. Irgendwie hatte sie das Gefühl Jahre nicht geschlafen zu haben, außerdem wusste Fenia nicht im Geringsten wie es weitergehen sollte. Ihre Weggefährtin hingegen, schien relativ entspannt zu sein.
Wenige Minuten darauf, kam das Männchen nach draußen.
„In der Werkstatt neben an hab´ ich noch ´ne rostige *Indian Chief* von ´35 zu stehen. Wenn Ihr das Motorrad fahren

beherrschen würdet, könnte ich Euch die verkaufen.“ Lächelte er. Woraufhin Fenia frech zurück gab.
„Wie kommen Sie darauf, dass wir es nicht können?“
Er warf einen tiefen Blick in Coralies Dekolleté. Sofort sprang Fenia auf und setzte hinzu, „dürfen wir sie uns mal anschauen?“
„Aber, wir haben doch kein Gel..“ doch bevor Coralie weiter reden konnte, drängte Fenia dazwischen.
“Zeigen Sie uns mal das gute Stück. Vielleicht werden wir uns einig“.

„Die Maschine ist völlig in Takt. Hat zwar nur einen Sitz, aber Eure süßen kleinen Ärsche passen da sicher auch zu zweit rauf. Für 500 gehört sie Euch.“
„Und sie ist immer noch fahrtüchtig?“ wollte Fenia noch einmal wissen, während sie um die Maschine herumlief.
„Glaubt Ihr mir etwa nicht? Ich kann sie ja mal anlassen. Das wird Euch allerdings nicht viel nützen.“
„Warum?“, fragte Coralie erstaunt.
„Na weil Ihr Mädels nicht fahren könnt.“
Mit einem Blick zu Fenia sagte sie, „er hat recht, wir können nicht fahren. Können wir doch nicht …oder?“
Es brauchte ein paar Anläufe bis die *Indian Chief* ansprang, doch dann brummte sie in tiefen Zügen. Nach dem Gashahn gegriffen drehte Fenia einmal kräftig auf, sodass es durch die ganze Halle röhrte, bis dunkle Schwaden aus dem Endrohr pufften. Daraufhin flogen drei Papageien im bunten Federkleid aus einer Baumkrone und kreischten.
Vermutlich aufgrund der Lautstärke trat Coralie näher an die hagere Gestalt heran. Mit Zeigefinger und Daumen spielte sie an ihrer Kette, senkte den Kopf und zog die

Augen weit auf. „Wir werden uns doch bestimmt auch anders einigen können, nicht wahr?"
Er wischte sich seine feuchte Stirn mit einem Tuch.
„Darf ich Euch Mädels ein kaltes Bier bringen?"

Während Coralie sich unschuldig zur entfernten Radiomusik bewegte, bat Fenia, „darf ich es mal versuchen?"
Kaum wahrnehmbar hatte das Männchen genickt und trat, seine Augen haftend auf Coralies Hinterteil, dicht an sie heran. Kaum war sie durch das Tor gefahren, umfasste er Coralies Taille. Fenia schlug den Lenker links ein und das Motorrad röhrte in der Ferne.
Nach wenigen Minuten wurde es wieder lauter, sodass Fenia vor der Einfahrt der Werkstatt zum Stehen kam und eine Bremsspur im Sand hinter sich herzog.
„Nicht schlecht!" rief der Tankwart der burschikosen Frau zu, die wortlos mit ihren eisblauen Augen zu Coralie hinübersah. Diese lies die Bierflasche auf den Werkstattboden fallen, sodass sich der Mann von ihrer Hüfte löste als er erschrak. Die schöne Prostituierte rannte los und war blitzschnell auf die *Indian Chief* gesprungen.
Bevor das Männchen es schaffte nach seiner Flinte zu greifen, waren die Beiden bereits im Dickicht der Waldstraße verschwunden.

Ein dunkelvioletter Wolkenschleier zeichnete sich über ihnen ab, während die rostige Maschine durch die karibischen Wälder röhrte. Von hinten hatte Coralie ihre Hände in Fenias Taschen vergraben als sie jauchzte:
„So was Verrücktes habe ich noch nie gemacht!"

Die Beiden mussten bereits lang unterwegs sein und hätte ihnen das Hinterteil nicht so geschmerzt, wären sie vermutlich immer weiter auf der Bundesstraße Colón Expy gefahren. Als es schon dunkel war erreichten sie endlich das Ufer der Provinz Colòn, an dem man sich schon auskennen musste, da es keinerlei Beschilderungen oder Wegweiser gab. Weit und breit nur Urwald. „Wir müssen jemanden bezahlen, der uns auf die Insel bringt." Informierte Coralie.

Mit etwas Grobheit hatten sie den schlafenden Kapitän und sein 3 Meter langen Kahn wachbekommen.

Nun lächelte er bis über beide Ohren, in die Dunkelheit. Wahrscheinlich nicht zuletzt deshalb, da er jetzt stolzer Besitzer einer *Indian Chief* war. Auch wenn er gar nicht Motorrad fahren konnte.

Kaum eine halbe Stunde auf dem dunklen Kanal war vergangen, da erreichten sie die tropischen Wälder der 15 Quadratkilometer großen Insel *Barro Colorado*, in der Provinz Panama, die sich inmitten des gigantischen Stausees Gatún befindet.

Die Taschenlampe, die die beiden Frauen im Zuge des Tauschgeschäfts erworben hatten, warf nur einen unterbrochenen Lichtstrahl, als die Füße der Frauen die Sandstraße berührten. Vorsichtig tauchten sie immer tiefer ein in das biologische Reservat. Es dauerte nicht lang bis der Weg eine Steigung annahm und deutlich zu spüren war, dass sie bergauf laufen mussten.

Zwar war es Fenia schon etwas seltsam vorgekommen, dass eine Frau wie Coralie Koordinaten lesen konnte und zudem auch den Ort kannte an dem Fenia suchen sollte. Warum sollte Coralie das alles hier eigentlich tun, nur um

ihr zu helfen? An Geld war sie nicht wirklich interessiert, das ließ sich spüren. War sie also wirklich ehrlich zu Fenia? Andererseits gab es kaum andere Möglichkeiten Hilfe zu finden, geschweige denn jemanden dem sie trauen konnte. Außerdem roch wohl kaum jemand auf der Welt so gut wie diese Frau. Was blieb Fenia also anderes übrig, als der geheimnisvollen Schönheit zu trauen? Der Flaum auf ihren Armen begann sich aufzustellen und nicht allein die Nachtkühle verursachte bei Fenia eine Gänsehaut.
„Was ist denn los?"
„Ist so verdammt dunkel hier."
„Willkommen im Dschungel." Entgegnete die Einheimische.
Aus der dicht bewaldeten Umgebung drangen geisterhafte Echos zu ihnen herüber. Sie ließen sie unkommentiert aber an den verängstigten Blicken der Frauen war zu erkennen, dass jeder darauf hoffte, dass es sich bei den Geräuschen lediglich um Tierlaute handelte. Laute ungefährlicher Lebewesen wohl bemerkt.
Plötzlich schrie Fenia auf, als sie merkte, dass etwas Sand an ihrer Hose abprallte.
„Was ist das denn?"
„Was ist?" Rief Coralie apathisch in die Nacht hinein. „Irgendwas hat mich mit Sand beworfen."
„Wie bitte? Vielleicht kam es vom Baum?"
Beide sahen nach oben. Doch da war nichts. Wieder regnete es Sand. Diesmal traf es auch Coralie an ihrem nackten Unterschenkel. Beide schrien vor Angst, bis Coralie sie beruhigte und lachte.
„Was zur Hölle ist das? Eine riesige Ratte!?" wollte Fenia erfahren.

„Und warum lachst du so gehässig?“
„Ein Waschbär!“
„Ein Waschbär- Hey was macht der da? Wirft der mit Sand?“ Herzhaft lachte Coralie weiter.
„Ja, tatsächlich.“
„Der hat ja sowas wie kleine Hände! Aber warum macht der das?“ „Das muss ein domestizierter Waschbär sein. Der ist wahrscheinlich gewohnt, dass Menschen ihn füttern. Wenn man´s nicht macht werden sie wütend und werfen mit Sand…“
Wenige Kilometer weiter passierten die beiden Frauen ein Schild im Gras, auf dem stand.
„*Canal Zone Biological Area.*“

Leuchtturm

Im Mondlicht zeichneten sich die obersten Konturen des Hausdachs, wie eine Zeltspitze, ab. Daneben ragte ein Türmchen empor, wie als wäre es ein Dschungel-Palast, dessen Fassade allerdings etwas bröckelte. Neben dem Giebel thronten zwei Statuen mit Speeren, die vermutlich ungebetene Gäste abschrecken sollten, darunter lag ein kleiner Balkon mit gusseisernen Schnörkeln, zu dessen Füßen, in runden und gezackten Formen, sich ihm das steinschwere, in die Jahre gekommene Vordach entgegen streckte. Da das Gartentor offen stand zögerte Fenia nicht und ging hindurch, den schmalen Gartenweg Richtung Eingang, obwohl die Echos aus der Umgebung nichts Gutes verhießen.

Durch keines der vergitterten Fenster brannte Licht. Zwar hatte sie bemerkt, dass Coralie stehen geblieben war, aber das war ihr egal. Sie wollte endlich erfahren was es mit den Koordinaten und mit *La flor de Verdad* auf sich hatte. Als Fenia auf die Veranda trat erhellte sich eine Art Wappen über der schweren Holztür mit den Eisenkanten. Auf dem Wappen war so etwas wie ein Kreuz zu sehen und eine Pflanze, die sie nun schon häufiger zu Gesicht bekommen hatte. Der Drachenwurz.

„Hier sind wir richtig", rief sie ohne sich umzublicken. Die Einheimische kam zögerlich näher, während Fenia den schweren Löwenkopf aus Eisen an der Haustür hob und mehrfach klopfte. Einige Sekunden vergingen. Aber es öffnete niemand. Also schlug Fenia den Kopf noch härter gegen die Tür. Fünf Mal, acht Mal, ..doch nichts bewegte sich.

„Ich habe doch gesagt das Haus ist wahrscheinlich schon lange unbewohnt, lass uns wieder gehen!" flüstere Coralie nervös. Über dem Eingang ummantelte eine Glasglocke eine Glühbirne deren Licht die Tür nur müde beleuchtete. Deshalb dauerte es einen Moment bis Fenia den dicken Knauf weiter unten an der Haustür erkannte.

„Seltsam." Bemerkte sie.

„Ja, das ist alles total seltsam, Fenia, komm lass uns verschwinden, ich habe kein gutes Gefühl bei der Sache hier."

„Ich meine den Knauf hier. Sieht aus als sitzt er auf einer Art Zahnrad. In das Rad sind Zahlen graviert."

„Na und??"

„Siehst Du hier irgendwo ein Schlüsselloch? Das muss ein Schließmechanismus mit Zahlenschloss sein. So gelangt man bestimmt in die alte Villa."

„Ist mir doch egal! Wir wollen da gar nicht rein, Süße. Lass uns gehen, mir ist kalt.“ Sagte sie mit zitternder Stimme.
„Hey, den Weg haben wir jetzt nicht umsonst gemacht! Außerdem, wo wir so nah dran sind, willst du wohl nicht umdrehen?!“
Es dauerte einige Minuten bis sie feststellten, dass das Haus gesichert war wie eine Festung und dass es töricht war zu glauben, sie könnten das Zahlenschloss irgendwann überlisten und sich Zugang zu dem verschaffen, was hinter diesen alten Mauern lag.
„Kann es nicht irgendwann mal einfach sein?!“ schimpfte Fenia zu sich selbst als sie merkte, dass das viele Drehen am Schloss keinen Sinn machte.
„Vielleicht ist es auch besser so.“ forderte Coralie Fenia am Ärmel ziehend auf mit ihr zu kommen. Doch die riss sich los. „Scheiße nochmal, was soll denn das?“
„Was meinst du denn?“
„Erst bist du felsenfest davon überzeugt, dass das der Ort ist an dem ich meine Antworten finde, bringst mich hier her und plötzlich willst du mich so schnell es geht von hier wegbringen. Was wird hier gespielt, Scheiße nochmal?“ Schweigend wich Coralie ihren Blicken aus bis sie sagte, „nichts!“
Der Freundin den Rücken zugewandt versuchte sie es weiter. Plötzlich schoss es über Coralies Lippen.
„Da war eine Frau. In der Bar. Sie hat mir 300 Dollar geboten.“
„Sie hat was?“
„Sie hat mir 300 Dollar geboten.“
„Wie schön! Wusste nicht, dass Du´s auch mit Frauen für Geld machst…“

Coralie seufzte: „…Geld geboten, damit ich dir sage, dass sich das was du suchst hier befindet."
Wütend war Fenia von der Veranda gesprungen, dabei sie Coralie zur Seite stieß. Diese rannte ihr hinter her, ins Dunkel der Sandstraße folgend.
„Warte bitte, Fenia!"
„Wir kannten uns doch nicht! Ich dachte es wäre sowas wie ein Spiel, keine Ahnung. Aber ich hatte nicht vor Dich in Gefahr zu bringen. Ich schwöre!"
Kaum hatte sie Fenia am Ellbogen gepackt, blieb diese stehen. "Hat sie von den Koordinaten gewusst?"
„Was?"
„Ob sie die Koordinaten kannte?"
„Keine Ahnung! Sie wollte einfach, dass ich Dich hierherbringe. Ich weiß nicht wieso. Aber das ist jetzt auch egal. Gut, dass wir gehen. Ich fühle mich wirklich nicht wohl hier und irgendwie war die Frau auch unheimlich. Lass uns das Motorrad holen!"
Doch kaum war Coralie zwei Schritte gegangen bemerkte sie, dass sich Fenia gar nicht mehr in ihrer Nähe befand. Also bekam sie Herzklopfen, während sie flüsternd in die Nacht hineinrief.
„Feniaaaaa! Wo bist du?"
Wenig später hörte Coralie ein Knarren, welches aus dem Garten von der Veranda drang. Auf ein Neues zum Zahlenschloss runter gebeugt, mit dem Zettel in der linken Hand, versuchte Fenia ihr Glück. Dicht hinter einer der Säulen platzierte sich Coralie wie eine Statue, als könne sie dort vor allem Unheil bewahrt werden. Ein metallisches Klicken.
„Wär doch absurd, wenn das funktionieren würde!"

„Sehe ich genau so,“ bestätigte Fenia leise. Drei Handbewegungen nach links, zwei Drehungen nach rechts und plötzlich entriegelte sich etwas hinter der wuchtigen Tür. Unverhofft war die Haustür einen Spalt aufgesprungen, sodass Coralie ein langes „Scheißeeee“ ausstieß.
Wie von einer unsichtbaren Hand wurden die Beiden ins Halbdunkel des Entrees gesogen. Vor ihnen stieg ein Schneckentreppenhaus empor und verlor sich im Nichts, sodass Coralie nach dem wuchtigen Holzgeländer griff, als könnte dies verhindern, dass ihr schwindlig werde.
Aus einem der hinteren Räume schwappte leise Musik aus einem Schalplattenspieler ins Foyer. Dem Türrahmen zum nächsten Zimmer zugewandt sagte Fenia schonungslos.
“Ich wusste doch, dass jemand zu Hause ist.“
Allerdings wurde ihre Stimme von den samtroten Vorhängen im breiten Rahmen gebremst, sodass sie vermutlich niemand weiter hinten gehört hatte. Als sich das Foyer erhellte, weil Coralie eine Gaslampe heller drehte, kamen unter schwarzen Bordüren Masken in allerlei Farben zum Vorschein und als sie die Köpfe hoben schälte sich eine tropfsteinartige Decke hinab, die aussah als würde das Haus mit mächtigen Zähnen nach Eindringlingen greifen. Das Zittern, welches Coralie übermannte bekam Fenia nicht mit, da diese plötzlich zusammen zuckte, während sie einen angstbesetzten Schrei ausstieß.
„Ahhh!“
„Scheiße, warum hast du denn gezuckt?“
Wieder erhielt sie keine Antwort von der Ausländerin, die sich langsam auf eine Anrichte an der Wand zu bewegte. Auf ihr stand eine indianische Stein-Statue mit breitem Mund und einem Fächer auf dem Haupt. Zu ihr gesellt

hatten sich mehrere Bilderrahmen, in denen zwei einheimische Frauen posierten.
Was Fenia solch einen Schreck eingejagt hatte, bezog sich jedoch weder auf die Statue noch auf die Fotografien. Eine Art Schwimmbrille die über einem der Rahmen hing, ließ es ihr kalt den Rücken hinunter laufen.
„Was stimmt denn nicht, Süße?"
Nachdem sie die Hand nach dem Gummiband ausstreckte, sie anhob, wendete Fenia die Brille behutsam hin und her, deren zwei phosphoreszierende Kristallränder Fenias Gesicht rot beleuchteten. Flach geschliffen hafteten unzählige, kleine Kristalle ringsum die Gläserrahmen, die als Ganzes wie zwei teuflische Augen hervortraten.
„Und was hat es jetzt damit auf sich?" Fragte Coralie genervt. „Hallo?!"
„Der schwarze Kolibri…" Platze es aus ihr heraus.
„Oh Gott, ich sag´s ja, Euch Europäern bekommt unser Klima einfach nicht!"
Streng zur ihr gewandt flüsterte Fenia:
"Auf dem Schiff mit dem ich herkam, hat mich eine Gestalt zwei Mal versucht zu töten. Unter anderen. Die Mannschaft hatte panische Angst vor einem Schatten der sich wie ein Kolibri hektisch flatternd an der Decke entlang bewegte. Hab´ mit der Gestalt gekämpft, bin mir sicher, dass es ein Mensch war."
„Ja und?"
„Der sogenannte Kolibri ließ die Seeleute nicht nur an ein Monster glauben, weil er sich durch die Lüfte bewegte, sondern auch wegen seiner leuchtend roten Augen. Ich habe die ganze Zeit überlegt mit welchem Trick es jemand schaffen würde, in der Dunkelheit so furchteinflößend zu

wirken. Das ist die Erklärung. Sie ist es!“ sagte sie während sie Coralie die Brille in die Hand drückte und sich einen Bilderrahmen griff. „Warum bist Du Dir so sicher, dass es eine Frau ist?“
„Weil wir gekämpft haben. So was spürt man.“
„Selbst wenn der Gegner verschleiert ist?“
„Ein Zweikampf verrät Dir mehr über einen Menschen als wochenlange Gespräche. Kannst Du mir glauben.“
Als sie einen Augenblick geschwiegen hatten, schnellte Fenia plötzlich mit dem Kopf nach oben.
„Die Frau auf dem Foto, verdammt noch mal, die hab´ ich schon mal getroffen…“
„Wo soll das denn gewesen sein?“
„In Deutschl..“ unterbrach sie sich selbst, da sie spürte, wie sich hinter ihnen ein Schatten aufbäumte.
Von den schweren Samtvorhängen wurde Coralies gellender Schrei gedämmt. Da das Licht an der Wand wie von Geisterhand erloschen war, war nicht auszumachen, ob Fenias Schlag nur Luft verdrängte oder den Angreifer traf. Als würden Segeltücher den Saal peitschen. Als lege wieder ein schwer betrunkener Beamter auf Coralie, der in ihr Ohr hinein grunzte, so drang das Kampf-Stöhnen in Coralies Kopf. Sie tastete sich an der Wand lang, dem blauen Licht folgend, welches der Mond durch das Gitterfenster neben dem Eingang warf, bis sie die Gaslampe erneut erreicht hatte. Etwas flog an ihr vorbei und krachte in die Anrichte. Dabei gingen ein paar Rahmen zu Bruch. Dann drehte sie den Hahn wieder auf. Mit einem „Stopp!“ trat sie beherzt vor die Frau mit der verbissenen Miene.

„Wir sind nicht Ihr Feind“ sprach sie weiter, während Fenia sich wieder vom Boden aufrichtete und sich den Arm hielt.
„Da bin ich mir nicht so sicher,“ sagte Fenia unter Schmerzen. Erneut ging sie also auf die kleine Frau zu, die mindestens Ende Fünfzig zu sein schien. Doch Coralie verharrte entschlossen zwischen den Beiden.
„Bitte, wir sind nicht der Feind.“
„Ich weiß.“
Bis sich Coralies Angst etwas setzte und sie der Frau genauer in die Augen sah.
„Moment mal, Sie sind doch die aus der Bar…“
„Und Sie sind der bescheuerte Geist vom Schiff! Der Kolibri.“ Setzte Fenia hinzu.
Über Coralies Schulter entgegnete die Frau Fenia:
“Das ist richtig.“
Woraufhin Fenia wütend zum Angriff ansetzte. Bis die Frau mit dem nachtschwarzen Blick und den ausladenden Augenbrauen sagte.
„Es tut mir leid, ich habe Euch nicht gleich erkannt.“
„Aber ich erkenne Sie wieder. Wir sind uns schon in Deutschland begegnet, Zuhause, in meinem Geschäft.“
Während die Fremde nickte, wandelte sich ihre versteinerte Miene zu einem feinspürigem Gesicht.
„Was soll das? Warum zum Teufel heften Sie sich, wie ein Tellerlecker an meine Fersen? War doch kein Zufall, dass wir uns auch auf dem Schiff begegnet sind.“
Die Frau deutete ein Kopf schütteln an, „das war es nicht. Es freut mich, dass Du es hierhergeschafft hast, Fenia. Ihr braucht Euch nicht zu fürchten. Hier seid Ihr in Sicherheit.“ „Woher kennt diese Schlunze meinen Namen,“

knurrte sie ungehalten, „und was soll der billige Budenzauber mit der phosphoreszierenden Schwimmbrille?"
Die Raumakustik begleitete den Schmerz ihrer Worte, als die Frau zu erzählen begann.
„Es tut mir sehr leid, ich kann Deine Wut sehr gut verstehen, Fenia, aber anders wäre es nicht gegangen." „Wäre was nicht gegangen?"
„Ich bin Glorinda, ich hab´ Dich eine Zeit lang begleitet, ohne Dein Wissen, weil Du in Gefahr warst. Es war besser, dass niemand von meiner wahren Existenz wusste. So konnte ich Dich besser schützen."
„Beschützen?!" bellte Fenia, „dass ich nicht lache. Zwei Mal haben Sie versucht mich zu töten! Das nennen Sie Schutz? Versuchen Sie ja nicht mich für dumm zu verkaufen!"
„Als wir unter Deck mit einander kämpften, wollte ich Dir alles erklären. Du aber hast mich nicht zu Wort kommen lassen. Ich habe kalkuliert gekämpft. Niemals hätte ich Dir etwas getan."
„Ach nein? Und was war als Sie mich in die Transportkiste mit dem Eisbären geschubst haben, war das auch kalkuliert, um mich zu schützen, dachten Sie ich würde die Gesellschaft des Eisbären überleben, wenn ich ihn mit ein paar Streicheleinheiten ruhig stelle? Und leugnen Sie jetzt nicht, dass Sie da waren!"
Brüllte sie mit einem Schlag mit dem Faustballen, auf die Anrichte.
„Beruhige Dich, bitte. Ich bin dort gewesen, das ist wahr. Allerdings nicht als Du rein gestoßen wurdest. Ich habe Dich befreit. Erinnerst Du Dich?"

Zwar sprach niemand, doch es lag eine Energie im Foyer, die sich greifen ließ.
Zur Anrichte gewandt seufzte sie tief: „...weiß einfach nicht mehr was ich noch glauben soll. Passiert das wirklich???"
Dabei ließ Fenia ihren Blick nicht vom Konterfei, von dem aus eine Panamaerin, sie war vielleicht Anfang Dreißig, ernst zu Fenia aufsah. Die Frau fußte am Beginn eines hellbraunen Teppichs aus Sand, der sich irgendwann zwischen Palmen und dem Meer verlor. Vermutlich lag dieser direkt hier vor der Tür. Ein heimliches Grübchen zeichnete ihren rechten Mundwinkel. Die eisblauen Augen wirkten klar und katzenhaft. Über ihrer faltenfreien Stirn lagen Haare, die in Locken und Kringeln zu Goldbraun aufsprangen. Irgendetwas an dieser Fotografie konnte Fenia ihren normalen Puls zurückgeben.

Während Glorinda auf Fenia einredete, stieg wieder ein schmerzendes Pochen in ihre Schläfen. Fenia allerdings, verlor sich in dem schmerzhaften und doch irgendwie sicheren Moment, konnte keinem von Glorindas Worten nun mehr folgen. Solange nicht, bis die mysteriöse Glorinda sagte:
"...gefällt sie Dir?"
Fast lautlos erwiderte Fenia:
"...sie ist das Schönste was ich je gesehen habe."
Ohne es selbst zu bemerken rann Glorinda eine Träne über die Wange, als sie zurückgab:
„das wundert mich nicht, Kind, es ist Deine Mutter."

Zu den Füßen der Ohrensessel erstreckte sich ein nackter Fliesenboden im Schachbrettmuster zur Küche hin, aus der Glorinda soeben mit einem Tablett zurückkehrte. Sie stellte die gestampfte Avocado mit warmem Brot, Pfeffer und diversen Citrusfrüchten auf einen Beistelltisch neben dem Plattenspieler, welcher noch immer summte. Überaus dankbar wollte sich Coralie erheben doch die fremde Frau winkte ab. „Ruh Dich nur aus und iss. Ich muss mit meiner Nichte allein sprechen. Es wird sicher eine Weile dauern, also warte nicht auf uns.“
Da sie zu müde war, um zu fragen oder zu widersprechen blieb sie sitzen.
Dicht hinter Fenia rang ein bauchiger, bleierner Kühlschrank um Aufmerksamkeit. Auf einem wackligen Holzstuhl kippelte sie umher und es war nicht schwer ihr anzumerken, dass sie keine Sekunde länger auf Antworten zu warten, in der Lage war.
Also begann ihre Tante Glorinda zu erzählen von Fenias Papa, der vor vielen Jahren nach Panama kam, um sich dort für die gefährliche Arbeit des Unterwasserholzfällers zu melden, die sehr gut bezahlt wurde. Wie er durch einen Zufall eine ungeheure Entdeckung machte und *La Flor de Verdad*, welches er auch als das Geheimnis der Menschheit bezeichnete, an die Öffentlichkeit bringen wollte. Als er an diesem Tag seinem Kollegen von dem Fund erzählte, geriet er allerdings mit einer jungen Einheimischen in Streit, die am Ufer Früchte erntete und das Gespräch belauscht hatte.

„Die Diskussion mit der Fremden nahm Deinen Vater sehr mit. Aber nicht so sehr, weil er das Geheimnis um *La*

Flor de Verdad unbedingt lüften wollte, sondern weil die Frau so außer sich war, sich kaum beruhigen ließ. Ihm fehlten die Worte.

Und weil sie das Schönste war, was er jemals in seinem Leben gesehen hatte, versprach er ihr niemandem von dem Geheimnis zu erzählen. Solange sie nur einmal mit ihm ausginge, *damit am Ende der Verstand nicht kopfsteht*, wie er zu sagen pflegte.

Später zogen Deine Mutter und Dein Vater nach Deutschland. Wie auch immer es passieren konnte, eines Tages erfuhren die falschen Leute von *La Verdad*, und damit pflanzte sich erstmals ein Gedanke, vielleicht von Ruhm und Macht, oder einem unbezahlbaren Artefakt, in die Köpfe dieser dummen Männer. Da Deine Mutter aus Panama stammt, ging eine Gruppe namens *Peregrinatio* davon aus, dass sie den Platz kannte, von dem sie sich versprachen, dort etwas von unvorstellbarem Wert finden zu können. Natürlich arbeiteten die Männer nicht nach eigenem Ermessen. Sie waren vielmehr Handlanger eines gewissen Professor Möh, der später Doktorvater und Mentor eines Berliner Mediziners wurde." „Albert Alasker". „Richtig. Und als wäre es nicht genug, dass Deine Mutter seinerzeit durch die Nationalsozialisten in Gefahr war, wurde sie auch noch von den *Peregrinatio* ins Visier genommen.

Und dabei kannte eigentlich immer nur einer die genauen Koordinaten von *La flor de Verdad*, weil nur einer je dort gewesen war."

„Mein Vater."

Bestätigend fuhr Glorinda fort.

„Deshalb verschwand Deine Mutter. Später hörte man nur Gerede, dass sie von den Nazis wegen ihres Aussehens umgebracht worden war. Wir, ich und eine Gruppe von sagen wir, willensstarker Menschen, haben es uns zur Aufgabe gemacht, das Geheimnis zu wahren und es zu schützen."

„Aber wenn mich die Koordinaten dahinführen, die eigentlich keiner kennen darf, warum hast Du mir dann in meinem Geschäft in Berlin geholfen den Brief von Papa zu finden?"

„Weil *La Flor de Verdad* dort nicht mehr sicher ist und es woanders hingebracht werden muss. Dein Vater hat die wenigen Schätze seines Antiquariats so sehr geliebt wie dich. Es war nur eine Frage der Zeit bis du darin Hinweise fändest, die Dich nach Panama führen."

„Und warum machst Du es nicht selbst, ein neues Versteck finden? Wofür brauchst Du mich?" „Ich hab´ eine Lungenkrankheit, ein Tauchunfall. Es geschah als… ich selbst probiert habe hinunter zu tauchen. Es hätte mich fast getötet. Aber so oder so, wäre es mir nicht möglich das Geheimnis zu bergen."

„Warum nicht?"

„Weil ich dessen nicht würdig bin. Menschen die getötet haben, sind unwürdig. Außerdem glaube ich persönlich, dass nur eine Person außerwählt ist *La Verdad* so nahe zu kommen. Ich kann nur meine Hilfe anbieten."

„So ein Unsinn!" protestierte Fenia, „ich dachte mir schon, dass Ihr hier auf der Insel abergläubisch seid."

„Damit hat das nichts zu tun." Gab die Tante verärgert zurück. „Wen hast du getötet…?"

„Du erinnerst dich an den Toten im Wellentunnel." „Hubig?!! Aber warum…?" fragte sie schockiert.

„Rasa Jahel war ebenfalls an Board der *Henrika Bartelz*, er hat ihn und diese Schlange, Friedmann bezahlt dich zu töten. Sie sollten dich sukzessive vergiften. Anscheinend konnte es Hubig nicht schnell genug gehen, also ergriff er die Chance und stieß dich in den Eisbärkäfig, als er dich dort oben sah. Ich war ihm gefolgt und somit beinahe rechtzeitig da, um ihn davon abzuhalten."
„Und Friedmann?"
„Der Einzige der dir wohlgesonnen war, schien wohl der Abdul zu sein. Er wollte dich schützen und hat den blöden Friedmann bedroht, ihn von Bord zu schmeißen, wenn er Dir nur ein Haar krümmt."
Schweigen.
„Du willst mir also ernsthaft weiß machen, dieses La Verdad-Dings liegt irgendwo im Wasser, im Panamakanal?"
Glorinda ließ ihre Frage unbeantwortet und goss sich etwas Tee nach.
„Warum hast Du eigentlich nicht in Colòn Kontakt zu mir aufgenommen? Dann hätten wir uns das ganze Theater hier sparen können?"
„Sie sind hier. Die Peregrinatio, sie wissen von mir und hätten mich fast erwischt. Deshalb musste ich schnell weg. Hätte ich Kontakt mit Dir aufgenommen, hätte ich Dich in große Gefahr gebracht."
„Pfff, gut zu wissen, dass ich jetzt in Sicherheit bin…
Ok, worum geht es bei diesem La Flor oder Schatz wirklich, was versteckt sich dahinter? Sag es mir, ehrlich!"
Unterdessen ihre Stimme an Kraft verlor entgegnete die Tante: „Ich weiß es nicht."
„Du weißt es nicht!" rief Fenia wütend, „ernsthaft? Kinder, Kinder! Woher willst Du dann wissen, dass das alles

nicht völliger Hokuspokus ist und ein *La Flor de Verdad* vielleicht gar nicht existiert?"
Weit zu Fenia herüber gebeugt, als wolle sie ihr ein Geheimnis verraten, flüsterte die Tante.
„Weil ich fühle, dass es stimmt, mein Kind. Es muss etwas Mächtiges dort verborgen sein."
„Du fühlst es, wirklich?" Glorinda nickte: "Alles ist ein Gefühl. Ist es nicht so…? Selbst wenn es nichts ist, willst Du nicht herausfinden wofür Deine Mutter gejagt wurde?"
„Wie kommst Du überhaupt darauf, dass ich als Hüterin dieses Schatzes geeignet bin? Vielleicht bin ich ein schlechter Mensch."
„Bist du es?"
„Es gibt durchaus Menschen, die das so sehen könnten."
„Das glaube ich nicht." „Wieso? Lass mich raten, Du fühlst es…"

Obwohl sie in einem komfortablen Bett im Gästezimmer im Haus ihrer Tante lag, sodass es ihr an nichts mangelte, konnte sie einfach nicht einschlafen. Zu viel war in den vergangenen Wochen geschehen. Menschen waren gestorben. Fenias bisheriges Leben war wie ein Sandschloss einfach in Millionen Körner zerfallen. Weder gab es einen Verlobten, noch einen Nachkommen. Ihr Papa war nicht mehr da, ihre Mutter tot, ihr Mentor und Freund Herr Oroshi tausende Kilometer entfernt, ohne dass Fenia auf seinen Scharfsinn und die Erfahrung zurückgreifen konnte. Hinter ihr lag nur Asche. Vor ihr die Dunkelheit. Was ihr blieb waren neue Feinde und die Gewissheit, dass sie nie wieder nach Berlin zurückkehren konnte. Die tickende Uhr im Zimmer hielt sie noch Stunden lang wach, bis die

Nacht ihr Fenster mit schwarztönen übergoss und ihr Körper der Erschöpfung nachgab.

Als die Sonne die Inselbewohner schon längst wach gekitzelt hatte, hörte man Stimmen in der Küche. Nun kamen auch Coralie und Fenia die Treppe hinunter.
Nachdem Glorinda die Mädchen begrüßt hatte stellte sie ihnen Umberto vor.
„Das ist mein Assistent. Er hat ein paar Landkarten besorgt, wir haben die Stelle markiert wo du hinmusst. Es wäre besser, wenn du Coralie vorher wieder irgendwo absetzt."
Etwas eingeschnappt sah die zu Fenia.
„Diesen Schritt muss und kann ich nur allein machen, Schönheit. Ich bring dich nachhause."
Tante Glorinda hielt ihren Blick lange auf Fenias Haaransatz. Dann sagte sie.
„Ich habe mich schon seit unserer ersten Begegnung gefragt, warum du das Haar so kurz trägst?"
„Das hat keinen bestimmten Grund, Tante."
Woraufhin Coralie ergänzte.
„Ich glaube sie ist so oft von den Männern enttäuscht worden, dass sie irgendwann selbst aussehen wollte wie einer. Um sich gegen die gutaussehenden Machos zu schützen."
„Vielleicht gehst du schon mal vor." Raunte Fenia daraufhin.
„Ich gebe dir noch die Zahlenkombination für mein Haustürschloss, Chinita, falls du zurückkommst und ich bin nicht da." Sagte Glorinda als alles gepackt war.
„Die kenn ich doch. Es sind die Koordinaten."

„Nein, mein Kind. So leichtsinnig bin ich nun wirklich nicht.“ „Aber die Tür gestern..“,
„habe ich Euch geöffnet.“
„Wieso leben Sie eigentlich auf der Isla, ich habe immer geglaubt es sei nur Wissenschaftlern erlaubt hier zu wohnen?“ Wollte Coralie wissen.
Tante Glorinda nickte, „ich bin Biologin.“
Dann wendete sie sich wieder zu Fenia.
„Wenn du am Ufer hinter den Mangrovenwäldern ankommst, frag nach Iker. Er ist der Brunnenmeister und wird dir eine Ausrüstung geben.“
Und küsste sie auf die Stirn.
„Das war´s?“ fragte Fenia irritiert.
„Vorerst, ja. Alles weitere nachher.“
„Und wenn was schief geht???“
Die Tante seufzte schwer und nahm ihrer Nichte Hände.
„Das wird es nicht, hörst du! Ich werde zu Gott beten, dass er dich heil zu mir zurückbringt. Und glaub mir, das wird er, mein Kind.“

Der türkise *Buick Super 56* ihrer Tante hielt in Guayabalito, da wo der Fluss die Bundesstraße 9 kreuzt. Von hier aus konnte Coralie den *Diablo Rocho* nehmen. Denn Fenia hatte keine Zeit zu verlieren und wollte sich auch nicht von einer beleidigten Schönheit mit perfekten Lippen überreden lassen, mitgenommen zu werden. Dafür war ihre Mission zu heikel. Zu wichtig.
Etwa 35 Minuten war sie Richtung Süden gefahren, als sie den kleinen Feldweg sah, den ihr Glorindas Assistent auf der Karte gezeigt hatte. Nachdem sie einbog begann der Wagen schrecklich zu schaukeln, sodass sie sich mit einer

Hand am Wagendach festhalten musste, um sich nicht den Kopf anzuschlagen. Fenia fuhr bis es nicht mehr weiter ging und nicht nur die Schlaglöcher immer größer wurden, sondern auch der Weg aufhörte zu sein. Sie stellte den gluckernden Motor des Straßenkreuzers ab. Nun stand sie mitten im Urwald.
„Scheiße! Verdammt, hier ist gar nichts außer Dschungel."
Die Wagentür knallte zu, und just in dem Moment als sie dachte es wäre sinnvoll umzukehren und sich Coralie als Verstärkung zu holen, hörte sie ein Brüllen. „UuAaaahh..! Ahh!"
Es klang aufgeregt. Auch ihr Puls ging schneller. Von einem Zweig am Baum, drei Meter von ihr entfernt hing ein Brüllaffe, der sie frech anstierte. Doch dann hörte sie auch noch Stimmen. Allerdings klangen die Stimmen irgendwie metallisch, wie als würden die von einem Roboter kommen. Vielleicht lief ja irgendwo ein Radio. Aber hier war nicht´s außer dem Urwald und vielleicht ein Haufen ekliger Tiere. Dann drehte sie sich im Kreis und rief.
Wieder hörte sie eine metallische Stimme, unverständliches brabbeln, gefolgt von einem Rauschen. Also folgte sie dem Sound. Einige Meter weiter im Urwald unter einer Menge Querwuchs, streckte sich unverhofft ein unscheinbares Betonhäuschen empor. Vorsichtig lief sie darauf zu und rief.
„Hey!"
Als niemand reagierte trat sie vor die Tür der vom botanischen Flechtwerk bedeckten Hütte. Neben dieser hing ein rostiges Schild, mit der Aufschrift.
Canal Zone Biological Area. Administrative Officer Carl Koford.

An dem Schreibtisch darin saß, anders als erwartet, ein alter Mann von dunkelbrauner Hautfarbe, der von der Sonne gegerbte Lederarmbänder und geflochtene Armreife trug.
„Sind Sie Carl Koford?“
„Seh ich so aus?“ sagte der Indianer. Sie hielt mit ihrem Blick auf seine Brust, die mit schwarzen Schlangenlinien und Symbolen bemalt war.
„Keine Ahnung wie ein Carl Koford aussieht. Ich hab´ grad einen furchtbar seltsamen Affen gesehen. Der hat mich zu Tode erschreckt!“ „Na und? Sie sind hier im Urwald!“
Fenia zog eine Landkarte aus der Tasche.
„Er sah ganz anders aus als bei uns im Zoo.“
Der Fremde musterte sie, als wäre Fenia aus einer Klinik entwischt. Daraufhin räusperte sie sich:
„Ähm, ich suche diesen Ort hier.“
„Da sind Sie richtig.“
Antwortete der Mann ohne eine Miene zu verziehen.
„Gott sei Dank! Dann sind Sie Iker?“
„Nein. Alejandro.“
„Oh, also sind sie nicht der Brunnenmeister?“
„Nein.“
„Wo ist Iker?“
„Der hat heute frei.“
„Na, klappt ja wie am Schnürchen. Ich muss dringend mit Iker sprechen!“
„Wie schon gesagt, der is´ heute nicht da. Kommen Sie morgen wieder.“
„Was ist das denn hier für ein Haus?“
„Sieht man doch.“

„Eigentlich nicht."
„Ne´ geheime Funkstation. Aus dem zweiten Weltkrieg. Von den Gringos."
„Ne, is´ klar. Echt jetzt? Von den Amerikanern? Und was machen Sie hier mit dem Funkgerät? Gibt es noch irgendwo Krieg?"
„Ich spreche mit meinen Kollegen. Wir sind Wissenschaftler. Biologen. Flora und Fauna? Verstehen Sie?"
„Ja, ist mir schon klar. Wissen Sie, ich brauche eine Taucherausrüstung, hab´ n bestimmtes Ziel. Meine Tante.., sie ist Glorinda…" stotterte Fenia.
„Sagt ihnen das was?"
„Ja, natürlich, eine Kollegin."
„Die Ausrüstung ist hier. Ich erkläre ihnen alles."
Fenia prustete kräftig aus.
„Warum haben Sie das denn nicht gleich gesagt…"
„Sie sind doch schon mal getaucht?" entgegnete der Indianer als er sich vom Schreibtisch erhob und die Ausländerin verwundert auf seine Gummistiefel blickte.
„Nein, nie. Ist das denn so schwer?"
„Sie meinen bei der Tiefe, dem trüben Wasser, den Bäumen und dem scharfkantigen Mist der da unten rumtreibt… ach nö…
Sind Sie auf der Suche nach der Black Pearl?"
„Wie meinen?"
„*La flor de Verdad.*"
"...Wer weiß denn noch alles davon?" fragte sie entsetzt.
„Keine Ahnung ob es wirklich existiert. Doch selbst wenn, Sie glauben doch nicht ernsthaft, dass sie es finden."
„Warum? Ist das denn so unwahrscheinlich?" Der unsympathische Alejandro hievte stöhnend eine riesige Sauer-

stoffflasche auf einen Wagen mit kräftigen Gummirädern. Dann raunte er beiläufig.
„Wie wollen Sie sich denn gegen die Krokodile schützen?"
„Wie bitte, was?!"
So einiges hatte sich Fenia von ihrer ungeplanten Reise schwierig vorgestellt, aber dass das Tauchen eine derartige Wissenschaft war, die zudem ungemein gefährlich war, wurde ihr erst nach einer einstündigen Einführung, in die Unterwasserwelt von Alejandro bewusst.
Selbst wenn man in klarem Wasser ohne äußere Einflüsse oder Bedrohungen tauchte, barg das Tauchen an sich einen Haufen tödlicher Gefahren. Ein Taucher konnte den Fehler machen und zu schnell hinabsteigen, so hastig auftauchen, dass seine Lungen kollabierten, falsch oder gar nicht atmen, was katastrophale Folgen haben konnte. Man konnte außer der Brille auch die Orientierung verlieren, sich schneiden, erfrieren. Die Technik konnte versagen. Man musste den Sauerstoff im Auge behalten und schauen ob man genug für den Rückweg dabei hatte. Man konnte stecken bleiben, in Panik geraten und und und... Und das war verdammt nochmal nur das, was sie sich in der kurzen Zeit gemerkt hatte, während Alejandro redete. Wahrscheinlich gab es noch hunderte Dinge die Fenia beim ersten Tauchgang falsch machen konnte, die zu erklären nun aber keine Zeit mehr blieb. Und dann waren da ja noch so ganz nebenbei Krokodile, die im Gegensatz zu Haien eigentlich immer angriffslustig waren. Ihr Schwirrte der Kopf, sie hyperventilierte. Dann formte sie ihren Mund zu einem O und stieß einen laaaangeen Atemzug aus.
„Stopp!"

Alejandro unterbrach seine Erzählung.
„Ist das überhaupt machbar?"
Er verlieh einer dramatischen Pause Wirkung. „…Ja. Es waren ja auch schon Leute vor Ihnen da unten, Seniorita."
„Die von andernorts wie viele Tauchgänge Erfahrung mitbrachten?"
„Ein paar Hundert vielleicht…"
„Hähä!"
Sie schlug die Hände über dem Kopf zusammen. „Was erwartet mich denn da unten noch, mal abgesehen von Krokodilen, Seeschlangen und einem gefluteten Urwald?"
„Liebe Seniorita Fenia, der gesamte *Kanal* war einmal ein Tal, in dem auch Menschen lebten. Da ist alles möglich… Normalerweise taucht man ja nie allein, falls etwas kaputt geht."
„Hä, was soll denn kaputt gehen?"
„Die Sauerstoffzufuhr… zum Beispiel."
„Und dann?"
„nimmt man das Notfallmundstück des Partners und kann bei ihm mit atmen."
„Aha! Kommen Sie mit mir, bitte…?" Alejandro lachte knapp auf. „Ich bin doch nicht verrückt!"
Gründlich hielt sie die Schwimmflossen eng vor der Brust, als würden diese ihr in irgendeiner Weise Schutz verschaffen. „Damit bin ich schon einmal geschwommen."
„Na immerhin etwas", gab der Indianer unbeeindruckt zurück. „Achte darauf wo du hintrittst."
„Hier gibt es giftige Schlangen, nicht wahr?"
„Natürlich, die Lanzenotter zum Beispiel. Sieht nicht nur fies aus. Sie ist es auch."

„Als ich in den Weg eingebogen bin lief eine haarige Spinne mit hochgestellten Vorderbeinen am Wagen vorbei. Die war total auf Krawall gebürstet.“
„Womöglich ´ne Bananenspinne.“ Bemerkte der Indianer, während seine Stiefel bei jedem Schritt ein Quietschen von sich gaben.
„Ist sie giftig?“
„Natürlich.“ flüsterte er in einem Ton als hätte Fenia eine gewaltige Bildungslücke.
„Kannst froh sein, dass Du eine Frau bist.“
„Was soll das denn jetzt? Ist der Biss für einen Mann etwa schmerzhafter?“
„Könnte man so sagen. Wenn ein Mann von dieser Gattung gebissen wird, kann es zu einer tagelangen Dauererektion kommen.“
Fenia grinste in sich hinein. Und als hätte er ihr Grinsen hinter seinem Rücken bemerkt, blieb der Indianer stehen und erwiderte streng.
„Klingt vielleicht erstmal lustig, aber glaub mir. Das Erlebnis wünscht sich keiner.

Ich hoffe Du hast mir vorhin aufmerksam zugehört?“
Mit diesen Worten holte Fenia die Ernsthaftigkeit der Lage schneller ein, als ihr lieb war und sie raunte zittrig,
„und ich hoffe Sie haben kein wichtiges Detail ausgelassen!?“ Woraufhin ihr der Indianer einen bösen Blick zu warf.
„Meine Tante hat gesagt man bräuchte eigentlich einen Wasserkundler, damit man sich da unten zurechtfindet.“
„Ich bin Wasserkundler.“
„Was.. aber? Warum kommen Sie dann nicht mit mir?“

„Mh, nee, heute nicht. Ist kein guter Tag zum Tauchen."
„Wie bitte?"

Als sie das Steilufer erreichten, wo Gestein und Untergrund unverhüllt zutage treten, legte er die Ausrüstung ab mit den Worten:
„Es gibt Dinge im Leben, die muss man allein tun, Fenia."
Sie folgte ihm zu einem flachen Stück Erde das in den Kanal führte, vorbei an den roten Bruchstellen aus Ton und Sand, für deren Schönheit Fenia im Moment nichts übrighatte.
Nicht einmal der giftgrüne Basilisk der dicht neben ihr auf einem Ast saß, konnte ihre Aufmerksamkeit gewinnen. Regungslos sah der *Jesus Christus* Leguan, der so genannt wird, weil er über Wasser laufen kann, mit den aufgestellten Hautlappen auf seinem Kopf, die Beiden mit orangen Augen an.
Einen letzten verzweifelten Versuch den Indianer zu überreden mit ihr zu kommen, wollte sie wagen.
„Sie wissen doch sicher alles über den Kanal. Was war denn vorher da unten, bevor alles geflutet wurde? Ich meine, lebten dort Menschen?"
„Die *Matachin* lebten in einigen Teilen der Täler. Ureinwohner."
Er bedeutete ihr in den hässlichen, grauen Tauchanzug zu steigen und half ihr diesen anzuziehen.
„Als sie damals die 80 Kilometer lange Schneise fluteten, um Handelswege abzukürzen sprach die Presse von der *Hochzeit der Ozeane*. Aber so romantisch wie es klingt war die Entstehung des Kanals nicht. Jedenfalls nicht für die *Matachin*."

Ihre Stimme war jetzt von tödlicher Ruhe.
„Sind sie alle dort gestorben?"
„Die Meisten. Es gab auch einen Massenselbstmord."
„...Warum?" fragte Fenia als sie fürchterlich zu schwitzen begann, in dem Tauchanzug.
„Vielleicht aus Todesfurcht, Angst vor dem was kommen würde. Als man plante den Kanal zu bauen, fürchteten sie vertrieben zu werden oder getötet. Also kamen sie der potenziellen Bedrohung zuvor."
Der Indianer legte ihr den bleiernen Gewichtgürtel um, um ihr gleich darauf die Weste anzuziehen.
„Puh.. Aber wer hat dann den Kanal ausgebaut und zur Flutung vorbereitet? Die Amerikaner waren es doch bestimmt nicht." „Pff. Dieee hätten sich doch nie die Hände schmutzig gemacht und die eigenen Leute darunter geschickt. Die haben ´nen Haufen Chinesen geschickt, von denen Tausende von der Gelbsucht dahingerafft wurden. Und wer die überlebte wurde von den Jaguaren oder Schlangen vernichtet. Oder er ist der übrigen Wildnis erlegen."
„Hä, hä." Schluckte sie. "Kinder, Kinder, das ist ja kaum zu glauben! Sie sind wirklich ein äußerst belesener Mann..."
Alejandro schulterte die Sauerstoffflasche auf ihrem Rücken.
Und mit den Worten, „Gib dir keine Mühe. Das ist Deine Reise!" ließ er die junge Frau allein am Ufer zurück.

Der einzige Gast

Mit einem leeren Gesicht wandte sie sich in Grabesstille dem Ufer zu. Vom Kompass an ihrem Handgelenk aufschauend, nahm Fenia all ihren Mut zusammen, versuchte ihr springendes Herz zu ignorieren und wankte unter der schweren Last der Tauchausrüstung, in das rostfarbene Wasser.

Sie musste einfach vorangehen, schnell. Ohne zu denken. Damit sie nicht schreiend wieder umdrehte.

Nie zuvor hatte sie eine Vorstellung davon gehabt, wie es war unter Wasser zu atmen. Es war anstrengend und es kostete einige Mühe nicht in Panik zu geraten. Schleichend wurde ihr Körper vom Nass bedeckt, während die Sonnenstrahlen, die erst einen goldgelben Schleier auf der Oberfläche abgelegt hatten, sich nun in das Wasser schnitten und ihr in die Tiefe folgten. Aber Fenia wusste es würde nur noch wenige Sekunden dauern, bis das trübsandige Wasser die Sonne über ihr zurücklassen würde und die Tiefe ihre Umgebung mit Schwarztönen übergoss. Ihr Magen schnürte sich schmerzvoll zusammen, was allerdings nicht an dem Bleigürtel lag. Sie schaltete die Taschenlampe ein, die im Wasser zum Glück, wie auch die schwere Ausrüstung wesentlich leichter war. Die Ränder des Lichtkegels schienen diesig durch den Sand und wirkten wie die letzte Blende eines Stummfilms, wie sie ihn schon mal als Kind im Lichtspielhaus gesehen hatte. Die Sekunden zählend wartete sie, schwebend wie ein Fisch, im

Wechselblick von der Uhr zur Nadel des Tiefendruckanzeigers. Es fiel ihr schwer sich zu erinnern, was ihr der alte Indianer geraten hatte und ihre Gedanken schossen kreuz und quer. Wie lange sollte sie warten, bis sie weiter hinuntergehen konnte? Bei einer so knappen Einführung war es beinahe unmöglich sich alle Einzelheiten zu merken. Wozu hatte ihr der Mann überhaupt diese ganzen Tauchzeichen gezeigt, wenn unter Wasser gar keiner war, dem sie ein Zeichen geben konnte? Wegen dem Druck der auf den Lungen lastet, war es ein großes Risiko schnell ab und auch wieder aufzutauchen. Man riskiert eine Lungenembolie. Der Indianer hatte sie mehrmals ermahnt auf keinen Fall einen dieser törichten Fehler zu begehen. „Eile ist unter Wasser tödlich!“, hatte er betont. Eine unangenehme Feuchtigkeit und Wärme ummantelte sie. Und während Fenia wie in den dunklen Schlund eines Killerwales, unaufhaltsam hinab sickerte, fragte sie sich, wie sie sich eigentlich gegen ein Krokodil verteidigen sollte, wenn sie denn einem begegnete. In der ganzen Aufregung hatte sie auf diese Frage keine Antwort bekommen. Und erst jetzt kam ihr der Gedanke, dass der Kanal den Pazifischen Ozean und das Karibische Meer verband. Theoretisch konnten sich allerlei Raubtiere aus beiden Meeren im Kanal befinden. Denn Schleusen hin oder her. Irgendwann bahnte sich doch gewiss das ein oder andere Ungeheuer den Weg durch die Schleusen, in den Strom des Kanals.

Allmählich hatte die Dunkelheit Fenia ummantelt und plötzlich suchte sie Panik heim. Kaum noch in der Lage zu denken oder sich zu beruhigen, wollte sie mit voller Fahrt nach oben schießen und aufgeben. Auch wenn sie es aufgrund der Nässe nicht spüren konnte, war sie sicher, dass ihr Tränen aus den Augen schossen. *Sollte sie jetzt aufgeben?* Denn sie war bereits 15 Meter gesunken und hatte es immer hin bis hierhin geschafft. Noch war nichts Schlimmes geschehen, versuchte sie sich zu sagen und damit selbst etwas auszutricksen. Allerdings hatte der Panamakanal an manchen Stellen 70 Meter Tiefe und sie hatte kaum eine Ahnung wann zur Hölle endlich der Grund in Sicht war. Der Indianer hatte ihr zwar gesagt, dass der Fluss an dieser Stelle nicht tiefer als 40 Meter war, aber konnte sie ihm wirklich glauben?

Beinahe hatte Fenia es geschafft ihren Puls wieder zu regulieren. Mit etwas Körperspannung und der richtigen Bauchatmung schaffte sie es sogar ihren Corpus in einer konstanten, gleitenden Horizontalen zu halten und dem Kegel der Taschenlampe zu folgen. Bis sie unverhofft ein unsagbarer Schrecken durchfuhr. Etwas hatte ihr rechtes Bein berührt. Ein Krokodil, das nach ihr schnappte? War es jetzt für immer zu spät? Hatte sie womöglich schon einen Fuß verloren, es durch den Schock allerdings nicht bemerkt? Sie zog ihre Arme und Beine an, wie ein Kind in der Fötus-Stellung, kippte sogleich wie ein Sack auf die linke Seite und tastete hastig ihre Beine ab. Noch einmal streifte sie etwas an der Schulter. Und dann passierte es. In Panik spuckte Fenia ihr Mundstück aus. So schluckte sie Süßwasser. Kurz darauf überkam sie ein heftiges husten und sie fing an sich im Kreis zu drehen, mit den Armen zu strampeln. Zum Glück hatte sie die Taucherbrille noch nicht verloren, sodass sie im Licht sehen konnte. Wenn sie jetzt nicht sterben wollte, musste sie zu ihrer inneren Mitte zurückfinden und ihrem Geist die Möglichkeit geben, wie-

der die Kontrolle über den Körper zu erlangen. Diese Fähigkeit allerdings erfordert alles Weltliche loszulassen, alles was kommt zu akzeptieren. Und das war gar nicht so einfach, wenn man unter Wasser gefangen war. Ohne Luft zu bekommen. Sie versuchte sich an die Einführung des Indianers zu erinnern, obwohl es in solcher Angst schier unmöglich schien, zu denken. Mit dem linken Arm machte Fenia eine ausholende Bewegung nach hinten, in einem großen Kreis. Doch sie hatte nichts greifen können. Der Kopf war kurz vorm Platzen, ihre Lunge brannte und ihre Augen tränten. Noch einmal holte sie fest aus, sodass sie sich beinahe selbst die Schulter auskugelte.
Dann endlich spürte sie das Sauerstoffkabel, griff sich das Mundstück und hustete heftig hinein. Ein kräftiges Würgen bahnte sich durch ihre Speiseröhre nach oben, sodass sie Mühe hatte die Zähne zusammen zu beißen und das Mundstück zu halten. Energisch stabilisierte sie es deshalb zusätzlich mit der Hand. So übergab sich die Tauchanfängerin in das Mundstück hinein, sodass ihr Körper wieder vom Kanalwasser befreit wurde. Alsdann atmete sie hektisch weiter.
Einige Sekunden vergingen bis Fenia wieder einen klaren Gedanken fassen konnte. Es waren bereits 25 Meter Wassertiefe erreicht und alle Glieder befanden sich noch an ihrem Körper. *Aber was zur Hölle hatte ihr dann einen solchen Schrecken eingejagt. Vielleicht nur ein Fisch? Ein Krokodil jedenfalls war es nicht.* Sonst wäre sie längst nicht mehr so munter. Nochmal schwenkte sie die Lampe umher und entdeckte einen Ast. Sie hatte keine Ahnung, wie lang genau dieser war. Unter ihren Füßen musste sich scheinbar eine Baumkrone befinden. Plötzlich noch ein Ast. Und dann kamen

noch viele andere Stämme zum Vorschein, die alle aus dem begehrten Eisenholz waren, welches ihr Vater einst als Unterwasserholzfäller geerntet hatte. Die also hatten ihren Körper gestreift und kein beißwütiges Reptil. Das war ja schon einmal gut. Schade nur, dass sie wegen so einer Pflanze fast gestorben wäre... Wenn allerdings schon Äste ihren Fuß berührten, konnte der Boden nicht mehr weit sein. Was gut war, dachte Fenia. Also ließ sie ihren Körper etwas tiefer fallen, aber vorsichtig, denn wenn die Bäume nicht allzu groß waren konnten es nur noch einige Meter sein, bis sie am Grund eintreffen würde.

Als Fenia den 29. Meter erreichte erschrak sie erneut und spürte einen harten Widerstand unter ihren Knien. Sie berührte Boden. Allerdings war sie nicht mit dem Bauch im weichen Sand gelandet, denn ihre Knie schmerzten und irgendetwas fühlte sich härter noch an als Stein. Tatsächlich lag dort Stahl. Erst jetzt bemerkte sie, dass das trübsandige Flusswasser sich gelichtet hatte und das Wasser weit unten viel klarer wurde. Erneut blickte sie nach unten und wollte ihren Augen nicht glauben. Unter Fenia befand sich ein Gleisbett. Kurz fiel es ihr etwas schwer den Körper in die aufrechte Position zu kriegen, aber es gelang. Vom Grund aus sah man auf eine Höhe bis etwa 2,50 Metern sogar recht gut. Mit einem leichten Finnenschlag drehte sich ihr Körper ein paar Grad nach rechts, sodass ihre Sicht eine zugewachsene Bahntrasse freilegte, die sich in der Ferne verlor. Einen Moment lang vergaß sie wieder zu atmen, aber diesmal durch ihr Staunen. Aus ihnen und um die Gleise herum rankten Algen, und überhaupt sah es hier unten aus wie in einem Aquarium. Einige Fischarten kreuzten ihren Weg, deren Namen

Fenia allerdings nicht kannte. Das war aber nicht schlimm, denn vermutlich kannten nicht einmal die Einheimischen diese Fische. Denn es stimmte was der Indianer gesagt hatte. Wo zwei Meere aufeinandertreffen, an einem Fluss der sie wieder entzweit, ist die Artenvielfalt möglicherweise unbegrenzt und die Möglichkeit gegeben, dass gänzlich neues Leben entsteht.

Als der Kompass neu ausgerichtet war und sie die Sauerstoffanzeige überprüfte hatte, schwamm sie behutsam weiter. Der halbe Tank war leer, auch das hatte der Indianer vorausgesagt. Zwar verbrauchte Fenias Körper nicht so viel Sauerstoff, wie eine männliche Anfängerlunge, aber bei der Aufregung und dem rasenden Puls, war dennoch ein höherer Verbrauch garantiert. Erstmal musste sie die Umgebung begutachten und feststellen, ob sie nicht von irgendwo ein Angreifer fokussierte.

Es bedurfte nur wenige Schläge mit den Finnen, um voranzukommen. Erst jetzt in dieser Stille, realisierte Fenia, wie schön es war, weit unten im Wasser über dem Grund schweben zu können, bunten glubschäugigen Fischen in ihrer Welt zu begegnen. So leicht gleitend musste sich wohl ein Vogel fühlen. Eines aber stand fest. Sie war Gast hier unten in diesem Unterwasserdschungel, Gast in einer Welt, die vor langer Zeit von den Menschen verlassen wurde. Wieder stockte ihr kurzerhand der Atem. Denn erneut spielte ihr die Angst einen Streich. Das was sie in der ersten Sekunde für ein riesiges Seeungeheuer hielt, dessen Auge soeben ein Fisch entwichen war, war in Wahrheit ein alter, von Moss überzogener Bagger der auf der Seite lag. An dem Führerhäuschen war eine freie Stelle zu erkennen, auf der seltsame Schriftzeichen abgebildet waren. Ein Stück darüber auf dem bewucherten Rad, thronte tatsächlich ein Totenschädel, als wäre er extra dort positioniert worden, um Eindringlinge fernzuhalten. Vermutlich handelte es sich um ein chinesisches Baufahrzeug. Was für eine wahnwitzige Idee war es doch gewesen dieses Tal zu fluten, in dem so viele Menschen ihr Leben ließen. Jedoch waren die Amerikaner nicht die ersten gewesen, die auf diese Idee kamen. Seit vielen Jahrhunderten versuchten Menschen schon Gewässer zu verbinden, um Wasserwege zu verkürzen. Der Mensch hatte scheinbar von Natur aus ein großes Bedürfnis Risiken einzugehen und nach den Sternen zu greifen. Fenia selbst war von ihrem nun ruhigen Herzschlag verblüfft, wurde dennoch kurzerhand aus ihren Gedanken gerissen, da am Ende der Bahntrasse ein Haus aus Stein lag, dessen Dach von der Strömung bereits abgetragen worden war. Auch aus dem Haus rankten Pflanzen heraus. Dieser Ort wirkte unheilvoll. Er verströmte eine Energie die die traurigen Geschichten von tausenden Schicksalen zu erzählen vermochte.

Am Begrenzungspfahl des Gleises dann wartete eine Lokomotive auf weitere stille Jahrzehnte, vielleicht Jahrhunderte, die sie für immer zu Staub zerfallen lassen würden. Dieser unheimliche Platz erschien Fenia wie ein Sammelpunkt für gescheiterte Existenzen. Doch in all diesem Schauder lag auch etwas Friedliches…

Neugierig zu sehen, was sich hinter den alten Grundmauern befand, war sie schon, aber sie hatte keine Zeit zu verlieren und musste sich an den Plan halten. Also passierte sie die Hauswand etwa auf Höhe des zweiten Stocks, als Fenia merkte, dass sie ungewollt nach oben getrieben war.

Da plötzlich sah sie ein beklemmendes Szenario. Hinter dem Hausgarten tat sich ein halbumzäuntes Grundstück mit vielen bewachsenen Steinen auf. Es ließen sich auf den ersten Blick gleich drei pelzige Kreuze erkennen, von denen zwei am Boden lagen. Der Sand hatte sie beinahe vollständig verschluckt. Auf einem schmiedeeisernen Tor stand in eiserenen Lettern geschrieben *Cemestry*.
Sie hatte eine von Gott verlassene Grabstätte entdeckt, in der wahrscheinlich Panama´s Ureinwohner begraben lagen. Ein Friedhof den keiner mehr besuchen kam. Vielleicht lagen hier auch Gräber der Bauarbeiter, die man so schamlos ausgenutzt hatte und einst mit einem wahnwitzigen Vorhaben in den sicheren Tod schickte. So sehr Fenia sich auch versuchte abzulenken, wurde sie irgendwie das Gefühl nicht los beobachtet zu werden. Aber auch alles wenden und wachsame Drehen half nichts, sie konnte nichts Bedrohliches ausmachen.
Durch die geregelte Bauchatmung schaffte Fenia wieder etwas an Tiefe zu gewinnen. So versuchte sie Namen auf den Grabsteinen zu lesen, obwohl sie selbst nicht wusste warum sie das tat. Aber wenn es überhaupt Steine mit Namen gegeben hatte, waren sie längst unkenntlich. Stolz legte sie ihr Kinn auf die Brust und schaute an ihrem Körper vorbei Kopf über, über die Füße nach weit hinten. Dabei kam sie sich fast vor wie ein richtiger Profi. Ein Geräusch konnte es jedenfalls nicht gewesen sein, dass Fenia dazu bewegte auf diese Art hinter sich zu schauen. Vielleicht war es auch Instinkt. Seisdrum, sie traute ihren Augen nicht und brauchte einen Augenblick, um sich zu sortieren. *Schwamm hinter ihr etwa etwas aus dem Fenster der*

Dampflok, das alsdann einen wuchtigen Schatten auf den Grund des Kanals warf?

Hastig brachte sie ihren Körper in eine aufrechte Position und drehte ihn in Richtung Lokomotive. Tatsächlich war ein Bullenhai dem Fenster der Lok entwichen, der geradewegs auf Fenia zusteuerte. Was verdammt sollte sie denn jetzt tun? Das etwa zweieinhalb Meter lange Vieh trieb in Grabesstille auf sie zu und es gab keine Option, es in die Flucht zu treiben. Anscheinend war der Hai zu dumm, um zu erkennen, dass Fenia keine Robbe war, obwohl sie aufrecht stand. Kaum ein Gramm Fett am Körper. Ihr Herz sprang bis zum Hals. Der Puls pochte bis unter die Schädeldecke. Sie fing an zu schreien. *Was blieb ihr denn noch anderes übrig?* Das Schreien führte allerdings wieder dazu, dass sie ihr Sauerstoffmundstück verlor und sie gezwungen war die Luft anzuhalten. Vielleicht lagen noch zwei Meter zwischen dem Raubfisch und Fenia, und sie war sich keinesfalls sicher, ob der Hai nur zum Schnuppern vorbeikam und wie ein Hund wenige Zentimeter vor einem wieder abdrehte. Seine zackigen Zahnreihen hatte er noch nicht präsentiert, doch sie wusste, dass er das Maul gleich aufreißen würde, dann wäre es für immer vorbei.

In diesem Moment war es doch relativ sinnfrei nach dem Mundstück zu greifen und weiter atmen zu wollen. Denn auf eine Sekunde mehr oder weniger kam es nun auch nicht mehr an… Dennoch hatte sie es jetzt in der Hand. Also wollte sie das Mundstück loslassen, sich mit den Fäusten wehren, was wohl ein letzter lächerlicher Versuch gewesen wäre, dem eigenen Schicksal zu entkommen. Doch Fenia betätigte währenddessen aus Versehen den

Druckknopf am Mundstück, durch dessen Auslösen Sauerstoff abgegeben wird. Unverhofft schossen zahlreiche Blasen aus dem Mundstück, die zu Fenias Überraschung ziemlich laute Geräusche von sich gaben. Sie brauchte das winzige Teil nicht einmal in Richtung des Haies zu wenden, da er bereits heftig erschrak und mit einer zuckenden Bewegung hart nach links vom Kurs abwich. So schnell wie er gekommen war, war der Hai nun zum Glück wieder verschwunden. Nur ihre schnürende Lunge hinderte Fenia daran ihren Freudenschrei weiterzuführen und erinnerte sie daran, das graue Gummiteil wieder in den Mund zu stecken.

Als sie sich etwas gefangen hatte und nach allen Seiten absicherte, dass nicht irgendwo ein weiteres Monstrum aus dem Dunkel auftaucht, ließ sie wieder klare Gedanken zu.

All das hier war aufwühlend, verrückt, traurig anzusehen, zu fühlen... Doch dann kam Fenia zum ersten Mal in ihrem Leben ein Gedanke. Nämlich der Gedanke, dass ihr düsterer Blick womöglich nur aus ihrer anders farbigen *Brille* derart trübe war. *Was, wenn ihre Sicht auf die Dinge dieser Welt, Zeit ihres Lebens von den Geistern der Vergangenheit vernebelt wurde und das Leben in Wirklichkeit ganz anders war?*

Leichter zum Beispiel. Natürlich starben an diesem Ort viele Menschen, aber vielleicht fanden ihre Seelen nirgends auf der Welt einen so friedlichen und bunten Ort wie hier. Vielleicht diente alles was geschah einem höheren Zweck. Möglicherweise war der Hai aus der Lokomotive gar nicht böse, sondern kam einfach nur aus einem neugierigen Instinkt heraus auf sie zu, um *Hallo* zu sagen. Lag nicht alles irgendwie im Auge des Betrachters? Lag sie mit ihrer Einschätzung vielleicht sogar häufig falsch? Hatte hier an diesen Ort gezogen zu werden, womöglich eine höhere Bedeutung für sie? Irgendetwas Mächtiges musste doch dahinterstecken. Und sie besann sich wieder ihres eigentlichen Ziels.

Da bemerkte Fenia plötzlich die vielen Calla-Pflanzen die sich hinter den brachliegenden Gitterzäunen des Friedhofs empor streckten. Sie ließen den gesamten Flussgrund nicht mehr so düster wirken. Und noch etwas fiel ihr auf. Sie wurde das Gefühl nicht los, dass sie an diesem Ort schon einmal gewesen war. Nicht so wie jetzt, aber zumindest in ihren Träumen… Denn hatte sie schon häufiger von einem Ort geträumt, der diesem sehr ähnlich war. „Natürlich!“ Und in diesem Moment spürte Fenia, dass sie sich am richtigen Platz befand.

Etwas hatte sie hierher gerufen.

Einige Meter weiter hatte Fenia eine Anhöhe erreicht an der sie inne hielt. An ihr warf ein schräg stehendes Schild einen Schatten auf den Grund. Auf dem Schild stand in mehreren Sprachen, dass der Durchgang verboten sei, und in noch viel mehr Sprachen das Wort *Gefahr*. Kurios erschien ihr nur, dass an dem Schild eine rostige Laterne klemmte, die wirkte als würde sie leuchten. Vielleicht spielten ihr ihre Sinne, aufgrund der ganzen Aufregung, mal wieder einen Streich. Denn sie war kaum drei Meter entfernt von der Laterne. Es konnte doch unmöglich sein, dass es eine andere Lichtquelle außer die ihrer Taucherlampe gab. Unverhofft kam ihr all das so unwirtlich vor. Kaum war sie am Schild vorbei geschwommen, konnte sie gar nicht mehr einschätzen, ob die Laterne leuchtete oder nicht. Und es war ihr auch egal ob sie sich nun in Gefahr begab oder nicht. Fenia wusste sie würde ihrem Ziel ganz nah sein. Hinter der Anhöhe dann machte der Grund nochmal ein strenges Gefälle in die dunkle Tiefe. Ohne zu zögern ließ sich Fenia darauf ein und begann weiter zu sinken, obwohl ihr Atmen merklich schwerer ging und sie sich fast wie in Tranche fühlte. Irgendwo hier musste es sein. Die Koordinaten, der Kompass, Ihr Gefühl. Alles, sogar die sie umgebenden Pflanzen schienen ihr laut entgegen zu rufen, sie hatte ihr Ziel erreicht!

Jetzt jedoch erst bemerkte Fenia, dass sie lange nicht auf die Sauerstoffanzeige gesehen hatte. Und dass dies ein grober Fehler war. Ihre Sauerstoffflaschen waren beinahe leer. Das war eine Katastrophe. Denn nun war es schier unmöglich den ganzen Weg nach oben zu bewältigen. Doch auch wenn ihr Blick trübe wurde, konnte Fenia jetzt unmöglich kehrt machen. Als sie etwa dreißig Zentimeter über dem Sandboden schwebte, schaute sie nach unten.

Da schlagartig, durch einen flüchtigen Strom brach der Sand und rutschte von einer Erhöhung, wie feinpudriger Schnee von einem Hausgiebel, sodass sich eine metallene Kugel von 45 Zentimetern Durchmesser freilegte. Auf der Oberfläche rund um die Kugel lagen Vertiefungen, die eine Weltkarte abbildeten. Fenia packte die Neugierde und ihre Sorgen und Ängste rückten in den Hintergrund. Um die gesamte Kugel herum befanden sich Schraublinien oder ein Spiralmuster. Behutsam schraubte Fenia die obere Hälfte nach links aber der Deckel ließ sich nicht öffnen. Sie drückte von oben, schob, presste, zog an der Kugel doch nichts passierte. Also suchte sie jeden Millimeter ab, konnte aber kein Schloss, Öffnung oder Zahlenschloss entdecken.

Das konnte doch nicht sein. *Sollte es das gewesen sein? Den ganzen Weg von Berlin nach Panama war sie gekommen, von oben bis in diese Tiefe des Kanals gelangt und nun ließ sich das verdammte Ding nicht öffnen!?!*
Es blieb nur noch wenig Zeit und sie musste den gesamten Weg noch nach oben tauchen. *Wie sollte sie das mit dem Rest im Sauerstofftank schaffen?* Als Ausdruck ihrer Verzweiflung liefen Fenia die Tränen. Sie kam hier nicht weiter.

Da fiel ihr Blick auf das Lieblingsarmband ihres Vaters, mit dem kräftigen Holzplättchen, mit der Gravur *Pro Mundi Beneficio.* Aus letzter Kraft suchte sie um die Kugel herum eine Kerbe, die zu ihrem Anhänger passte. Sogleich riss sie das Armband vom Handgelenk und presste es verzweifelt in eine Öffnung von der sie glaubte, sie könne passgenau sein. Fenia hatte Glück. *La Flor de Verdad* war gefunden.

Und im Moment dieser Erkenntnis spürte Fenia, dass sie nicht allein am Grund es Panamakanals war. Sie wusste, dass jemand da war, suchte links und rechts aufgeregt im sandigen Wasser, sah hinter sich, über sich und darunter, doch konnte sie niemanden sehen. Dennoch spürte sie jemandes Anwesenheit deutlich, so als wäre etwas Unsichtbares in Nanogröße direkt neben ihr, oder vielleicht sogar in ihr, dass allerdings die Präsenz und Energie eines Giganten hatte. Ihre Sauerstoffanzeige war plötzlich doppelt zu sehen und verschwamm regelrecht. Wahrscheinlich war die Nadel schon in den roten Bereich gefallen. Das Atmen fiel ihr unglaublich schwer. Der Puls ging langsamer. Stück für Stück, sodass er gar nicht mehr da zu sein schien. Fenias Lider schlossen sich, als sie ganz friedlich wurde, sich ihre Muskulatur loslöste, die krampfartige Haltung aufgab und sich all ihre Glieder austreckten, bis sie mit dem Kopf nach unten wie im Sinkflug über dem Sandboden trieb.

Überraschend öffnete sich ein langer Korridor. Fenias Ausrüstung war weg. Auch das gesamte Wasser war verschwunden. Sie stand aufrecht, und zwar in einem Tunnel aus Bernsteinwänden. Aus den Wänden schälten sich gemeißelte Gesichter von Tausenden. Hinter den Tunnelwänden leuchtete ein dunkles Orange. Obwohl es so unwirklich war, dass sie plötzlich atmen konnte und die Haut trocknete, fühlte sich das alles sehr echt an und klar. Am Ende des Korridors, lag ein größerer Raum. Er hatte etwa die Form eines Iglus. Als Fenia den Raum betrat konnte sie keine feste Materie oder Wände erkennen. Denn über ihrem Kopf erstreckte sich so etwas wie ein Zelt aus Blumen. Diese wogen sich im leichten Wind. Rosafarbene Calla-Pflanzen erwuchsen über ihr, die aus blauen wurzeln und Stielen entsprangen. In dem Raum befand sich nichts. Außer in der Mitte auf einem Sockel. Hier verbarg sich unter einem bleiernen Mantel ein doppelwandiges Derwar-Gefäß, etwa in der Größe einer Biertulpe, mit einem schmalen Quer-Glas zum Hindurchsehen. Auf dem Gefäß war eine Blume eingraviert, die in einem Spiralmuster nach oben aufging, wie ein Kelch. Doch der Inhalt ließ ihr Staunen noch größer werden.
Im Innern loderte eine königsblaue Flamme, die allein aus rein physikalischen Gründen in dem Vakuum nicht hätte brennen dürfen.

Es war längst nicht mehr nötig das Gefäß zu öffnen. Jetzt, wo Fenia der sogenannten Blume der Wahrheit so nah gekommen war, strömte alles auf sie ein, wie in einem Rauschzustand. Der ganze Körper ließ sich spüren von innen und außen. Ihre Haut fühlte sich tausend Mal sensibler an als gewöhnlich. Das Trommeln ihres Herzens drang hinauf in die Schädeldecke. Farben waren zu sehen, so intensiv wie nie zuvor. Alles war so nah, dass sich´s kaum aushalten ließ. Nun erspürte sie warum das vor ihr Liegende auch die Pflanze der Unsterblichkeit genannt wurde und Fenia berührte lediglich mit dem Zeigefinger den Schlüssel zum Universum.
Ihr verschleierter Blick klarte auf, Fenia verstand mit all ihren Sinnen, warum das Geheimnis einen so unglaublichen Wert hatte. Die Erkenntnis legte sich auf ihr ab, wie eine Schablone, die auf eine Landkarte gelegt wird, welche ohne sie nur den halben Weg verrät.
Da klang es als würden Worte um sie herum, über ihr, unter ihren Füßen, von überall auf sie zufließen. Eine Stimme hallte unheimlich, deutlich, nah. Aber das erschreckendste war, es war scheinbar ihre eigene Stimme, die zu ihr sprach.

„Wo bin ich?"
„…Zuhause."
„?"
„Ich werde es so sagen, dass du es verstehst."
„Was?"
„Um auf Deine erste Frage zu antworten. JA."
„Was meinst Du mit …Ja?"

„Ja. Es existiert ein Konzept. Nein. Ihr seid entgegen der Erwartungen vieler, nicht zum irdischen Vergnügen hier.“

„Wer bist du…? Und was soll das für ein Konzept sein?“ Hektisch drehte sie sich umher aber es war keiner zu sehen. „Die Welt zu vervollständigen, sie loszulösen von Leid und Gewalt. Dass die Menschen die weltlichen Schwächen überwinden lernen, ihre innere, gottgegebene, grenzenlose Kraft nutzen und über sich hinauswachsen.“

„Sind wir deshalb sterblich, weil wir bestraft werden für unsere Sünden?“

„Nein. Es existiert ein ewiges Leben, gleich hinter dem großen Vorhang, mit dem Ihr die Welt ummantelt habt. Frei von Materie wie du sie kennst und materiellen Dingen.“

„Du meinst also Leben ohne einen festen Körper?“

„Dein Körper, Fenia, ist nur geliehen. Er ist eine temporäre Hülle, eine interessante Erfindung, die nach wenigen Jahren allerdings zu Staub zerfällt.“

„Und was bleibt übrig?“

„Eine Welt voller Energie, die nicht sterben kann. Sie kann lediglich verändert werden. Auch Ihr seid Energie und unweigerlich mit allem verbunden was ist.“

„Und was soll dann das alles hier?“

„Es gab ein Vorhaben, den Seelen unseres Sonnensystems einen festen Platz zu geben, eine abgeschlossene Form.“

„Wozu? War das etwa so was wie´n Experiment?“

„Sagen wir, man war sich nicht einig und somit neugierig zu erfahren, ob die Reinheit der Seelen garantiert wäre, wenn man sie mit einem begrenzten Geist und Wissensschatz zurückließe, auf sich gestellt, und ihnen voneinander getrennte Körper gäbe. Spannend zu erfahren war es, wie sich die Persönlichkeiten immer wieder neu erschufen, manche im Laufe ihres Lebens eine innere Stärke entwickelten, die sich ins grenzlose zu steigern vermochte. Ihr wart lernfähig. Leider interpretierte mancher seine Unabhängigkeit, als sei er nicht verantwortlich für seine Mitmenschen und die Welt, die ihn umgibt. Als sei alles voneinander getrennt. Eine der Bedingungen für irdischen Leben war schon immer, dass niemand von einer Existenz danach erfährt, sodass der Horizont der Menschen fortan begrenzt blieb."

„War das der Wille Gottes?"

„Es war der Wunsch des Absoluten, dass die Menschen durch sich selbst, durch einen vollendeten Zustand, an die Wahrheit finden."

„Du hast eben gesagt, wir wären mit allem verbunden. Was meinst du damit?"

„Das Universum ist ein Meer von Energie. Durch diese Energie ist alles verbunden. Die Menschen, die Tiere, die Natur, die Elemente, die Galaxie. Diese Verbundenheit fungiert als Schwingungsmembran, an der alle Teile das Ganze fühlen können." „Und was ist mit denen die es nicht fühlen können?"

„Sie haben leider, leider das Fühlen verlernt."

„Ich bin nicht sicher, ob ich das glauben kann… Wie könnte ich denn jemandem beweisen, dass alles mit einander verbunden ist, der das Fühlen verlernt und seinen Glauben verloren hat?"

„In dem Du die Dinge näher betrachtest. So wie zum Beispiel das Spiralmuster."

„Wie bitte…?"

„Das Spiralmuster zeigt es, auch die Wissenschaft hat das bewiesen. Seit Anbeginn der Menschheit galt das Spiralmuster unter den Menschen als unheilabwehrend, stand für Unendlichkeit, als Sonnensymbol, stand für Gottvielheit und so weiter. Menschen, die sich erinnerten, wussten um die Bedeutung dieses Musters. Es zeigt außerdem, dass alles mit einander verbunden ist, schon allein deshalb, weil es derselben Form entspringt."
„Das verstehe ich nicht."
„Die Spiralstruktur einer Nautilus-Schnecke, die Struktur unserer Galaxie und die eines Rotkohls lassen sich mit der gleichen mathematischen Formel beschreiben, haben denselben Bauplan wie Eure DNS oder die menschliche Muskulatur. Sie kommt in allen Wachstumsmustern vor, beschreibt sogar den *Goldenen Schnitt*, das was Ihr als Schönheitsideal bei einem Menschen bezeichnet. Das alles ist seit langem bekannt in Eurer Welt, führt dennoch nicht zu der Überzeugung, dass alles unweigerlich mit einander verbunden ist. Und das wiederum verstehe ich nicht."

Nach einem langen Schweigen sagte Fenia:
„Du glaubst ernsthaft daran, dass sich die Menschen nochmal ändern und aufhören sich selbst und ihre Erde zu zerstören? Moment mal… Das bedeutet ja so viel wie, das Leben ist der Tod und umgekehrt ist das Ende gar nicht das Ende, sondern so etwas wie unsere Wiedergeburt? Und die Annehmlichkeiten sind nur da, um es erträglicher zu machen?" „Ganz so einfach ist es nicht, allerdings geht es tatsächlich weiter nach dem unser Geist den Körper verlassen hat." „Verstehe, und die Menschheit darf nicht von dieser großartigen Neuigkeit erfahren, weil sie es aus eige-

nen Stücken schaffen soll einen vollkommenen Zustand zu erreichen?"
„Nicht nur das. Euch wurde so etwas wie ein Kind anvertraut, unsere Erde. An dem Punkt an dem die Erde und ihre Bevölkerung sich derzeit allerdings befinden, wäre die Folge dieses Wissens sehr wahrscheinlich Terror und religiöse Massenhysterie. Eure sozialen Netzwerke würden zusammenbrechen, Himmelfahrtkommandos täten sich auf. Für manch einen wäre das Töten womöglich noch leichter, Zerstörung noch einfacher zu rechtfertigen. Es würde unweigerlich zum Ende kommen. Selbst wenn dem nicht so wäre würden die Menschen den Blick für das Wesentliche verlieren und ihre Aufgabe nicht erfüllen." „Welche Aufgabe denn?" „Die Reise des Lebens zu Ende zu bringen".
„Na wenn schon. Vielleicht ist das unser Schicksal. Vielleicht ist es besser, wenn der ganze Scheiß ein Ende hat! Die Menschheit ausstirbt, wie die Dinosaurier. "
„Du hast es in der Hand, Fenia. Das Absolute vernichtet nicht. Es erschafft ausschließlich. Deshalb erwartet es auch, dass sich die Welt und die Menschen immer wieder neu erschaffen und das sogenannte Schlechte ablegen."
„Das bedeutet also im Umkehrschluss, wir brauchen das Böse gar nicht, um das Gute spüren zu können? Wir müssen keinen Schmerz erfahren, um uns wieder gut fühlen zu können? Ein Dualismus existiert nicht? Menschliches Leben wäre möglich, ohne Schmerz???"
„JA."
„Das versteh ich alles nicht. Warum gibt es ein *La flor de Verdad* überhaupt, als Fenster zum Universum, welches das

große Ganze zeigt, wenn nicht gewollt ist, dass der Mensch je davon erfährt?"
„Weil der Mensch immer die Wahl haben soll. An dem Tag an dem er den wahrhaftigen Weg für sich findet, ist es sogar gewünscht, dass er das ganze Wunder des Universums erfährt. Schließlich ist er ein Teil davon." „Moment mal. Wenn ich *La Verdad* jetzt verstecke, wie kann dann der Mensch eine Wahl haben?" „Du bist doch ein Mensch, wenn ich nicht irre."
„Pfff, bin ich jetzt die Auserwählte, oder wie?
Na vielen Dank… Hey, soll doch das Absolute die Wahrheit irgendwo anders vergraben und n´ besseres Versteck finden."
„Der freie Wille existiert nach wie vor."
„Was bedeutet das nun wieder?"
„Das Absolute wird nicht in die Wege der Menschen eingreifen. Ihr müsst schon selbst herausfinden, welcher Weg der ist, der zum absoluten Einklang führt."
„Mit Einklang meinst du den Frieden, nehme ich an…? Das Land hier wurde also geflutet, um das Geheimnis zu wahren?"
„Durch die Hände der Menschen, ja."
„Das heißt es gab schon damals Leute, die von *La flor de Verdad* wussten?"
„Es gab eine Gruppe, die es sich zur Aufgabe machte, dieses Geheimnis zu schützen. Es war ein gut gemeinter Plan. Allerdings hatte man nie damit gerechnet, dass es einst Schiffe geben würde, deren Buck so tief ist, dass es nötig wäre die Bäume der Täler zu fällen, die man geflutet hatte. Eines Tages kamen also auch Taucher der Wahrheit nahe, die unter der Wasseroberfläche Bäume stutzten."

„Aber wieso wurde es gerade hier platziert. Warum nicht irgendwo anders auf der Welt? War die Ortswahl beliebig?“

„Mehrere Gründe gab es, denke ich. Panama war ein sehr armes Land, welches von mächtigen Leuten unterdrückt wurde. Es beherbergte eine große Pflanzenvielfalt, vielleicht sah man die Pflanze der Unsterblichkeit hier gut aufgehoben. Und durch das Fluten der Täler gelangte das Land wieder zu Wohlstand. Dank dieses Vorhabens wurden gigantische Handelswege abgekürzt, Verluste von Schiffen und Menschenleben blieben den Redereien erspart, weil man gefährliche Gewässer ausließ. Panama erhielt durch das Fluten der über 80 Kilometer langen Strecke einen neuen Wirtschaftszweig. Es war also ein großes Geschenk an die Menschheit, das Geheimnis hier zu verorten.“ „So ganz genau weißt du aber auch nicht warum, oder? Ich dachte du weißt alles. Das heißt..., ich spreche hier nicht mit Gott?!“ Fügte Fenia schnippig hinzu.
„Ich bin nur der Bote, nicht das Absolute.“
„Sind wir nicht alle ein Teil des Ganzen?“
„Der Punkt geht an Dich.“
Ein Schmunzeln legte sich auf Fenias Lippen ab.
„Es existiert also tatsächlich ein universeller Plan.“ „Natürlich, Fenia, andernfalls wärt Ihr verloren...“

„Bevor ich das Geheimnis auf mich nehme, eine letzte Frage. Wenn ich nicht mehr auf der Erde verweile und eines Tages zurück in die Ewigkeit kehre, ist es möglich die Menschen zu sehen die mir wichtig sind?“
Die Stimme pausierte einen Moment, um zu antworten.

„Du kannst sie nicht nur sehen, sondern Du kannst und wirst an jedem einzelnen ihrer Leben teilhaben.“ „Für immer?“
„Für alle Zeit.“
„…Weil ich ein Teil von ihnen bin…“ entgegnete Fenia.

„Ich sehe, Du hast verstanden.“

Die Wände um sie herum verschwammen im Dunkel und mit ihm kehrte das Wasser zurück und Fenias dringendes Bedürfnis zu atmen. Ihre Lungen verkrampften. Ihr Kopf zerplatzte beinahe. Sollte sie jetzt womöglich sterben ohne diesen unvorstellbaren Wissens-Schatz in Sicherheit bringen zu können. In den vergangenen Sekunden hatte sie eigentlich auf die Hilfe des Absoluten gehofft, wieder nach oben zu kommen. Aber anscheinend war sie auf sich allein gestellt. Der Sauerstofftank hatte sein letztes bisschen Luft gerade an sie herausgepresst. Er war versiegt. Also spuckte sie das Mundstück aus, schnallte die Flasche und den Bleigürtel ab und ließ die Ausrüstung unter sich in einer Sandwolke zurück. Sie kämpfte sich voran, unter dem Wissen, dass ein unvorsichtiges Auftauchen sie töten konnte. Es mussten noch mindestens zwanzig Meter nach oben sein. Ohne fremde Hilfe war es töricht, einem normalen Menschen eigentlich nicht möglich es lebendig an die Wasseroberfläche zu schaffen. So traurig es auch war, Fenia spürte sich am Ende ihrer Kräfte.
Sie konnte einfach nicht mehr. Nicht nur körperlich, auch ihre Seele war einfach überstrapaziert. Erledigt. Nun wo sie um das Geheimnis der Menschheit wusste, war der Gedanke sehr verlockend alles Weltliche loszulassen. Der

Gedanke einfach aufzugeben. Eigentlich wollte Fenia auch nicht mehr leben, wenn sie so richtig darüber nachdachte was ihr geblieben war. Eigentlich kam ihr das alles sehr gelegen… Schleichend schlossen sich Fenias Augen. Und eine letzte Luftblase drückte sich über ihre Lippen.
Das Dumme war nur, was machte sie mit *La Verdad*? Sie konnte es nicht einfach an ihrem toten Körper zurücklassen. Die Gefahr wäre zu groß, dass es in die falschen Hände geriet. Ihr kam der Gedanke an den *bösen Chinesen*, ihren alten Mentor Herrn Oroshi, ihre liebe Tante, die die ganze Zeit an ihrer Seite wachte um Fenia zu schützen und dass sie noch immer in Gefahr war, da die *Peregrinatio* Fenia auf den Fersen waren und die Tante früher oder später finden würden.
Und da plötzlich dachte sie an die wunderbaren Menschen die ihr auf ihrer Reise begegneten und daran, dass sie noch immer keinen liebenswürdigen Junggesellen im Blumengarten von Madeira geküsst hatte, dem sie ihr Leben versprach. Erst jetzt fiel es ihr wie Schuppen von den Augen, wie sehr sie sich danach sehnte und dass irgendwo ein solcher Moment auf sie wartete.
Der Flussgrund schickte ein paar wenige Blasen und Kringel nach oben. Dampf stieg aus der Baumdecke des Urwalds empor, während ein lauer Regen auf´s Land stürzte, als wäre die Erde ein glühender Ofen, den es abzukühlen und zu besänftigen galt. Und während sich der Nebel aus den Baumkronen schälte, beleuchtete die untergehende Sonne das Hinterland, um kurz darauf dort im Rosarot einer ungewissen Zukunft zu versinken.
Über Fenia auf einem Zweig saß ein braungefiederter Vogel, nicht größer als ein Spatz, der laut zwitscherte. Fenia

am Ufer liegend, sah aus ihrer Froschperspektive direkt nach oben auf seinen neongelben Bauch. War sie im Himmel? Nein, das konnte nicht sein. Außer man trug im Himmel graue, stinkende, beklemmende Tauchanzüge, in denen man schrecklich schwitzte. Unfassbar! Sie hatte dieses waghalsige Kunststück tatsächlich bewältigt und war unbeschadet aus dem Kanal zurückgekehrt.
Mit ihrem jetzigen Kenntnisstand und dem soeben erlebten, konnte man wahrhaftig von einer Wiedergeburt sprechen. Und damit lag sie gar nicht so falsch…
Denn ganz nebenbei fiel Fenia ein, woran sie bisher keinen Gedanken verschwendet hatte. Heute war ihr 28.ster Geburtstag. Vermutlich hatte sie deshalb ihre abergläubische Tante unbedingt am heutigen Tag darunter schicken wollen.

„Sie leben?“ rief Alejandro lachend, der es gar nicht fassen konnte.
„Und Sie, Sie… haben es tatsächlich gefunden!“ bemerkte er mit seinem Finger auf das Netz an ihrer Hüfte zeigend hinter dem sich eine schwere Metallkugel abzeichnete. Langsam ließ das Adrenalin nach. Alejandro nahm das ab, was noch von der Ausrüstung übrig geblieben war während Fenia die metallische Kugel, die an Land viel schwerer war, mit aller Kraft festhielt. Alejandros Worte ignorierend überlegte sie verzweifelt.
Die vergangenen Wochen hatten sie so sehr beschäftigt und gefordert, dass sie nicht eine Sekunde darüber nachdachte, was sie eigentlich mit *La flor de Verdad* anfangen würde, wenn sie es tatsächlich gefunden hatte. Immer noch

im Sand liegend rührte sie keinen Finger. Leider hatte Fenia keinen blassen Schimmer…

Wo zur Hölle sollte sie denn ein noch besseres Versteck finden, als das wo das Geheimnis des Universums die letzten Jahre versteckt war?

Zumal sie sich so gut wie gar nicht in diesem Land auskannte. Außerdem musste ihr schnell etwas einfallen, da die *Peregrinatio* ihr sicher langsam dicht auf den Fersen waren. *Wo sollte man so etwas Kostbares wie La flor de Verdad denn verstecken, wenn nicht irgendwo tief unten im Wasser?*

Beherzt griff ihr jemand von hinten an die Schulter.

„Was ist denn?“ entgegnete sie wütend. Glorinda nahm sie überglücklich in die Arme mit den Worten.

„Du hast es tatsächlich gefunden.“

„Tante! Du bist ja hier?“ hustete Fenia.

„Es existiert wirklich, ich wusste es,“ lachte Glorinda, „ist es tatsächlich so kostbar wie wir immer vermutet haben?“

Eine Träne rausdrückend gab sie zurück.

„Noch viel kostbarer, Tante…“

Auch Glorinda weinte vor Glück, worauf Fenia insistierte.

„Aber es ist hier nicht sicher und ich habe keine Ahnung wo ich es hinbringen soll! Was soll ich tun?“

Alejandro sah nur wie sich Glorindas Lippen bewegten, dicht neben Fenias Ohr. Aber er konnte kein Wort verstehen, obwohl er zu gerne gewusst hätte, was sie ihrer Nichte da zuflüsterte. Kurz drauf sprang Fenia auf, entledigte sich des nassen Anzugs und rannte den Hügel hinauf, um ihre Kleidung zu holen.

Aus Nordwesten wehte der Wind durch das geöffnete Beifahrerfenster, während sich ein dunkeloranges Tuch über dem Land ablegte. Das kreisende Licht erhellte den

Asphalt in gewissen Abständen, als der türkisblaue *Buick 56* sich den Hügel hinauf kämpfte und sein Tempo verlangsamte. Weit und breit war kein Fahrzeug zu sehen. Die kleine Küstenstraße war leer.
Irgendwie überkam Fenia ein schlechtes Gefühl, nicht nur Einsamkeit, sondern auch so wie als würde etwas Schreckliches auf sie zu rollen oder zumindest eine große Herausforderung vor ihr stehen. *Aber was bitte sollte sie jetzt noch schocken? Welche Herausforderung konnte sie jetzt noch überraschen, wo sie gerade eben, das größte Geheimnis allen Lebens erfahren hatte?*
Es gab eigentlich nichts mehr, was sie noch umhauen konnte. Immer wieder erfasste ihren Wagen ein Lichtkegel, der dann wenig später weit draußen auf dem Meer verschwand. Einige Meter vor dem Leuchtturm kam der Wagen zum Stehen. Sie drehte die Zündung auf OFF. Ein Blick durch die Frontscheibe auf den 41 Meter hohen Leuchtturm machte sie nur noch unruhiger. Dann nahm sie die metallene Kugel und ging auf die Stahltür zu. Mit einem Mal überkam Fenia eine furchtbare Angst, so wie sie sie zuletzt spürte als sie ihr Kind verlor. Und als sie die letzte Stufe der Treppe zum Eingang erreicht hatte, drehte sie wieder um.
Das ist doch verrückt. Jetzt reiß dich zusammen! ermahnte sie sich selbst. Also wendete sie sich wieder der Tür zu, welche sich gerade eben geöffnet hatte.
„Fenia?"
Etwas schnürte ihre Kehle zu, ihr wurde schwindlig und übel, der Puls raste, etwas stach ihr viele kleine Nadeln ins Herz und die Tränen flossen schnell und heftig, dass sie

die Umgebung, durch ihre blinzelnden Augen nur noch verschwommen sah.

„Mama???“
Mittlerweile war es Nacht und Fenia hatte nichts zu tun. Sie musste nur dasitzen. Zu mehr war sie auch nicht im Stande. Dasitzen und zuhören, was ihre Mutter erzählte.
Weiter hinten im Schatten der Küchenlampe arbeitete ein Mann. Fenia war nicht sicher, ob sie wirklich hören konnte was die Frau gegenüber, die ihre Mutter zu sein schien, sagte. Sie sah ihre wunderschönen Lippen, die Gleichen wie Fenias, sie sah wie sich die Lippen bewegten. Und sie roch den Duft ihrer Haut nach Waldbeeren, Patchulli und Brausepulver, welcher Fenias Vergangenheit in ihre Nüstern trug.
Der Erklärung, dass ihre Mutter hier lange Zeit schon als Leuchtturmwärterin im Haus neben dem Leuchtturm lebte, konnte sie gerade noch folgen. Von den Nazis verfolgt, von den *Peregrinatio* in die Schulter geschossen, blieb ihr keine andere Wahl als zu fliehen. Auch um Fenia nicht in Gefahr zu bringen. Das war ihr bereits bekannt aber nicht genug für eine Entschuldigung. Nicht genug, da sie immer geglaubt hatte ihre Mutter sei schon lange tot. Als säße die Mutter weit hinten im Raum hörte Fenia die Mutter erklären, dass sie selbst nicht in den Kanal hinabsteigen konnte, da die Jahre ihre Erinnerung an den genauen Standort des Verstecks ausgelöscht hatten.
„Ich werde Dir jede Frage beantworten, Fenia. Wir haben alle Zeit der Welt zum Reden. Und ich hoffe Du bleibst bei mir. Aber erst möchte ich, dass Du Deine Tante holst

und hier herbringst. Dann ist unsere Familie wieder zusammen. Und hoffentlich in Sicherheit.
Das alles fiel so schwer zu glauben.
Ihre Mutter. Sie lebt. Sie war wieder da…

Iker, der Brunnenmeister, der im Hintergrund seine Arbeit beendet hatte, rief:
„Es ist soweit!“
„Wir werden *La Verdad* jetzt in den Schacht hineinlassen. Iker hat wochenlang daran gearbeitet. Danach schütten wir das Loch zu und versiegeln es mit Beton, sodass es niemals wieder jemand finden wird.“
Doch Fenia war längst vor Erschöpfung auf den Stuhl gesackt und in einen tiefen Schlaf geglitten, der im Moment das einzige war, was sie brauchte.

Als Fenia am nächsten Tag das Haus ihrer Tante erreicht hatte, traf sie der Schlag.
Mehrere Personen mussten durch den Garten getrampelt sein und die Pflanzen zerstört haben. Die Haustür stand offen. Wie auf Kohlen schlich Fenia hinein. Die Anrichte war umgeworfen. Bilder lagen am Boden. Ein Vorhang aus Samt war zu Boden gerissen, darunter zeichnete sich der Umriss eines Körpers ab. Apathisch durch den Salon rennend über einen Haufen Scherben, entdeckte sie eine Leiche Kopfüber im Kamin steckend und überall war Blut. Aber als sie um die Ecke sah, erblickte Fenia zwei bewaffnete Männer aus dem Profil, die ihrer Tante gegenüberstanden. Neben dem Mann mit dem Hut lag Umberto, Glorindas Assistent, dem immer noch eine klebrige Masse

aus dem Kopf rann. Glorinda sah auf die Revolver der Männer und scherzte.
„Männer und ihre Spielzeuge… Ihr seid mir vielleicht ein paar feige Hunde!"
Als Fenia noch einmal zu dem Mann mit dem Hut aufsah, fiel es ihr wie Schuppen von den Augen. Sich auf ihre Mitte konzentrierend rannte sie nun auf die Männer zu, setzte zum Sprung an, holte mit einem japanischen Tobinida Geri-Tritt aus und traf Rasa Jahel mit dem Ballen etwa auf der Höhe seines Schlüsselbeines, sodass dieser wie eine weggeworfene Handpuppe in ein Bücherregal fiel.
Alsdann begrub ihn ein krachender Bücherhaufen unter sich. Ohne zu zögern hatte Glorinda den anderen *Peregrinatio* mit dem Knie in die Hoden getreten und sich den Revolver gegriffen, den Rasa Jahel hatte fallen lassen. Der *Peregrinatio* feuerte auf sie, die Kugel allerdings verfehlte die Tante, traf eine Maske an der Wand. Mit dem Schienbein trat Glorinda ihm die Waffe aus dem Griff, worauf er sie flehend anstarrte. Dann presste sie den Revolver an seine Stirn und drückte ab.
So stand Fenia ihrer Tante entsetzt gegenüber, ihr fehlten die Worte. Bis der Bücherhaufen sich plötzlich bewegte und ein demaskierter Rasa Jahel Fenia gegenübersaß.
Albert Alasker setzte sich auf die Knie als Fenia befahl.
„Kein Stück weiter!"
„Hallo Süße!" lächelte Albert.
„Du mieses Stück Scheiße! Du steckst also hinter diesem dämlichen Namen!?!"
Glorinda verstand nicht sofort.
„Fenia kennst du diesen Mann?"

„Das ist mein Verlobter," hustete sie, „…ehemaliger Verlobter. Ein armseliges Häufchen Elend, dass es nötig hat sich hinter einer Maske zu verstecken, weil es nicht Manns genug ist, zu seiner Perversion zu stehen. Menschlicher Abfall."
Alasker lachte künstlich.
„Ich wusste immer, dass Du ein schlechter Kerl bist, ein verklemmter Egoist, gierig und eingebildet. Aber dass du zu sowas fähig bist… Warum Albert?"
„Das fragst du noch?" rief er hämisch. Glorinda fügte hinzu in dem Deutsch, das sie ihre Schwester gelehrt hatte.
„Durch seine Tarnung konnte er sicher immer Geschäfte mit den Nazis machen und ein illegales Versuchslabor einrichten, in das er und seine Leute nicht nur Waisenkindern verschleppten, und das Alles, ohne den guten Ruf des Dr. Alasker zu beschmutzen. Ist es nicht so?"
„Bravo! Aber woher kennen Sie mich so gut?"
„Wissen Sie, ich war auch schon in Deutschland. Da habe ich eine großartige Schauspielerin kennengelernt, die mir eine Geschichten von einen dubiosen Arzt erzählt hat, mit dem sie eine Affäre einging. Unter dem Vorwand seine guten Kontakte zur Politik und potenziellen Geldgebern zu nutzen, um weitere Filme zu finanzieren, schmiss sie sich an den Trottel ran. In Wahrheit aber wollte sie ihn ausspionieren und herausfinden was dieses Monster im Schilde führte, um ihn zu stoppen. Zunächst wollte ich gar nicht glauben, dass es nach dem Krieg immer noch Menschen gibt, die zu so etwas fähig sind, aber da wurde ich eines Besseren belehrt."
Fenias Enttäuschung ließ sich nicht zurückhalten. Alasker hielt ihrem Blick stand.

„Tja, zwei Identitäten haben nun mal Vorteile. Man kann mehr Gelder akquirieren, sogar von Konkurrenten, die unterschiedliche politische Haltungen haben, ohne dass ein Interessenkonflikt entsteht.“ Dann verzog sich seine lächelnde Miene. „Und dass Ihr dämlichen Huren nun davon wisst, ändert gar nichts. Weil da mächtige Leute mit drinhängen, die mich schützen werden. Politiker, Polizisten, Makler, versteht Ihr das, Ihr Dorfpomeranzen?!“
Albert Alasker erschrak sich so, dass er es gar nicht knacken hörte, als Fenias Faust sein Nasenbein durchbrach. Sie hielt ihren angewiderten Blick und er seine lädierte Nase, während er jammerte. Bis er sich wieder fasste.
„Ach komm schon, Süße…“.
„Du hast mein ganzes Leben zerstört! Du müsstest nicht so ein schlechter Mensch sein, Albert. Warum? Warum zur Hölle?“
Er lachte wieder, nur diesmal lauter, zischte dann,
„Weil ich es kann…!“
Daraufhin ging Fenia um ihn herum, schwang ihre Beine von hinten um seine Hüfte, machte eine Schere, was er mit „willst du nochmal ficken oder was?“ kommentierte. Weiter windete sie sich um ihn wie eine Würgeschlange. Mit dem rechten Arm umfasste sie seinen Hals, um mit dem linken auf den Nackenwirbel zu drücken.
„Werd erwachsen.“ Raunte sie ihm ins Ohr, als Fenia die Arme mit aller Kraft an seiner Halsschlagader zusammenpresste, bis Dr. Albert Alasker alias Rasa Jahel, das Bewusstsein verlor.
Nachdem Glorinda ihrer Nichte aufgeholfen hatte flüsterte Fenia.
„Ich kann einfach nicht mehr…“

„Du siehst auch ganz blass aus, Chinita. Danke! Du hast mir das Leben gerettet.“
„Oh Gott, was ist das?!“
Waren die letzten Worte die Fenia von ihrer Tante hörte, bevor Fenia die Augen zufielen und auch sie das Bewusstsein verlor. Denn sie hatte die Schusswunde in ihrem Bauch noch gar nicht bemerkt.

Zwei Tage später am Hafen.
„Seniora Dr. Credolan, Seniora Dr.!?” Rief ein Hafenarbeiter. Glorinda drehte sich zu ihm, “was gibt´s denn?“
„Der Brüllaffe macht ganz seltsame Geräusche.“
Sie klopfte ihm beherzt auf die Schulter. „Aber, aber mein Lieber, machen das Brüllaffen nicht immer.“
„Nun ja, aber solche Laute hab` ich noch nie zuvor gehört. Vielleicht ist er krank!?“
„Das kann gut sein, mein Lieber. Ihm bekommt sicher die enge Kiste nicht. An Bord gibt es zum Glück einen Tierarzt, der wird sich um ihn kümmern sobald wir abgelegt haben. Gracias!“ Glorinda wendete sich wieder dem Zolloffizier zu, der gerade die Ausfuhrpapiere, welche Coralie ihm überreichte, auf deren Richtigkeit überprüfte. Mit dem Klemmbrett unter dem Arm, der dunklen Stoffhose und der sandfarbenen, ärmelfreien Bluse sah Coralie aus wie eine glaubwürdige Assistentin und sagte.
„Frau Dr. Credolan ist Biologin, die für unser Land wertvolle wissenschaftliche Arbeit leistet. Sie hat außerdem den Auftrag diesen Brüllaffen in den Berliner Zoo zu schicken. Er wurde dorthin verkauft.“
Dabei zeigte sie auf die schwere Holzkiste hinter sich, mit dem Aufkleber *Vorsicht, lebendige Fracht!!!,* aus welcher im-

mer noch polternde Geräusche drangen. Der Zollbeamte kniff ein Auge zusammen und sagte zurückhaltend.
„Kenn ich Dich nicht aus der *Tide Water*-Bar?“
Glorinda blieb fast das Herz stehen. Ihre Lippen wollten etwas sagen, aber es kamen keine Worte darüber. Leicht zum Beamten gelehnt flüsterte Coralie.
„Aber Süßer, so einen Job kann man doch nicht ewig machen. Du kennst das doch. Die Möpse werden schlaff.“
Dann hob sie ihren rechten Arm und wackelte mit der Unterseite des Oberarms, sodass die Haut daran unappetitlich hin und her schwang.
„Jetzt bin ich Assistentin und darf immer angezogen sein.“
„…Also falls Dir das zu langweilig wird,“ antwortete er, „wir könnten noch ´ne gute Sekretärin gebrauchen.“
Dabei zwinkerte er ihr zu und rief zu dem Stauer rüber.
„Die Transportkiste mit dem Affen als nächstes!“
Und so wurde die Holzkiste, die Albert Alasker die nächsten Wochen sein zuhause nennen durfte, in den Frachtluken der *Henrika Bartelz* verstaut…
„Und was machen wir jetzt?“ wollte Coralie besorgt erfahren.
„Jetzt fahren wir ins Krankenhaus und besuchen meine Nichte.“
Besonders wenn sie trainierte schmerzte die Schusswunde am Bauch. Allerdings tat die frische Meeresluft gut. Und die Tatsache, dass sie die letzten Monate bei ihrer Mutter verbracht hatte und sich mit ihr aussprechen konnte, trug sicher ihren Teil zu Fenias Genesung bei. Auch die Wut auf ihre Tante und Coralie war in dieser Zeit verflogen. Es war töricht von ihnen gewesen Alasker in einem Schiff einfach zurückfahren zu lassen, ohne damit zu rechnen,

dass er zurückkehren würde. Zwar war die Art und Weise wie sie Alasker zurück schickten amüsant und Fenia hatte ihren Spaß daran. Allerdings zogen sich die Mundwinkel schnell wieder nach unten, wenn sie an ihn dachte. Weil sie wusste, dass ein Albert Alasker zu stolz war um sich geschlagen zu geben. Wenn er einmal gezwungen wurde einen Ort zu verlassen, tat er das nur um mit noch mehr Männern wiederzukommen, um sich das zu holen was er wollte. Und vor allem um sich für die Schmach zu rächen, die die Frauen ihm angetan hatten.

Fenia wusste es war höchste Zeit zurück nach Deutschland zu kehren, um allem Grauen ein Ende zu setzen. Ein für allemal. Zumal die Rückfahrt mit dem Schiff mindestens sechs Wochen dauern würde. Es waren genug Menschen verletzt worden, aber zwei Dinge hatte sie noch zu erledigen und die waren leider unumgänglich, bevor sich Fenia über ihre Zukunft ernsthaft Gedanken machen konnte.

Das Erste war, Albert Alasker alias Rasa Jahel zu töten. Und das Zweite, die freundschaftliche Trennung von Coralie.

Wahrscheinlich würde die panamaische Schönheit wütend, wenn Fenia das tat. Nur konnte sie nicht zur Mörderin werden und dann für ihre Rückkehr nach Panama garantieren. Denn was danach passieren würde konnte Fenia unmöglich erahnen. Außerdem musste sie wissen, was mit Charlie Montag geschehen war.

Warum war sie ihm nicht mehr begegnet? War dem Mann, der ihr das Gefühl gab, sie könne ihm alles erzählen, vielleicht was zugestoßen…?

Epilog

Der Polizeiwagen hielt vor dem Haus. Fenia schloss die Tür der Wohnung hinter sich, die sie eine Woche zuvor angemietet hatte. Ein schnauzbärtiger Wachtmeister kam ihr entgegen.
Ohne ein Wort legte er ihr die Handfesseln an und führte sie zum Wagen an dem sein Kollege stand.
„Fräulein hat uns schon erwartet".
Sein Kollege musterte die junge Frau.
„Fräulein? Haste nachjesehen? Mit dem Bubikopf könntet och ´n Bengel sein."
Worauf hin der andere ein müheloses Lachen ausstieß.
Fenia unternahm keinen Fluchtversuch und wirkte gefasst, doch unter ihrer Maske waren die Nerven gestrafft.
Blitzschnell zog der Schnauzbärtige der Frau einen Sack über den Kopf bevor er sie auf die Rückbank stieß.
„Mach los, wir essen zeiteh."

Während sich unter einem wolkenfreien Himmel, die Sonnenstrahlen auf der Stadt ausbreiteten, setzte man den schwarzen Mercedes 170 D in Bewegung. Da der Polizeiwagen zwei kräftige Kurven genommen hatte, wurde sie umher geschleudert, sodass sich ihr Kopf schmerzend am Fenster abfing. Der Wachtmeister auf dem Beifahrersitz ließ Fenia nicht aus den Augen. Er beobachtete sie durch den Rückspiegel als könne sie jede Sekunde aufspringen und den Polizisten von hinten eine Schlinge um den Hals legen.
Doch daran konnte sie nicht einmal denken. Fenia kämpfte schon jetzt mit den ersten Stirntropfen, die die Hitze-

wallungen unter dem muffigen Sack verursachten. Denn für Mitte April war es ungewöhnlich heiß in Berlin.
Zum Glück dauerte die Fahrt nicht lang und so trafen die Drei schon sechzehn Minuten später am Parkplatz der vermeidlichen Polizeiwache ein. Es schien so, als sei sie nicht der einzige Gast mit dem man ruppig umsprang, denn kaum öffnete sich die schwere Tür des Mercedes hörte sie wirre Schreie und Betteln nach Freigang, aus dem Inneren des Gebäudes dringen…

Am nächsten Morgen

Das Verhör mit Charlie Montag hatte Fenia ganz schön zugesetzt. Eigentlich hätte sie sofort nachdem man sie hier her brachte merken müssen, dass sie nicht in einer normalen Polizeiwache war, da aus dem Gebäude laute *Buddy Holly*-Songs drangen und irgendwer Tiergeräusche nachahmte.
Aber das spielte jetzt keine Rolle.

Was hatte Montag eigentlich in der Klapse zu suchen?
Fenia verstand die Welt nicht mehr. Dass Alaskers Partner auf der Suche nach ihr waren, war zu erwarten. Aber dass Montag da mit mischte setzte ihr mehr zu als sie sich eingestehen wollte.
Obwohl der Weg aus der Nervenheilanstalt bis zu ihrer Wohnung weit war, machte sie sich zu Fuß auf den Weg nachhause. Die Sonne war schon fast am Horizont verschwunden, und wie aus dem Nichts hatte sich eine tiefhängende Wolkendecke über der Stadt ausgebreitet. Sie hatte Mühe ihren dröhnenden Schädel freizukriegen.
Warum hatten diese Idioten sie nur gehen lassen? Es machte keinen Sinn. Vielleicht hatte man nicht genug gegen sie in der Hand.
Obwohl es auf der Hand lag, dass Fenia etwas mit dem plötzlichen Verschwinden von Albert Alasker zu tun hatte. *Seisdrum*, sie würde dem ganzen Spuk jetzt endgültig ein Ende setzten…

Eine Frage jedoch ging ihr nicht aus dem Kopf.

Sollte sie sich wirklich so sehr in Charlie Montag getäuscht haben? Irgendwie hatte sie mehr von ihm erwartet. Dieses Schwein. Warum war er so unterkühlt gewesen? Und warum tat er als wären sie einander noch nie zuvor begegnet? Lag es vielleicht daran, dass sich irgendwelche Personen hinter der verspiegelten Scheibe aufhielten, während Montag Fenia verhörte? Trotz alledem wurde sie das Gefühl nicht los, dass sie Montag ihre rasche Freilassung zu verdanken hatte.
Und warum zur Hölle hatte man ihr diese bescheuerten Entlassungspapiere gegeben, die sie in der Hand hielt?
Hatte sie sich doch lediglich eine Nacht in der Klinik aufgehalten. Was sollte da schon drinstehen? Wurde ihr jetzt ganz offiziell die völlige Geistesgestörtheit attestiert?!

Trotzig wollte sie die Akte schon am nächsten Papierkorb entsorgen, da trieb sie doch die Neugier einen Blick hinein zu werfen. Also öffnete sie die Faltmappe. Fenia traute ihren Augen kaum. In der Akte befand sich ein psychiatrisches Gutachten der Klinik über die geistige Unzurechnungsfähigkeit eines gewissen Dr. Albert Alasker. Die Unterlagen enthielten Notizen und Skizzen zu Verhaltensbeobachtungen, sowie eine Einschätzung seiner Person, mit der Diagnose *Paranoide Schizophrenie mit Persönlichkeitsabspaltung,* und einer eiligen Empfehlung zur sofortigen geschlossenen, stationären Unterbringung. Unterzeichnet war das Gutachten vom renommierten Psychiater Prof. Dr. John Pfeffer, der zur Klinikleitung gehörte und außerdem ein guter Freund von Hillie war.
Die Unterlagen bis zum Ende durchblätternd entdeckte sie sogar Fotos von Albert Alasker. So klappte sie die Akte hektisch zu und sah sich noch einmal um, ob sie nicht

vielleicht verfolgt wurde. Ihr Glück war kaum zu fassen. Sollte es nun endlich mal auf ihrer Seite sein. Da plötzlich rief eine Stimme von der anderen Straßenseite.
„Fräulein, Sie haben da wat verloren. Hinter Ihnen!" Skeptisch sah sie noch einmal hinter sich zu Boden.
Als Fenia das Blatt Papier in den Händen hielt, das der Akte entwichen war, las sie in handgeschriebenen Lettern.

„Liebe Fenia,
ich hoffe dieses Gutachten hilft Ihnen dabei Ihr Vorhaben zu vollenden. Was auch immer das sein mag. Ich weiß, Sie hatten Zweifel daran welcher Seite ich zugetan bin. Keine Sorge, Ihrem alten Freund, dem bösen Chinesen geht es gut, er wurde zwar etwas grob behandelt, allerdings habe ich ihn vor dem Schlimmsten bewahrt und in Sicherheit gebracht. Wie Sie sicher vermuten musste ich mich Ihnen gegenüber etwas zurückhalten, manchmal etwas ruppiger sein, um Sie nicht in noch größere Gefahr zu bringen. Deshalb hoffe ich Sie verzeihen mir, dass ich Sie unwillentlich in den Diablo Rocho in Panama gesetzt habe, damit sie Colon schnellstens verlassen. Da Sie sich lange genug fragten was meine Beweggründe waren Sie zu unterstützen, will ich Sie nicht länger auf die Folter spannen.
Sie erinnern sich sicherlich noch an unser Gespräch über Albert Alasker und die brutalen Versuche, die er an Waisenkindern machte. Es ist schon etwas her, aber ich hatte eine jüngere Schwester. Wir waren vom Alter her nur ein paar Jahre auseinander. Auch sie wuchs im Waisenhaus auf und war Opfer eines größenwahnsinnigen Mediziners, der Versuche an wehrlosen Kindern machte. Meine kleine Schwester ist den grausamen Forschungsmethoden dieses Arztes erlegen, der übrigens Mentor und zugleich Doktorvater Albert Alaskers war. Dieser Mann war der einzige den Albert Alasker

jemals als Vorbild anerkannte und als er starb, beschloss Alasker dessen Arbeit fortzuführen.
Dieser Umstand hat mein Leben langfristig beeinflusst. Dies war der Grund warum ich den jetzigen Beruf wählte und warum ich in den vergangenen Jahren nicht in der Lage war, mich fest zu binden und auch kinderlos blieb. Das erschüttert mich zu tiefst.
Ich hatte schon länger den Verdacht, dass es eine Verbindung zwischen Rasa Jahel und Alasker gibt, die über das Berufliche hinausgeht. Deshalb erklärte ich mich auch bereit Rasa Jahel bei der Überfahrt nach Panama zu begleiten, um ihn im Blick zu haben. Sie verstehen nun vielleicht, dass es mir von je her ein Anliegen war, dieses Monster zur Strecke zu bringen.
Als ich erfuhr, dass er in einer Transportkiste auf dem Weg zurück nach Deutschland war, bin ich ihm sofort gefolgt. Ich konnte mir über die Art der Beförderung, ein Schmunzeln nicht verkneifen. Sie und Ihre Familie haben einen erfrischenden Humor. Dafür bewundere ich Sie.

Ich bin sicher, nachdem hier alles erledigt ist kehren Sie zurück nach Zentralamerika, wo sie glücklicherweise nach langer Zeit ihre Familie wieder in die Arme geschlossen haben. Mehr als Sie vielleicht glauben, Fenia, hat es mich gefreut Ihre Bekanntschaft zu machen. Sie sind eine außergewöhnliche Frau…
Sollten Sie vor Ihrer Abreise alle Zweifel aus dem Weg geräumt haben, die mich betreffen, so geben Sie mir möglicherweise Bescheid wann Ihr Schiff den Hafen verlässt. Das kalte Wetter in Berlin ist mir nie wirklich bekommen, außerdem liebe ich es zu angeln. Ich habe ein bisschen was angespart und habe mir sagen lassen, die San Blas-Inseln an Panama´s Küste eignen sich hervorragend zum Fischen. Vielleicht auch um ein kleines Fischereigeschäft zu eröffnen.
Wer will schon ewig Kommissar sein… Ihr Charlie“

Vom Flur hinter den schweren Flügeltüren näherten sich langsam hochhackige Schuhe. Aus dem Saalhintergrund drang leise *„am Sonntag will mein Süßer mit mir baden gehen*“, während die Gäste des Privatrestaurants ausgelassen diskutierten, über die bevorstehenden Veränderungen, die Berlin nun zu erwarten hatte und wer wie aus der innerdeutschen Teilung noch diskret profitieren konnte. Da öffnete sich die Flügeltür mit einem lauten Knarren, sodass der Saal verstummte. Ein Kellner, der in der Ecke stand wie ein Zinnsoldat, blickte fragend zum Eigentümer. Der wiederum gab weiter an den Bürgermeister, der auch nicht so recht wusste, der allerdings gegenüber der neuen Gesellschaft nicht abgeneigt schien. Im Hufeisen saßen die Lobbisten bei Kerzenschein. Unter ihnen beleibte Bankiers, Unternehmer, Politiker, hochrangige Offiziere und zwei bekannte Schauspieler.
Die ungeladene Dame im karmesinroten Abendkleid und dem pechschwarzen kurzen Haar, näherte sich dem Tisch mit einem eleganten Gang, als hätte sie ihren Lebtag diesen Schwung geübt.
Vor dem Stuhl des Ostberliner Magistrats machte sie halt. Ihre eisblauen, katzenhaften Augen stachen über ihren rosigen Wangen hervor, ohne zu blinzeln. Ein gefaltetes Papier, in das sich gerade noch ihre langen Fingernägel gekrallt hatten, peitschte auf den Tisch der Lobbyisten.
So richtig wagte niemand, das Papier an sich zu nehmen, geschweige denn zu öffnen, bevor sich die blutroten Lippen der fremden Schönheit nicht öffneten, um zu erklären was denn ihr Begehr war. Sie ließ ihren Blick die Tafel entlang schweifen. Dann sagte Fenia.

„Das ist ein psychologisches Gutachten über die geistige Unzurechnungsfähigkeit eines gewissen Arztes, der allen hier bekannt sein dürfte. Es ist allgemein bekannt, dass dieser Arzt brutale Experimente an unschuldigen Waisenkindern durchführte. Was Sie allerdings nicht wissen ist, dass dieses Monster weitaus mehr zu verbergen hat. Aus dem Gutachten geht hervor, dass der Mann unter einer gespaltenen Persönlichkeit leidet, und dass er unter dem Pseudonym Rasa Jahel mehrere brutale Straftaten begangen hat. In der Akte sehen Sie Bilder, die die wahre Identität dieses Gestörten darlegen und ihn bei Bestechungsversuchen- oder Erfolgen von hochrangigen Beamten und Politikern zeigen, da der gute Mann Spendengelder seiner Klinik veruntreut hat und wohl etwas Rückendeckung brauchte. Des Weiteren hat besagter Rasa Jahel eine Söldnergruppe mit dem Namen *Peregrinatio* angeheuert, die bei seinen wahnwitzigen Vorhaben nicht nur dazu da war, um die Drohkulisse zu verstärken. Sie führte in seinem Auftrag Morde durch. Außerdem ist Rasa Jahel für die Tötungen an einer Gruppe Wissenschaftler verantwortlich, die sich vor eineinhalb Jahren im Potsdamer Wissenschaftspark zugetragen haben. Sie alle hörten davon, nehme ich an.
Glücklicherweise gibt es einen Überlebenden, welcher bezeugen kann, dass der maskierte Mann die Wissenschaftler mit seiner Privatarmee überfallen hat. Dieser Mann namens *Rasa Jahel* ist niemand geringerer als mein ehemaliger Verlobter, Dr. Albert Alasker. Nun ist es an Ihnen für Konsequenzen zu sorgen!“
Ein Rumoren ging durch den Saal. Der Magistrat griff sich die Akte und blätterte hektisch. Dann reichte er sie an

einen anderen Herrn weiter, der womöglich zu Alberts Geldgebern gehörte, bis er sagte.
„Diese Anschuldigungen sind sehr schwerwiegend und die Fotos unscharf. Wenn das alles ist was sie haben, bin ich nicht sicher ob es für eine Verhaftung reicht."
„Das muss es auch nicht. Es reicht mir schon, wenn Sie Dr. Alasker für immer aus ihren Kreisen verstoßen und mir garantieren, dass er nie wieder Ihr Vertrauen oder ihre Unterstützung erhalten wird. Weder finanziell noch auf irgendeine andere Art. Von niemandem hier! Wie Sie vermutlich alle wissen, ist Dr. Alasker mir sogar bis nach Panama gefolgt, weil er einem Hirngespinst erlegen ist. Bedauerlicherweise ist es meinem lieben Vater zu verdanken, dass Albert Alasker einem Taschenspielertrick auf den Leim gegangen ist. Mein alter Herr hatte ein nutzloses Möbelstück mit einer Hitzeresistenten Legierung bestrichen, sodass es durch Feuer nicht zerstörbar war. Mein Vater, ein lustiger Kautz, für jeden Spaß zu haben, machte Albert glaubhaft, dass das Möbelstück aus dem seltenen Eisenholz gemacht war, dass er seiner Zeit vom Panamakanal herbrachte. Dort läge ein Schatz begraben, machte er ihm weis, der jeden der ihn berührte die Unsterblichkeit verleiht. Nun allein deshalb, weil der Baum aus dessen Holz das Möbelstück gemacht war, in der Nähe des Schatzes wuchs, sei es nun unzerstörbar. Wenn es also das Holz unsterblich machte, dann wahrscheinlich auch einen Menschen. Ihr feiner Herr Doktor machte sich nicht sachkundig, fiel auf diesen Bluff rein, wie ein dummer Schuljunge und war fort an besessen davon unsterblich zu sein."
Während Fenia kurz inne hielt, um Luft zu holen, lachte sie überheblich.

„Dieses Verhalten bestätigt sein psychologisches Krankheitsbild, meine Damen und Herren."
„Ich bin nicht sicher ob ich Ihnen all das glauben kann. Kann das was sie da behaupten jemand bestätigen? Ich meine, wir kennen Sie nicht und Dr. Alasker ist uns seit Jahren ein guter Vertrauter, zuverlässig und über jeden Zweifel erhaben."
Fenias Kinn hatte sich etwas geneigt, doch immer noch hatten ihre Augen nicht geblinzelt.
„Es interessiert mich einen Scheiß, was Sie glauben! Wenn Sie Ihren fetten Arsch zum Fenster bewegen, werden Sie da unten auf der Straße einen Journalisten vom *Stern* stehen sehen, der ganz wild ist auf eine Story über Berliner Politiker und Unternehmer und deren Verbindungen zu einem Massenmörder. Und das alles so kurz nach dem Krieg…"

Ein Raunen ging durch die Menge der etwa fünfzehn Anwesenden, bis eine Frau in Capri-Hose, mit einem Glas in der Hand aus dem Schatten der Zimmerecke trat.
„Sie hat recht! Es stimmt was sie sagt. Dr. Alasker hat andere Persönlichkeiten angenommen, um sich persönlich zu bereichern und Menschen auf sadistische Art und Weise zu schaden. Dr. Albert Alasker ist Rasa Jahel. Ich habe es mit eigenen Augen gesehen! Außerdem hat er mich belästigt und des Öfteren unsittlich berührt. Gegen meinen Willen! Auch hiervon gibt es Fotografien." Sagte Hildegard Knef.
Sie holte fünf anzügliche Bilder hervor, die sie auf die Akte vor dem Magistrat fallen ließ. Dann nickte sie Fenia zu und setzte sich auf ihren Stuhl.

Fenia war es völlig unerklärlich warum ihr just in diesem Moment der Einfall kam, da sie ihre hohen Schuhe in einen Müllcontainer entsorgte. Doch nun fiel es ihr wie Schuppen von den Augen. Die Tätowierung an Chralie Montags Knöchel war eine Spirale. Genauso wie sie sie schon bei Hillie und auch ihrer Tante gesehen hatte. Selbstverständlich war Montag die ganze Zeit über auf ihrer Seite gewesen. Und er hatte auch weitaus mehr über *La flor de Verdad* gewusst, als er anfangs bereit war zuzugeben.

Natürlich lehrte die Erfahrung Fenia, dass es im Leben meistens anders lief als man plante. Und natürlich rechnete sie damit, dass ihr einige Leute bei ihrem Plan Alasker für immer handlungsunfähig zu machen, in die Quere kamen. Doch einem selbst unsicheren, weinerlichen ja fast schon gebrochenen Albert Alasker hatte sie nicht erwartet, als sie die Tür ihrer ehemaligen gemeinsamen Wohnung aufschloss.

Alasker saß in seinem Lieblingssessel, in vergilbter Unterwäsche in gebeugter Haltung und hielt einen Bilderrahmen in den Händen. Kurioser Weise war er nicht überrascht über Fenias Besuch. Es dauerte nicht lang bis sie verstand was geschehen war.

Alberts Großmutter, Irmgard war gestorben. Sie war der einzige Mensch für den Albert jemals in der Lage gewesen war Liebe zu empfinden. Im Vergleich zu seinen Eltern, die zwar finanziell gut für ihn sorgten, aber sich sonst keinen Deut für ihr Kind interessierten, war sie Zeit seines Lebens wahrhaftig interessiert an ihm und seinem Aufwachsen. Die Eltern hatten ihn von einem Internat zum nächsten geschoben. Seine liebe Oma hatte sich stets zwischen ihn und seinen Vater gestellt, wenn der in den wenigen Wochen in denen Albert Zuhause war, auf seinen Sohn Kurs hielt, um ihn heftig zu prügeln. Und egal was Albert noch verbrochen hatte, sie verzieh ihm. Albert konnte sich ihrer Liebe immer sicher sein. Schließlich waren sie vom selben Blut.

Fenia blickte in seine schönen Augen, als er seine kräftigen, blonden Locken zur Seite schob. Dann jammerte er.

„Egal was Du mit mir vorhast, tu was Du willst. Aber sie war meine Großmutter. Du weißt, was sie mir bedeutet. Bei ihrer Beisetzung darf ich einfach nicht fehlen. Das würde sie mir nie verzeihen…"

So hatte Fenia Albert noch nie gesehen. Damit hatte sie nicht gerechnet. So oder so hatte sie den Hundeblick wohl verdrängt, dem sie so oft schon erlegen war. Unbegreiflich, dass ein derart verletzlich wirkender Mann ein derartiges Ungeheuer sein konnte. Wie auch immer, sie sollte jetzt nicht von ihrem Plan abweichen ihn zu töten und seinem Treiben ein für alle Mal ein Ende setzen.

In dem Moment ärgerte sich Fenia über ihr nicht vorhandenes Rückgrat. Dann fragte sie.

„Wann ist die Beisetzung?"

Gemütlich bewegte sich ein dreirädriges Fahrrad die Straße hinunter. Aus der Ferne sah es aus, als gehöre es zu dem Inventar eines Zirkus. Auf dem Metallgestell thronte eine Truhe, deren Ränder goldene Schnörkel verzierten. Auf dem Sattel unter der rotweiß gestreiften Markise saß eine junge Frau, die ihre Augen unter einer weiten Sonnenbrille verbarg. Es war ungewöhnlich warm für Mitte April. So

fiel der Eiswagen nicht sonderlich auf in dieser Jahreszeit. Fenia brachte die quietschenden Räder vor dem Hintereingang des Dreifaltigkeits-Friedhof zum Stehen und genoss die Stille vor dem herannahenden Sturm.
Plötzlich wurde es laut auf dem Gehweg, als ihr sich eine kreischende Kinderhorde nährte. Sie rüttelten heftig an der Kühltruhe und es fiel Fenia schwer sich über ihre Stimmen zu erheben. „Kinder, heute jibts ken Eis! Allet schon weg." Sodass wie zu erwarten ein enttäuschtes Raunen durch die Menge fuhr. Alsdann holte sie eine blaue Fliese aus ihrer Tasche und legte sie vor sich auf die Truhe. Die Kinder verstummten.
„Ihr könnt Euch gerne woanders so viel Eis holen wie ihr wollt, die Hundert Mark gehören euch."
„…Und wat wollen ´se dafür haben?" Fragte ein Mädchen mit geflochtenen Zöpfen misstrauisch.
„Mmh nix. Außer vielleicht… Ihr dürft nochmal so doll Ihr könnt an der Truhe rütteln."
Die Kinder brachten das Eisfahrrad kräftig zum Schaukeln bis sie vor Erschöpfung von ihm abließen.
„Und jetzt Abmarsch!"
Also rannten die Kinder kreischend los. Größtenteils vor Freude über das viele Geld, dass Fenia ihnen gerade aus Alberts Vermögen geschenkt hatte. Vielleicht auch deshalb, weil die Truhe nun von allein weiterwackelte und es heftig im Innern rumpelte.
Sie ließ etwas Zeit verstreichen, bis sie die Luke der Eistruhe öffnete. Dann zog sie mit einem beherzten Griff einen völlig verschwitzten Albert Alasker durch das Loch.
„Sofort nimmst Du mir diese verdammten Fesseln ab, Du Sufragette!"

„Sonst was? Sei froh, dass ich Dich nicht gleich getötet habe, wie Du es verdienst!“
„Du hast mich niedergeschlagen!“
Dann blickte er sich um.
„Du hast mich in einem verfluchten Eiswagen umhergefahren?“ Scheinbar war Albert gerade erst aus seiner Ohnmacht erwacht. „Wie, gefällt er Dir nicht? Das sollte er aber. Du hast ihn schließlich bezahlt. Hat zwei tausend Mark gekostet. Gut, ich hätte das Ding auch günstiger bekommen, aber der Verkäufer hat ganz süß gegrinst.“
Alasker lachte nur verzweifelt.
„Du hast mir versprochen, dass ich zur Beerdigung meiner Großmutter gehen kann.“
Fenia lächelte. „Aber sicher, das darfst Du auch. Da drüben ist der Eingang zum Friedhof. Du dachtest doch nicht etwa, dass ich Dich allein hingehen lasse. Nur weil ich Dich noch nicht getötet habe, heißt das noch lange nicht, dass ich Dich Dein bisheriges Leben weiterführen lasse.“
„Und was bedeutet das nun wieder? Im Grunde hältst Du Dich wohl immer noch für einen Knaben, der irgendwas in dieser Welt zu sagen hat, hä?!“
Fenia grinste, „anscheinend hast Du ja einen Fable für Knaben, sonst wärst Du nicht so lang mit mir zusammen gewesen.“
„Ich,“ spie Albert voller Hass, „bin lediglich mit Dir zusammen gewesen, weil ich daran geglaubt habe, dass Dein Vater mich zu einem Vermögen führt, Du dämliche Gans! Und jetzt mach mich los! Du wirst niemals die Kontrolle haben. Und ich weiß, dass Du Angst hast die Kontrolle zu verlieren, Süße. Deshalb trinkst Du auch keinen Alkohol, nicht wahr…?“

Weiter flüsterte Albert.
„Aber machen wir uns nichts vor. Du ziehst das hier sowieso nicht durch."
Fenia ließ sich den Schmerz nicht anmerken den seine Worte ihr zufügten und gab besonnen zurück.
„Um auf Deine Frage zurückzukommen, was ich mit Dir vorhabe. Ich sorge dafür, dass Du, Albert Alasker aufhörst zu existieren! So wie Du bist und Dich die Welt kennt, wird es Dich nie wieder geben. Du gehst in die Geschichte ein als kranker Psychopath und Massenmörder, der Angst vor seinem eigenen Körper hat."
Albert lachte laut auf, so falsch und verächtlich wie er nur konnte.
„Und wer bitteschön sollte die Macht haben, die Welt so etwas Absurdes glauben zu machen? Du vielleicht?"
Wieder lachte er. Bis Fenia eine Zeitung auf die Eistruhe fallen ließ, dessen Titel Albert verstummen ließ.

„Geisteskranker Mediziner verwickelt in Mordfälle an Potsdamer Wissenschaftlern?"
Unter dem Titel war ein kleines Foto von Dr. Albert Alasker in einem weißen Kittel abgebildet, mit einem makellosen Gewinnerlächeln. Darunter allerdings war ein noch größeres Bild zu sehen. Auf diesem Foto sah man eine Frau mit einem schwarzen Balken über den Augen in einer bedrängten Pose. Dicht an ihr ein splitterfasernackter Albert Alasker, dessen Penis ebenfalls von einem kleinen schwarzen Balken überdeckt wurde. Darunter stand unter anderem.
„Ist der renommierte Arzt außerdem ein Triebtäter und belästigt prominente Schauspielerinnen?"

Fenia hatte alle Mühe den wütenden Albert auf die Kiste zu drücken bis er sich wieder beruhigte. Es war ihm sichtlich anzumerken, dass eine Welt über ihm zusammenbrach. War ihm doch die gesellschaftliche Anerkennung so wichtig. Vielleicht würde er einen guten Anwalt finden, der ihn mit einem blauen Auge aus der Sache rausholte, aber was war mit seinen Partnern, mit seinen Eltern, was zur Hölle würden sie jetzt von ihm halten? Er wurde kreidebleich und Fenia konnte fast hören wie etwas in ihm zerbrach. Albert versuchte, es sich jedoch nicht anmerken zu lassen.

Anschließend griff Fenia ein Seil aus der Truhe. Dann legte sie ihm ein Jackett über die gefesselten Hände und führte ihn über den menschenleeren Friedhof.

„In die Kapelle kann ich Dich leider nicht bringen. Du würdest Alarm schlagen und schreien wie ein kleines Mädchen."

Albert fasste sich wieder und forderte mit gespieltem Selbstbewusstsein:

„Ach komm schon. Ich versprech` Dir, ich werde mich benehmen, Süße."

Sie ließ sich keinen Zweifel anmerken.

„Alles was ich an Bargeld bei Dir gefunden habe und auch Schmuck, der sich irgendwie zu Geld machen lässt, habe ich gespendet. Natürlich an die Waisenhäuser in der Stadt. Ich weiß, Du hast immer noch die ein oder andere Immobilie. Aber auch das wird Dir nicht mehr viel nützen. Denn du wirst kaum jemanden finden der sie Dir abnimmt, geschweige denn irgendjemand in Deutschland finden der noch daran interessiert ist, mit Dir Geschäfte zu machen.

Ich habe mit Deinen Geschäftspartnern und Geldgebern geredet. Keiner wird jemals wieder ein Wort mit Dir wechseln. Deine Stellung als Arzt bist Du los. Du hast den hippokratischen Eid gebrochen. Mehrfach. Die Welt kennt nun Dein wahres Gesicht, Rasa Jahel. Außerdem gibt es ein psychiatrisches Gutachten, das Dir eine schwere psychische Störung attestiert. Die Öffentlichkeit weiß davon."
Albert schwieg.
Ein Seil ausweitend, band sie Albert am Baum neben einer ausgehobenen Grube fest. Vor der Sandgrube stand ein Grabstein mit einem Engel darauf. Auf ihm war der Name seiner Großmutter eingraviert. In der Nähe hörte man Stimmen aus der Kapelle und leichte Orgelmusik trug sich zu Fenia und Albert herüber, während seine feuchte Stirn in der Sonne glänzte.
„Ach komm schon, Du weißt, dass ich mich da irgendwie rauswinde..."
Doch diese Aussage klang nicht überzeugend. Es fiel ihr schwer seinem durchdringenden Blick standzuhalten. Denn was auch immer dieser schreckliche Mensch getan hatte, Fenia musste voller Schmerz feststellen, dass er es immer noch schaffte sie zumindest zu verunsichern.

„Du mieser dreckiger, kleiner Knabe!" raunte er.
„Dir gefällt es doch, wenn man so mit Dir spricht, nicht wahr? Komm schon, mach mich los!"
Fenia wollte ihm schon den Rücken zu drehen und ihn gefesselt an der Eiche zurücklassen. Da dachte sie erneut an ihren ursprünglichen Plan ihm die Kehle aufzuschlitzen.
„Im Grunde kannst Du doch gar nicht ohne mich Leben, also mach mich los! Es ist verdammt heiß in dem Anzug."

Sie trat einen Schritt näher, löste die Fesseln mit den Worten.
„Dir ist heiß? Das wollen wir vermeiden. Ich will doch, dass Du Dich wohl fühlst…“
Seine Augen weiteten sich als sie seiner Brust mit dem Messer gefährlich nah kam. Dann schlitzte sie das Hemd auf, fuhr danach weiter zur Hose. Als er sich wehrte, trat sie ihm mit dem Knie in die Hoden, wartete bis er die gekrümmte Haltung wieder aufgab und zerschnitt die Hosenbeine seines schicken Nadelstreifenanzuges. Dann riss sie ihm die Unterhose runter und entfernte alle Kleidung von seinem Körper, da sie wusste wie sehr es ihn störte in der Öffentlichkeit nackte Haut zu zeigen, und band ihn wieder am Baum fest.
Schockiert schrie er wie ein kleiner Junge.
„Das kannst Du nicht machen! Wenn mich jemand sieht. Fenia, bitte! Du hattest Deinen Spaß…“
Als er wenige Meter entfernt auf dem Sandweg Schritte hörte, hob Alasker panisch hechelnd den Kopf.
Hillie war an Fenia herangetreten, mit den Worten.
„Wie ist Dein Plan?“
Daraufhin drückte sie Hillie ein gefaltetes Stück Papier in die Hand.
„Tu mir einen Gefallen und gib das dem Kommissar, ja.“
Mit diesen Worten küsste Fenia Hillie auf den Mund.
„Und danke für alles.“
Ohne Albert Alasker eines Blickes zu würdigen ging die Schauspielerin ab, mit dem Zettel der die Daten der Abfahrtzeiten, für Fenias Rückkehr nach Panama, enthielt.

Alasker jammerte, flehte. Beteuerte, dass er das Ganze nicht so gemeint hatte. Dass es tatsächlich eine Zeit gegeben hatte, in der er Fenia liebte und wie sehr ihn der Verlust ihres gemeinsamen Kindes noch heute schmerzte…
In der Ferne hörte man, wie sich die Türen der Kapelle öffneten. Ein leises Stimmengewirr wellte herüber. Es würde nur noch wenige Minuten dauern, bis der Trauerzug das Grab seiner Großmutter erreicht hatte, und den splitterfasernackten Albert gefesselt an der alten Eiche entdecken würde.
Noch einmal rief er voller Verzweiflung:
„Komm schon, Fenia. Bitte, Süße…“
Woraufhin sie ihn am Baum zurückließ, mit den Worten:

„Süß war gestern.“

DANKE

Ein großes Dankeschön geht an Hannah Fröhlich, die mich bei meinen verrückten Ideen zu jedem Zeitpunkt zweifelfrei unterstützt hat. Felicitas und Harald Krones danke ich für ihren unerschütterlichen Glauben an meine Talente und Dr. Martina Kovac, Stefanie Karpinski für das Korrekturlesen und ich danke meiner Schauspielkollegin Angela Peltner, die mir immer wieder gerne mit ihrem umfangreichen Erfahrungsschatz zur Seite steht. Danke liebe Kim Tarhan, für das pittoreske Buchcover. Mein besonderer Dank geht an Peter Burkert, einen Schiffskoch und Seemann der nie vergessen hat wie der wahre Alltag seinerzeit auf einem Stückgutfrachter aussah und der mir half größere Fallstricke im Handlungsablauf (hoffentlich) zu vermeiden. Außerdem möchte ich den Alt-Matrosen der Cap Sandiego meine Anerkennung aussprechen, die mit ihrem Detailwissen meine Geschichte versüßten und diesen anmutigen Kollos heute noch ehrenamtlich in Schuss halten, damit Künstler darin arbeiten und Besucher Tag für Tag einen Hauch von Abenteuer erfahren dürfen. Ich danke dem durchgeknallten panamaischen Local Michael der uns viele unglaubliche Dinge über die Entstehung des Panamakanals erzählte und unseren Aufenthalt in Mittelamerika somit noch bunter und spannender machte.
Zu guter Letzt möchte ich den Menschen danken, die aufgrund meiner Schusseligkeit hier vergessen wurden. Ich lasse mir was einfallen, um es wieder gut zu machen…

Zum Autor

Adrian Klahn 1980 geboren, studierte Sozialpädagogik in der Hauptstadt. Die wahre Liebe des gebürtigen Berliners allerdings gilt dem Schreiben von Geschichten und der Schauspielerei. Leidenschaften, mit denen er sich seit seiner Jugend beschäftigt.
Die blinde Passagierin ist Klahns zweiter Abenteuer-Roman, für dessen Recherche er u.a. nach Mittelamerika reiste.

Impressum

Verlag: Adrian Klahn/Pulsiv GmbH
Am Borsigturm 50
13507 Berlin
adklahn@gmx.de

ISBN 978-3-7529-9647-0
9 783752 996470 00001
www.epubli.de

Printed in Poland
by Amazon Fulfillment
Poland Sp. z o.o., Wrocław

69414314R00160